★ 주한미군 한국생활 체험수기 공모 수상작 ★
Prize-winning Essay by the United States Forces in Korea

같이 갑시다 IV
We Go Together IV

We Go Together IV
Copyright ©2016. by Korea Corporate Members of AUSA All rights reserved
Published by Jihyeui-Garam Publications
#202, 25, Gonghang-daero, 65 Ga-gil, Gangseo-gu, Seoul, Korea
Phone: 82-02-3665-1236
Printed in the Republic of Korea
ISBN 978-89-97860-07-4 03800

같이 갑시다 IV

지은이 데이브 머피 대령 외

1판 1쇄 인쇄 2016년 7월 10일
1판 1쇄 발행 2016년 7월 15일

발행인 유정희
발행처 (주)지혜의가람

서울시 강서구 공항대로 65 가길 25, 202호
전화: (02) 3665-1236 / 팩시밀리: (02) 3665-1238
E-mail: garamwits@naver.com

등록번호 제 315-2012-000053호
등록일자 2012년 5월 17일
©2016 Jihyeui-Garam Publications

ISBN 978-89-97860-07-4   03800

같이 갑시다 IV
We Go Together IV

社團法人 韓美親善軍民協議會
KOREA CORPORATE MEMBERS OF AUSA

發刊詞

　본 협의회가 주한 美軍 한국생활手記 公募展을 시작한 지도 벌써 22년의 세월이 흘렀습니다. 그동안 受賞作을 모아 세 권의 수필집을 발간하였고, 이번에 2011년부터 올해까지의 수상작을 모아 제4집, 《같이 갑시다》를 發刊하게 되었습니다.

　지난 20여 년 동안, 2,000여 명의 군인과 그 가족들이 수기공모에 呼應해 주었습니다. 진솔한 글들은 모두가 아름다웠고 感動的이었습니다. 아쉬운 점은 紙面관계로 모든 글을 다 收錄하지 못한 일입니다.

　그동안 수백 편의 體驗手記를 읽으면서 서로 다른 문화를 理解한다는 것이 얼마나 우리 인생을 豊富하게 하는지를 새삼 느낄 수 있었습니다. 처음 먹어 보는 음식, 나와는 다르게 해석하는 藝術의 세계, 인생의 價値를 다른 각도로 照明하는 태도는 그만큼 우리의 삶을 豊饒롭게 해 주는 것이었습니다.

　특히 고마운 일은 한국 勤務가 이 지역 自由守護를 위해 얼마나 중요한가를 일깨워주고, 무너져 가는 한국의 전통과 禮節을 아쉬워하는 忠告도 많이 볼 수 있었던 점입니다.

　비록 조그만 隨筆集이지만 이 행사를 통해 미국과 한국의 理解의 폭이 넓어지고, 양국 간의 紐帶 또한 더욱 공고해지는 契機가 되었으면 합니다.

　그동안 아름다운 글들을 寄稿해 주신 주한미군 여러분과 그 가족들에게 깊은 감사를 드립니다.

박정기
한미친선군민협의회 회장

Editorial

A time of 22 years has flown away fast since the Korea Corporate Members (KCM) of the Association of the United States Army (AUSA) initiated the Korean life experience essay contest by the members of the American forces stationed in Korea. We have published three books of selected essays so far, and with this Fourth Edition, we are publishing the selected essays from 2011 to this year under the subtitle of 《We Go Together》.

In the past 20 years, 2,000 American military and their family members have been participating with enthusiasm. All are candid and honest writings, beautiful and impressive. We are saddened and only regret that we could not put all these wonderful essays in a book.

While reading hundreds of life experience essays, a new and refreshing realization rose up to be evident and so touching that how deeply the understandings of different cultures enrich our lives. Strange food attempted and tasted for the first time; the world of arts interpreted differently from one's own thoughts; the mindset and attitude that view the values of life from different angles – all these differences led us to be richer and, ultimately, to be one and the same.

Of a particular note of thanks and gratitude – Many essay writers emphasized the importance and significance of their services in Korea which really are for the regional peace and prosperity. There were also many kind advices against the diminishing nature of the proper Korean traditions and etiquettes.

Though this is only a small booklet of essays, we are hoping our work will help contribute to the widening the understandings of the American and Korea peoples and solidifying our mutual friendship and alliance.

We should like to thank deeply all the US military members and their families for their beautiful essays, service and sacrifices.

Jung-Ki Rocky PARK
President, Korea Corporate Members of AUSA

차 례· Contents

한국 전통 북

Combat Lullaby

Colonel Dave Murphy
USAF Retired

Our sons didn't sleep well last night. The gunfire and explosions made the journey to the land of dreams difficult. Throughout the night, sirens blared, and bugles called, beckoning men and women to combat. Sounds of violence across the street are not the melody of rest, rather the din of war. These are sounds no human should endure, whether child or adult. The antithesis of what should be, they sadly prevail around our sphere.

Much is written about the trials of military service, less so about strains on military children. Since we adopted three young brothers in 2007, we've moved six times. Our oldest son has attended eight different schools, the other two seven. They've said goodbye to more friends than I knew in all of my elementary years. The life of a military child is different from what so many American children experience. For them, a home is temporary, school is a transition, and friends are momentary. There are countless benefits to being part of a military family, and I'm thankful to the Air Force which provides them. But there are also many costs, some identifiable, others only known within each heart. My military friends with older kids tell me the boys will miss it when it's over. That may be true, but for now they endure a unique life, a universe far different from my experience at their age. Each morning, as they leave for school, their first sight is the barbed wire on a security fence and a concrete fighting position. These are constant reminders that we are at war where we live. Security here is fleeting and temporal, something that could evaporate before school is even out for the day. This is the world of Osan Air Base, Korea.

Hill 180 forms a large part of Osan Air Base; it's where I write these words. The 'Battle of Bayonet Hill' occurred here on February 7, 1951. Captain Lewis Millett led the men of Company E (Easy Company) from the 27th Infantry Regiment 'Wolfhounds', 25th Division, Eighth U.S. Army on a bayonet charge into impossible odds against an entrenched Chinese force here. With shouts of 'Fix bayonets, everyone goes with me', Capt Millett charged so far in front of his men that at times he had to dodge grenades from both sides. After taking Hill 180, there were ninety-seven dead enemy soldiers on this hill, thirty a result of U.S. Army bayonets. Capt Millett was injured so badly he was evacuated and spent several months in recovery. His sacrifices and that of the 'Easy Company' soldiers secured this land and earned Millett the Medal of Honor, presented on July 5, 1951.

Even as this Hill was secured by their sacrifice, I remember the high cost of the land which contains Osan, on which its families and unaccompanied members live. Land purchased with the blood of our Army forefathers and their Korean brothers is expensive indeed. Today, allied forces in Korea lock arms together daily facing the possibility of renewed war at any time. Recent news reports remind me the freedom of the land on which I rest, purchased with the blood of Easy Company, is not to be taken for granted. It is ensured only by the constant training of military professionals enforcing the truce and supporting one another in war and peace, however tenuous that peace may be.

And as I write, the sounds of gunfire still surrounding me, I'm reminded the war here in Korea is not over. The Armistice holds, because of the readiness of the Korean, American and allied men and women who make the military their calling. They have counted the cost and stand ready to fight. That long line, the lineage of Capt Millett, prepare for war this week. The klaxons and sirens blare, the base-wide announcement system broadcasts loud commands for all to hear, military and civilian alike. Korean and English voices calling men and women to war, reminiscent of Capt Millett calling Easy Company, 'go with me!' This chorus of war reminds me no freedom, and no peace can hold without training for the unthinkable alternative. And train they do, as military men and women around the globe understand, at all hours, in all conditions, as realistically as possible. This preparation is not meant to be comfortable nor pleasant; it is designed to replicate that most frightful of human endeavors, warfare.

On Osan the Field Training Exercise doesn't happen in the field, it happens right here, among the families and unaccompanied military members in their dorms. Families normally far-removed from the realities of warfare replication in a state-side assignment, come face to face with those actualities here. Children, my sons, who no little of war are immersed in its preparation. The clamor reminds them during every exercise that this is one of the most forward-deployed military installations on the planet. Here wartime preparations include the entire family; even our family dog is part of the Noncombatant Evacuation Plan. These training exercises remind us readiness on the Korean Peninsula is a team effort, with every member of the family playing a part.

In this training exercise, that gunfire, those explosions, they aren't real. They come from blank ammunition and bomb sound simulators. The horrid sounds they replicate are what so many children around the world endure each day, the sounds that remind them they are neither free nor secure. For our family, these are the blessed sounds of freedom secured, of men and women willing to train day and night, willing to sacrifice, ready and trained to fight. The sounds of war and the wonderful roar of jet engines as fighter aircraft launch throughout the night make restful sleep elusive. But I wouldn't trade this sleeplessness, this melody of combat training for any other sound. This is the harmony of men and women training to do their mission, working restlessly through the night to secure the freedom of my family and yours.

Sleep well my sons, your freedom secured by this combat lullaby.

전투 자장가

데이브 머피
예비역 미 공군 대령

어젯밤에 우리 아들들은 잠을 설쳤다. 총성과 폭발음 때문에 달콤한 꿈을 꿀 수 없었다. 밤새 군인들을 소집하는 사이렌과 나팔 소리가 울렸다. 길 건너 들려오는 폭력의 소리는 결코 평화로운 음악이 아닌 전쟁의 소음이다. 성인이든 어린이든 인간이라면 견딜 수 없는 소음이다. 슬프게도 절대 있어서는 안 될 이러한 일들이 지구 곳곳에 만연해 있다.

힘든 군 생활에 대한 글은 많지만, 군 자녀들이 받는 스트레스에 대한 글은 많지 않다. 2007년에 세 명의 아이들을 입양한 이후로, 우리는 여섯 번이나 이사를 다녔다. 첫째 아들은 학교를 8번이나 옮겼고, 다른 두 아들도 7개의 학교를 다녔다. 나는 초등학교 시절에 친구들보다 훨씬 많은 친구들과 만났다가 헤어져야 했다. 군인 자녀들의 삶은 보통 미국 아이들의 삶과 다르다. 이 아이들에게 집은 임시 거처일 뿐이고, 학교도 계속 변하며 친구들도 오랫동안 만날 수 없다. 물론 군인 가족으로서 누릴 수 있는 장점도 있고, 이에 대해서는 미국 공군 측에 매우 감사하다. 하지만 그러한 반면에 희생해야 할 점도 많고, 그 중엔 누구나 다 아는 것들도 있지만 개개인에게 한정된 것들도 있다. 다 큰 자녀들이 있는 동료들은 아이들이 자라고 나면 이 때를 그리워하게 될 것이라고 말한다. 물론 그럴 수도 있지만, 일단 현재의 아이들은 내가 그 나이 때 경험했던 삶과 매우 다르고 독특한 삶을 견뎌내야만 한다. 매일 아침 아이들이 등교할 때 가장 먼저 보는 광경은 보안 펜스에 달린 창살과 전투 진지이다. 그래서 우리가 전쟁터에 살고 있다는 사실을 잊을 수 없다. 일시적인 이곳의 보안은 하교 시간 전에라도 없어질 수 있다. 이곳은 바로 대한민국의 오산 공군기지다.

오산 공군기지의 대부분은 180 고지가 차지하고 있고, 나도 지금 그곳에서 이 글을 쓰고 있다. 1951년 2월 7일, 이곳에서 '육박전 고지 전투'가 일어났다. 루이스 밀렛 대위는 180 고지에서 미8군 25사단 27연대(울프하운드)소속 E(Easy Company) 중대를 지휘하여 중공군의 불의의 기습공격으로 일어난 전투를 승리로 이끌었다. '전원 착검하고, 모두 나를 따르라'라고 외치며 선두에서 돌격하던 밀렛 대위는 앞뒤에서 날아오는 수류탄을 피해야 했다. 180 고지를 확보한 후 정비를 하여보니, 그곳에는 97명의 적군 사망자가 있었으며 아군은 30명의 손실을 입었다. 밀렛 대위는 심각한 부상을 입어 수 개월 동안 회복 기간을 가져야 했다. 밀렛 대위는 그가 이끈 이지 중대의 전과를 인정받아 1951년 7월 5일 명예훈장을 받았다.

고지가 그들의 희생으로 얻어지는 것을 보며, 나는 여러 군인과 그들의 가족들이 살고 있는 이 오산 땅의 값어치에 대해 생각해 본다. 과거의 미군과 그들의 형제인 한국군의 피로 얻어진 이 땅의 값은 매우 비쌀 것이다. 오늘날 한국 연합군은 언제라도 발발할 수 있는 전쟁에 대비하고 있다. 최근의 뉴스 보도는 이지 중대의 희생으로 인해 평화가 찾아온 이 땅의 자유를 당연하게 받아들이지 말아야겠다는 생각을 하게 한다. 얼마나 지속될지 모르는 이러한 평화는 휴전 중에도 계속되는 군대 훈련과 전쟁과 평화 속에서 서로를 돕는 것으로만 가능하기 때문이다.

글을 쓰고 있는 지금 이 순간에도 주위에서 들려오는 총성으로 인해 한반도의 전쟁이 아직 끝나지 않았다는 것을 다시 한 번 실감한다. 휴전이 유지될 수 있는 것은 한국군과 미국군의 준비 태세 덕분이다. 그들은 희생정신을 가지고 항상 싸울 준비가 되어있다. 밀렛 대위의 후손들은 이번 주에도 전쟁에 대비하고 있다. 경적과 사이렌 소리가 울리고 군인과 민간인에게 명령하는 방송이 부대 전역에 울려 퍼진다. 한국어와 영어로 모두를 집합시키는 목소리는 마치 이지 중대에게 '나를 따르라!'라고 외치는 밀렛 대위와 매우 닮았다. 이러한 전쟁의 화음은 어떠한 자유와 평화도 모든 것에 대비한 훈련 없이는 불가능하다는 사실을 상기시켜 준다. 그리고 그들이 하는 훈련은 지구상의 모든 군인들이 잘 알고 있듯이 때와 상황을 불문하고 최대한 실제 상황과 비슷하게 진행된다. 이러한 준비태세는 결코 편안하거나 즐겁지 않다. 그것의 목표는 가장 두려운 형태의 인간의 활동, 즉 전쟁을 재현하는 것이다.

오산기지의 야외 기동훈련은 야외가 아닌 군인과 그들의 가족이 사는 숙소 내에서 진행된다. 미국에 배치된 군인이라면 보통 가족들이 전쟁 시뮬레이션을 경험할 일이 없었겠지만, 이곳에서는 직접 마주하게 된다. 내 아들들 역시 이 과정에서 예외가 아니다. 훈련마다 들려오는 시끄러운 소리가 이곳이 지구상에서 가장 전진 배치된 군사 시설 중 하나라는 사실을 알려준다. 이곳에서는 전시대비 체제에 온 가족이 연루된다. 심지어 우리 집 개도 비전투원 후송작전에 포함 되어있다. 이러한 훈련은 한반도의 작전수행 태세가 모든 가족 구성원을 포함하는 팀워크라는 사실을 보여준다.

훈련 중에 사용되는 총이나 폭발은 실제가 아닌 공포탄과 폭발음 시뮬레이터이다. 그것들이 내는 끔찍한 소리를 실제로 지구상에 자유롭거나 안전하지 못한 많은 아이들이 매일 듣고 있다. 반면, 우리 가족에게 이 소리는 축복으로서, 자유의 소리이자 밤낮으로 훈련 받고 희생정신으로 전투태세를 갖춘 군인들의 소리다. 밤새 들리는 훈련 소리와 전투기가 이륙하면서 내는 엔진의 굉음 때문에 잠을 깊이 잘 수는 없다. 하지만, 이 전투 소리와 불면증을 다른 소리와 바꾸고 싶은 생각은 없다. 이 소리는 우리 모두의 평화를 위해 쉬지 않고 노력하는 군인들이 내는 화음이기 때문이다.

아들들아, 잘 자거라. 너희들의 평화를 지켜주는 전투 자장가를 들으며.

How to Catch a Radish

Lieutenant Colonel Christopher E. Martin

No one buys a radish on an impulse. Plain, consistent, and unsexy, radishes lurk among the grocery list basics next to oatmeal and multigrain bread, designed for deliberate use by well-intentioned people. That explains why I had to wait over a month for the phone call that would change my life, sixteen years ago and counting.

"Hello?" I squinted at the unfamiliar number, as the morning haze poked through parted curtains on the tour bus near the Han River.

"It's Gina."

"Oh, hi!" I exhaled, surprised and relieved. Three prior attempts at asking her out, trying to make a friend in this new country. Resignation at my apparent defeat. And now, out of the blue, she called. Just three months into my first assignment as an Army lieutenant, living on the postage stamp known as Camp Red Cloud, Korea, and life in what I can personally deem the Land of the Morning Call was beginning to take an interesting turn.

Our mutual friend in Seoul who nicknamed me after a common root must have mused that the Korean radish, or daikon, is long, mild, and stark white, sort of the way that God made me. I was loosely acquainted with the American version as a crunchy salad garnish, a thin white circle ringed by purple, so the daikon label felt vaguely familiar, yet still distinct, like the colorful peninsula that I would come to know and love.

After the fateful phone call, my next three years in Korea were a crash course in everyday trivialities which, congealed by a striking ethnic homogeneity, imaginative glutinous rice products, and grassroots national pride, make this country a place like no other.

Ancient, narrow alleys lead to neighborhood markets crammed into every nook and cranny, hawking homemade kimchi and tofu and knockoff Adidas backpacks. Cragged mountain vistas and hidden temples bide their time behind clusters of high-rise apartments, waiting for the weekend invasion of walking sticks, hiking books, and clanking stainless steel tumblers. Swarms of tennis shoes, black oxfords, and precarious high heels, like an infinite, treaded ant colony, hurriedly shuffle through busses, taxis, and subways with unspoken choreography. Localized mom and pop restaurants line the streets next to American fast food, French-like bakeries, coffee shops, and the occasional European bistro. And always, soju: that cheap source of national pride, measured in shaded green bottles and poured into a small cup held by two hands, the receiver turning away slightly in polite deference before draining its content, with whiffs of its dregs carried through the late night on the currents of a karaoke song somewhere nearby.

But all of that is the good news. If anything in Korea was set to annoy and befuddle my early initiation, it was surely the silly, useless napkins that are seemingly the only paper product available at any establishment, from the pop-up food stand to the high-dollar restaurant on the twentieth floor. The poor cousin of a disposable cocktail napkin, the Korean version amounts to nothing more than a pathetic, two-inch square of dimpled effervescence that evaporates at the slightest touch, or sometimes even the mere thought of wanting to be used. These little squares of frustration epitomize the collision of Koreans' instinctive respect for the environment, and their perennial cheapness. It ought to be criminal to make napkins this thin. The American-ized dinner napkin, soft to the touch, ready to bear its own weight, and sized for the decadent indulgence of wiping five fingers at once across one's thigh, is a white unicorn on this thrifty peninsula. Tired of discreetly rubbing greasy fingers on my socks in desperation, I've resorted to carrying my own supply.

After three years of exploring the multicolored spectrum of Korea's mountains, beaches, and urbanity, the Army continued my career elsewhere. But I soon added Korea to my household baggage permanently, bringing my young bride, Gina, around the world with me.

I knew this roundtrip tour would return me to Korea someday. So six-teen years later, a routine reassignment brought me back to where I started, to Camp Red Cloud, Korea. Returning was the ultimate vista to gauge how Korea had changed entirely, yet paradoxically remained the same. Driving around then and now, I noticed that road habits are unimproved, though with infinitely more bypasses, onramps and exits, like a deceptively organized Grand Prix where drivers down a double shot of espresso before testing their conviction that red means speed up and beat the other guy through the intersection. Street karaoke and K-pop flash mobs mingle with overexerted, almost socialist choirs who cantillate through distorted loudspeakers, vouch-ing for some local politician hoping to join city council. And Korea remains a bali-bali place where ten minutes and ten thousand won will buy you a head and shoulders massage, a walk-in doctor's visit and antibiotics shot for a persistent cough, or a finely-tuned latte accompanied by a thick slice of fruit-and-cream cake.

I ran into a familiar face this second assignment, too. Maybe not the exact same face, but nonetheless a familiar, if vanishing, breed: leathery and seventy-something, wearing a heavy grin accompanied by too much leftover soju and kimchi whistling through the gaps in his teeth, a tight but friendly grip on my forearm, a weathered baseball cap reflecting an R.O.K. Army unit, and the instant comfort of seeing an old companion.

"You American! American Soldier!" the enthusiastic voice intones just centimeters from my face. "America good" he says, an upturned thumb emphasizing his approval. And so continues the haltingly bilingual, innocent conversation with a man lost in the appreciative wonder of what Americans did for him, and with him, in the Chosin Reservoir over two generations ago. He wears, in all seasons, the type of mutual patriotism that still raises goose-bumps in the thick July humidity. Teenaged, uniformed schoolchildren giggle as they pass, blissfully unfamiliar with the realities that underwrote their privilege to live free as consumers, urbanites, and dreamers.

These students may not look back often, but they do look forward; many of them, with their parents' encouragement, still hope to study in their misty-eyed version of America, tinted by a uniquely Korean vision. Some-times mid-conversation with an elderly, grizzled Mr. Patriot, a young school kid will stop to wave and blurt out a "Hello, what is your name?" lifted straight from an English language textbook. Even in this modern, intercon-nected place, young eyes still seem to fill with wondrous curiosity at the novelty of a tallish white American in a dark green Army uniform trying to bridge two cultures, a clown and diversion of last resort as they trudge toward another long day of study.

Korea still barrels toward megacity modernity, yet remains inseparable from its living history. In a single week a hip hop girl band shares the nation-al spotlight with the latest North Korean missile launch. Meanwhile, in local news, Kim Jong-Il ironically gets into a physical tangle with an American Soldier outside the gate of Camp Casey – a middle-aged Korean male who was named well before his parents understood the historical significance of this moniker.

I now see Korea as many things, but I no longer perceive it alone, thanks to the boundless energy of my three young children who keep their hearts, minds, and souls in two worlds. Fluent in their native Texas but jabbering in Korean as they stab with starter chopsticks at pickled radishes and sticky rice, they occupy two worlds with an authenticity that I can only admire. God bless the interoperable gene pool. So instead of soju, Gina and I now often close our evenings with a glass of cabernet and dry- roasted squid, quietly marveling at the amazing family that now fills our hallways, our apartment dark and subdued with neatly stacked YMCA uniforms ready for the next day's adventure.

And always, near the front of our fridge, there are radishes. Sometimes pickled, and often simmering in the pungent, indelible hues that give kimchi its zing. The humble radish, like so many aspects of this deeply traditional culture, remains ever present in homes, restaurants, and grocery store aisles. Even in the popular American pizza chains downtown, they still serve me, cut into little white cubes, next to the pizza sprinkled with corn and thick cheese, mixing juices with a pickle. East eats West. At every turn, the past, present, and future of Korea and America seemed intertwined. Gazing across the playground on any given weekend, I see our children running and laughing, legs and arms crisscrossed with Korean children, climbing up ladders, across monkey bars, and down twisting slides, their happy voices reverberating across three columns of high-rise apartments. American and Korean, seamlessly combined and complimentary, like radishes on romaine lettuce, or kimchi and rice. This then, is my Korea. Always different, but almost home.

무를 잡은 매력

크리스토퍼 E 마틴 중령

무를 충동구매하는 사람은 없다. 단조롭고 어디에나 있는 무는 오트밀과 잡곡빵 등의 식료품 목록 가운데서 2순위로 평범한 사람들에 의해 구매되는 기본적인 식료품이다. 이 무가 바로 16년 전 내 인생을 뒤바꾼 전화로, 내가 한 달 동안 전화를 기다린 이유를 설명해 준다.

"여보세요?" 모르는 번호가 뜨자, 나는 한강을 지나갈 때 관광버스의 창문 틈새로 들어오는 아침 안개를 볼 때와 같이 눈을 가늘게 떴다.

"지나예요."

"아, 안녕하세요!" 놀란 나는 안도의 한숨을 내쉬었다. 낯선 땅에서 친구를 만들기 위해 세 번이나 데이트 신청을 했었지만 포기한 상태였다. 그런데 갑자기 그녀에게서 전화가 온 것이다. 적막한 시골인 캠프 레드 클라우드에서 중위가 된 지 세 달로 접어들던 그때, 고요한 아침의 나라에서의 내 삶이 흥미로운 변화를 맞이하기 시작했다.

나를 지나에게 소개시켜주고, 나에게 '무'라는 별명을 지어준 서울에 사는 친구는, 길고 부드러우며 창백한 아시아의 무와 내가 닮았다고 생각했나 보다. 미국에서 나는 겉은 보라색에 안은 하얀색인 샐러드용 무를 본 적이 있었기 때문에, 한국에서 '무'라는 별명이 어떤 느낌인지 대충은 알 수 있었지만 아직 낯설기는 하다. 내가 사랑하게 된 이 흥미진진한 한반도에 대한 느낌처럼 말이다.

그 운명의 전화 이후 보낸 3년은, 그 어떤 나라에서도 찾아볼 수 없는 특징인 완벽한 단일민족, 놀랍도록 다양한 찹쌀 음식, 풀뿌리 민족적 자부심 등으로 압축되는 한국 일상에 대한 집중훈련과 같았다.

복잡한 시장으로 연결되는 오래되고 좁은 골목에서는 직접 만든 김치와 두부, 그리고 가짜 아디다스 가방을 판다. 험준한 산등성이와 그 속에 숨은 절들은 고층아파트 뒤에서 주말이면 오게 될 등산 지팡이, 하이킹 관련 책, 스테인리스 텀블러 등을 기다리고 있다. 테니스 운동화, 검정색 가죽 구두, 위태로운 하이힐 무리가 개미집을 짓밟고 버스, 택시, 지하철을 타기 위해 춤을 추듯 급히 뛰어간다. 자영업자가 경영하는 식당들 옆에는 미국의 패스트푸드점, 프랑스식 베이커리, 카페, 유럽식 비스트로 등이 줄을 서 있다. 빼놓을 수 없는 건 역시 소주다. 초록색 유리병에 담긴 이 술은 조그마한 잔에 담아 마시는 한국의 저렴한 자부심으로, 살짝 고개를 들어 한 번에 다 마시는 것이 예의다. 소주 냄새는 가까운 노래방에서 밤 늦게까지 계속 퍼진다.

앞서 언급한 것들은 모두 좋은 예다. 하지만 내가 이해할 수 없는 한국의 단 한 가지는 바로 냅킨이다. 싸구려 길거리 음식점이든 20층에 위치한 고급 식당이든 이 바보같고 쓸모 없는 냅킨을 쓴다. 일회용 칵테일 냅킨과 흡사하지만 이 불쌍한 5센티미터의 정사각형은 살짝만 만져도, 가끔은 만질 생각만 해도 바로 증발해버린다. 이것은 한국인들의 본능적인 환경 의식에 저촉되며 이 냅킨들이 싸구려임을 직접적으로 보여준다. 이렇게 얇은 냅킨을 금지시키는 법이 필요하다. 부드럽지만 강하고, 허벅지에 올려놓고 다섯 개의 손가락을 한 번에 닦을 수 있는 넉넉한 크기의 미국 냅킨은 검소한 한국에서 유니콘과 같을 것이다. 기름 묻은 손가락을 몰래 양말에 닦는 것에 진절머리가 난 나는, 냅킨을 직접 들고 다니기로 결심했다.

나는 3년 동안 다채로운 한국의 산, 바다, 그리고 도시를 탐험하고 난 후에 다른 곳에 배치되었다. 하지만 지나와 결혼하면서 한국과 나는 떨어질 수 없는 사이가 되었고, 내 어린 신부와 함께 세계를 돌아다니게 되었다.

난 내가 언젠가 한국에 다시 돌아오게 될 것을 알았다. 그로부터 16년이 지나고, 나는 현재 근무하고 있는 캠프 레드 클라우드로 오게 되었다. 다시 돌아온 한국은 많이 변한 동시에, 역설적이지만 그대로이기도 했다. 우회 도로와 진입 차선, 출구가 늘어나긴 했지만 그때나 지금이나 진한 커피를 들이킨 그랑프리 레이스처럼 사거리의 빨간불에서 속도를 올려 사고를 내는 한국사람의 운전습관은 변함이 없다. 노래방이나 K-팝 댄서들의 소리는 스피커에서 공산당 합창단의 소리처럼 들려오는 시의원 후보의 기계적인 유세 소리와 맞물린다. '빨리빨리'의 한국사회에서는 10분의 시간과 10,000원의 돈만 있으면 머리와 어깨 마사지, 병원 진료, 독감 주사, 과일 생크림 케잌과 라떼 한 잔이 가능하다.

하루는 친숙해 보이는 얼굴을 만났다. 약간 다르긴 했지만 익숙한 얼굴이었고, 가죽 같은 피부를 가진 70대 노인으로 소주와 김치냄새를 풍기며 나에게 웃음을 짓기 시작했다. 낡아빠진 한국 육군 모자를 쓰고 내 팔뚝을 세게 잡았는데, 마치 옛 친구를 만날 때와 같은 편안함이 느껴졌다.

"당신 미국인! 미국 군인!" 그는 내 얼굴에서 불과 몇 센티미터 떨어진 상태에서 크게 외쳤다. 그는 '미국 좋아.' 라고 하며 엄지를 치켜세웠다. 그는 계속해서 몇 십 년 전에 자신과 함께 일한 미국 군인들에게 얼마나 감사한지에 대해 한국말에 영어를 섞어 연설하기 시작했다. 그의 엄청난 애국심은 습도가 높은 7월에도 닭살이 돋을 정도였다. 지나가던 교복 입은 학생들이 킥킥대며 웃었는데, 자신들이 현재 누리는 경제, 도시, 꿈, 자유와 특권이 무엇 덕분인지 모르는 듯했다.

이러한 학생들은 자신들의 미래만 중요하게 생각하고, 역사는 신경 쓰지 않는다. 학생들 대부분은 부모님의 기대에 따라 한국만의 독특한 방법으로 공부를 한다. 가끔 이러한 애국자 할아버지들과 대화를 나누고 있으면 어린 학생들이 인사를 하며 다가와 영어 교과서에서 배운 대로 '헬로, 왓츠 유어 네임?' 이라며 불쑥 물어본다. 오늘날 국제사회에서 자라는 학생들도 초록색 군복을 입은 키가 큰 백인이 한국인과 대화를 나누는 것을 보면 신기하고 궁금한가 보다. 나는 학생들이 하루 종일 계속되는 공부에서 잠깐 동안이나마 주의를 돌릴 수 있는 광대가 된다.

한국은 매우 현대적으로 발전했지만, 떼놓을 수 없는 역사가 있다. 같은 한 주 동안 걸 그룹 기사와 북한의 미사일 발사 기사가 함께 나오는 한편, 지역 뉴스에서는 부모님이 이름을 '김정일'로 지어주신 중년의 한국 남성이 캠프 케이시 주변에서 미군과 싸움을 벌인 내용이 보도된다.

나는 다양한 시각으로 한국을 바라본다. 하지만, 다른 두 세상에 마음, 정신, 영혼을 두고 사는 나의 세 아이들과 함께 있다. 한국어와 텍사스 사투리에 모두 유창하고 피클과 밥알을 젓가락으로 집을 수 있는 우리 아이들은 나와 달리 한국과 미국의 정통성을 편견 없이 이해하고 있다. 다른 인종 간에도 유전자 병합이 가능해서 다행이다. 지나와 나는 저녁이 되면 마른 오징어와 함께 소주 대신 와인을 마시다 복도에는 다른 가족이 지나다니고, 어두운 아파트 한 켠에는 깔끔하게 정리된 채로 다음 탐험을 기다리는 YMCA 유니폼이 있다.

그리고 우리 냉장고 안에는 항상 무가 있다. 피클로 만들어 먹거나 톡

쏘는 맛을 위해 김치에 넣기도 한다. 이러한 무는 오래 된 전통문화의 다양한 면처럼 집, 식당, 슈퍼에서 항상 찾아볼 수 있다. 시내에 있는 유명한 미국 피자 가게조차 옥수수와 치즈 토핑이 된 미국 피자 옆에 피클과 함께 작은 네모 모양으로 썬 하얀 무를 준다. 동양과 서양의 조화다. 과거, 현재, 미래 모두 한국과 미국은 모든 면에서 서로 얽혀 있다. 주말에 놀이터에 나가면 우리 아이들이 웃고 떠들며 한국 아이들과 함께 정글짐에 올라가고 미끄럼틀을 타면서 행복한 웃음소리가 아파트 단지에서 울려 퍼지는 모습을 본다. 한국과 미국은 무와 배추, 밥과 김치처럼 서로 섞여 상호를 보완하는 존재다. 이것이 바로 나의 한국이다. 항상 다른 모습이지만 집과 같은….

Nothing Calm About It: The Sensations of Korea

Lieutenant Colonel Timothy P. Hayes, Jr.

Korea has long been known as the 'Land of the Morning Calm'. In fact, my wife's blog of our time in Korea is aptly titled 'Morning Calm Moments'. Yet my ten months in Korea has been anything but calm. Exciting? Definitely. Turbulent? Often. But calm? Rarely. This is not an indictment. If anything, it is an endorsement - an affirming nod to a people, a culture, and a country that has risen from the ashes to be miraculously transformed into a vibrant, bustling, and successful nation. Living in Korea has offered me the opportunity to experience this exhilarating society from a personal level, as each of my senses is inundated by continuous impressions of life in this exotic and electrifying country.

Sight. Seeing Korea for the first time, a person can be overwhelmed by the sheer busyness of the place. Flying into Incheon Airport, you can marvel at the sleek lines of perhaps the world's most modern and well-designed airport. Waves of people swell in and out of passageways and often crash into you like the surf, meaning no harm but with a destination clearly in mind.

Many of these people have heads bent forward, their faces glowing with the light emanating from their smartphones. There doesn't seem to be a single person in the country that doesn't have one, from the toddler in the stroller to the elderly gentleman fighting to get his coveted seat on the train. Orange taxis, purple buses, blue trains, the multi-colored Namsan Tower, grey skies, pink azalea blossoms in the spring, and the green of spring add to the rainbow of color in an otherwise steel and concrete city.

Sound. Korea is a cacophony of sound. Although there must be such a place, I've yet to find a truly tranquil location in Korea. Whether on the coastal beaches or the mountain hiking trails, there always seem to be people around: chatting, exercising, proselytizing, or even snoring where they sit. The city is especially discordant. Subway stations that announce the arrival of the next train, the whoosh of the train approaching, the tapping of texts on the ever present smart phones. On the street, the blare of car horns, often from those orange taxi cabs, the hiss of air brakes, the shrill whistle of the traffic cop, the hum of commerce, and the chatter of pedestrians talking on those ubiquitous phones are a steady blanket of noise that both isolates and shields bewildered travelers. Entering your apartment at the end of the day you may be struck by the still quiet that doesn't seem to exist anywhere else.

Smell. Anyone that has lived in Korea for any length of time is familiar with the sometimes overpowering smell of kimchi in a crowded subway car. It always makes me wonder if Americans smell like greasy bacon fat to foreigners. Sometimes the yellow dust is accompanied by a sulfurous smell that only seems to exacerbate the poor air quality. But in the spring, a visit to the cherry blossom festival more than makes up for it, as does a hike on a clear day. Ending the day with a stroll through a vibrant street market filled with food vendors where a variety of food smells mingle together reminds you of why Korea can be such an exciting place to live, and encourages you to have one more snack before bed.

Taste. If Korea appeals to one sense more than any other, it is taste. Korean food is unlike any other that I have experienced in my travels around the world. Growing up Pennsylvania Dutch, where salt is the signature spice and used sparingly, kimchi is definitely an acquired taste. I've learned to enjoy it in small doses served with other dishes. Finding a fun, hole-in-the-wall "beef and leaf" restaurant is always fun and provides an opportunity to enjoy kimchi in smaller doses for a novice like me. We enjoy Foody Goody outside of Camp Coiner to fix our beef and leaf cravings. Beef or pork Bulgogi over rice with mandu is a staple for a tenderfoot gourmet like me, although I've been known to order Bibimbap. A nice charcoaled grid squid is also an unusual but savory treat, although I've yet to try dog meat. In Uijeongbu, outside of Camp Red Cloud where I work, budae jigae is a traditional dish made with spam that was introduced during the Korean War when spam was readily available in the G.I. community. Koreans enjoy desserts although they don't seem to have the same sweet tooth as this American, when red bean paste is the filling in a doughnut instead of raspberry jam. Traditional soju, rice wine, is popular with Koreans and service members alike, and also comes with fruit flavoring to make it go down a little easier for the novice drinker. If Korean food isn't your forte, Seoul is home to a wide variety of world-class international food in neighborhoods like Itaewon and Haebaechon.

Touch. There is no shortage of opportunities for touch in Korea. Everyone is always in close proximity to you, whether being crowded by others or not. Personal space doesn't seem to be a concern here, nor do Koreans seem apologetic if they do brush against you. It isn't violent, just purposeful. They have a destination in mind and disdain being delayed. More positively, because public areas in Korea are kept so clean, I am more likely to touch things in Korea – to pick up fruit in the market, to grab a railing, or to hold onto the strap in the subway, without worrying about becoming germ- ridden. Finally, I've come to appreciate the short but intense massage at the conclusion of my haircut, which reminds me that human contact is vital to my well-being.

While I may not experience each of these many sensations on a daily basis, over the course of a week or two they all impact me at different times and in a myriad of ways. Whether on the PT field in the early morning or in the city late at night, but before curfew, the country is alive with all these sensations and many more.

Which one is your favorite?

고요하지 않은 나라: 한국 감상

티모시 P 헤이스 주니어 중령

한국은 오래 전부터 '고요한 아침의 나라'라고 불려 왔다. 내 아내가 운영하는 블로그의 이름도 '고요한 아침의 순간'이다. 하지만 내가 한국에서 보냈던 지난 10개월은 전혀 고요하지 않았다. 그렇다면 흥미진진함? 정확하다. 소란스러움? 자주 그렇다. 하지만 고요함이라니? 그다지 어울리지 않는다. 이것은 한국에 대한 비난이 아니라 긍정이다. 과거의 잿더미에서 활기차고 북적거리는 선진국으로 기적적으로 탈바꿈한 이 나라 사람들과 문화에 대한 지지이다. 한국에 살면서 나는 이 흥미진진한 사회를 직접 경험할 수 있었고, 나의 모든 감각들은 이국적이고 짜릿한 나라의 선명한 인상으로 요동치게 되었다.

시각. 한국을 처음 방문하는 사람이라면 이 나라의 분주한 모습에 놀라게 될 것이다. 일단 인천공항으로 들어오면 세계에서 가장 현대적이고 세련된 공항을 보고 감탄하지 않을 수 없다. 통로를 오고 가는 한국인들이 마치 파도처럼 당신을 치고 지나가지만, 빨리 목적지에 도착하기 위해서일 뿐이지 악의는 없다. 사람들 대부분은 고개를 앞으로 숙이고 스마트폰을 보고 있다. 걸음마를 뗀 아이들부터 지하철 노약자석에 앉기 위해 소리를 치는 노인들까지, 이 나라에서 스마트폰이 없는 사람들은 거의 없어 보인다. 주황색 택시, 보라색 버스, 파란색 기차, 형형색색의 남산 타워, 회색 하늘, 분홍색 봄 진달래, 초록색 봄 나무들이 강철과 콘크리트 벽으로 이루어진 도시에 화려함을 더해준다.

청각. 한국은 소음이 많다. 어딘가에 있기야 하겠지만, 나는 아직 한국에서 진정으로 고요한 장소를 보지 못했다. 해변가나 등산로에도 항상 수다를 떨거나, 운동을 하거나, 전도를 하거나, 앉아서 코를 고는 사람들이 있다. 소음은 도시에서 특히 심하다. 다음 들어오는 열차를 알리는 지하철 방송, 지하철이 휙 지나가면서 내는 소리, 스마트폰으로 문자 보내는 소리 등을 들을 수 있다. 길에서는 차 경적 울리는 소리(주황색 택시들도 마찬가지), 에어 브레이크 소리, 교통 경찰의 날카로운 호루라기 소리, 상점에서 흘러 나오는 노래 소리, 그리고 스마트폰으로 통화하면서 지나가는 보행자들까지 이 모든 소리들은 당황한 외국인 여행자들을 소외시키는 동시에 보호해준다. 하루가 끝나고 집으로 들어오면 바깥 어느 곳에서도 존재하지 않는 어색한 정적을 맞이하게 된다.

후각. 한국에 어느 정도 오래 산 사람이라면 꽉 찬 지하철 안에서 풍겨 오는 강한 김치 냄새를 알 것이다. 그래서 나는 미국인들이 다른 외국인들에게 베이컨 기름 냄새가 나는지 간혹 궁금해진다. 황사가 불 때면 함께 날아오는 유황냄새 때문에 이미 안 좋은 공기가 더 악화된다. 하지만 맑은 날에 하이킹을 갈 때나 봄에 열리는 벚꽃 축제는 이 모든 것을 보상해준다. 일을 마치고 길거리 음식으로 가득 찬 시장에서 음식 냄새를 맡으며 걷다 보면, 왜 한국이 재미있는 곳인지 새삼 느끼게 되면서 잠 들기 전에 야식을 한 번 더 먹게 된다.

미각. 한국을 느낄 수 있는 가장 강한 감각이 있다면 그것은 바로 미각이다. 한국 음식은 내가 경험했던 여러 다른 나라의 음식보다도 독특하다. 소금을 거의 쓰지 않는 펜실베니아 더치 민족으로 자란 나로서는 김치 맛에 익숙해지기가 힘들었지만, 지금은 다른 음식에 곁들어 조금씩 먹게 되었다. 소갈비를 직접 구워서 쌈에 싸 먹는 식당에서는, 나 같은 김치 초보자들도 약간의 김치를 즐길 수 있다. 우리는 보통 소갈비가 먹고 싶을 때 캠프 코이너(용산 연합사) 밖에 있는 '푸디 구디'에 간다. 초보 미식가인 나는 보통 만두와 밥과 함께 돼지 불고기나 소 불고기를 즐겨 먹는데, 최근에는 비빔밥을 주문하는 법도 배웠다. 숯불 오징어도 특이하지만 맛이 있고, 아직 개고기는 먹어보지 못했다. 내가 근무하는 의정부 캠프 레드 클라우드 주변에는, 한국 전쟁 당시 미군에 의해 소개된 스팸으로 만든 부대찌개가 유명하다. 한국 사람들도 디저트를 좋아하는데, 미국인인 나만큼 단 것을 좋아하지는 않아서 도넛 안에 라즈베리 잼 대신 팥 앙금을 넣어 먹는다. 소주와 막걸리는 한국인이나 미군 모두 즐겨 마시는데, 술을 잘 못 마시는 사람들을 위해 만든 과일 맛 소주도 있다. 한국 음식을 좋아하지 않더라도, 서울의 이태원이나 해방촌에 가면 세계 각국의 음식을 맛볼 수 있는 식당들이 많다.

촉각. 한국에 있는 이상 촉각은 쉴 틈이 없다. 어느 곳에 있든지 주변이 항상 사람들로 북적거리기 때문이다. 서로를 치고 지나가도 사과를 하지 않는 한국에서 개인 공간은 그다지 중요한 개념이 아닌 것 같다. 사람들이 치는 이유는 싸움을 거는 것이 아니라 가야 할 곳에 늦지 않게 가기 위한 단순한 목표의식 때문이다. 반면, 한국의 공공장소는 보통 깔끔한 편이기 때문에 나는 뭐든지 잘 만진다. 시장에서 과일을 만지거나 지하철에서 난간이나 손잡이를 잡을 때에도 세균 때문에 딱히 걱정하지 않는다. 마지막으로, 이발이 끝난 후에 해주는 짧고 굵은 두피 마사지에도 이제야 익숙해지게 되면서, 내 건강을 위해서는 사람의 손길도 필요하다는 것을 알게 되었다.

이러한 감각들이 매일같이 작동하는 것은 아니지만, 1~2주에 한 번씩은 무궁무진하고 다양한 방식으로 나에게 충격을 준다. 이른 아침 부대에서 훈련을 받을 때나 밤 늦게(통금 시간 전) 시내에 있을 때나, 한국은 다채로운 감각으로 생동감 넘친다.

당신은 어떤 감각이 가장 마음에 드는가?

Unforgettable Goodbyes

Elizabeth White

Life in Korea started in the summer of 2014. I remember departing from the plane with the smell of rain meeting my nose. The view has always been the same to me, grey and slow, with fields scattered around, and cars driving through red lights. I would visit Korea to see my mom's family every few years over the summer. But this time, we weren't here to visit for a little and go back home, instead Korea was my new home. I was excited about it, but also wary, not knowing what to expect.

We first settled in on base and I remember seeing new faces, meeting me with smiles and friendly "Heys!" Little did I know, those people would become close to me and we would hang out all the time. They became my family. Soon school came around, the beginning of my 8th grade. The school is awfully small compared to ones in the states, but I got used to it. I guess the idea of getting to know and become friends with everyone in the school suited me. But one day my parents made a decision and decided to move off base, so we did.

It was hard at first. I missed the safe feeling on base, the close distance from everything (the pool, BX, commissary, and school), and my friends living all around me. Not a lot of people I knew lived near me off base so I didn't like it and I honestly still don't. And sadly my friends and I weren't as close after that, for I would barely go on base. But living off base opened new opportunities and I know that now. I started drawing and piano classes and even made a new best friend, plus my family would come a little more to visit. Living off base has made me look outside the box, instead of just staying in. As the school year past, the people who meant the world to me slowly moved one by one. The smiling faces that I once knew would hold tears in their eyes, and we would have to say goodbye.

Living as a military child is hard, because we can't settle down and enjoy ourselves knowing it's always going to be like this and that people would be 'BFF's' till the end. Instead, we have to say bye more growing up than average people do in a lifetime. Each time I would make a new friend, I would have to accept that it was only for a short time until we would separate. I've met people here in Korea that changed my life. And we would make a lifetime full of memories and moments. But each time one of them would leave, each time we said our 'goodbyes', a part of me would leave with them.

Family life also gets tough. My parents always wanted me to go out and explore but would be disappointed if I hung out with friends too much and especially if I went on base. I guess I understand how they feel but they wouldn't know my view on it. Maybe writing this will give a better understanding to my parents and even others to why I spend so much time with people who won't even be in my life for long. My friends, they make moving to a new place worthwhile. So because we only have a short time until our friends leave, we try to spend as much time we can with them, and try to make as many moments.

Next, high school came around sooner than I expected but it was surprisingly okay. If you aren't in high school yet, I'm going to tell you now, friendships will change, and sometimes you will end up making different friends. Since high school started, I've gotten closer to many but also farther from most. I also met more amazing people, mostly from playing sports. It's nice because once you meet people on a team you will probably play another sport with them since the athletic students usually play all year round, moving on to a new sport each season. Let me tell you, going to a Dodea school has its pros. If you are on a varsity sports team you get to go to the Kaiac tournament which is when you play against all Korean DoDs and international schools here and then finally travel to play in the Fareast tournament (usually held at Japan) for a week to play against other DoDs pacific schools. I have been to Fareast once, which was for basketball and I'm thankful that I had the chance to experience that.

In that single week of team bonding in Iwakuni Japan, I had gotten close to people that I never thought I would be friends with. Now I play soccer with most of them and will go to another Fareast later this month. But as the end of the school year gets closer the more I try to spend time with the most important people to me because most of them are moving in the summer, and some are going to college. This weekend we (OAHS soccer team) won the Kaiac championships vs SAHS and it was amazing. Most of my team won't be here next year so I am thankful that we were blessed enough to leave this season with a remembrance of them.

I'm also thankful that I got the chance to be a military child, for we end up going through the most life experiences and without those experiences, we wouldn't be the unique people who we are grown up to be. We learn to stay tough though we might be in pain, for we hold in our emotions to reduce the pain of others, we learn to open our eyes and to view a new perspective on the world and out surroundings, we learn to keep on going once we are blown down, and that even though everyone has many differences, we are all the same and that no names, words, or stereotypes will get in the way of friendships and lifelong bonds.

And the most important to me, we learn to cherish those small moments that no one would usually think twice about, the small details people look past. We may feel sorrow, pain, depression, and homesick at times but it's worth the feeling of true friendship and love, of thankfulness and joy. Even though it is hard that people u learned to love have to leave, it's the precious memories that keep you going, and that make you for who are. These types of moments are what I live for, and adds up to why I love Korea. All I can say is that I've been through a lifetime of tears, laughs, memories, and adventures and these little things make Korea unforgettable.

잊을 수 없는 작별

엘리자베스 화이트

한국에서의 생활이 시작된 건 2014년 여름이었다. 비행기에서 내릴 때 날 맞아 주던 비의 냄새가 아직도 기억난다. 회색하늘, 산재해 있는 들판, 빨간 신호등에도 멈추지 않는 자동차 등등 모두 익숙한 광경이었다. 몇 년에 한 번씩 여름이 되면 외가 친척을 방문하기 위해 한국에 오곤 했었기 때문이다. 하지만 이번에는 단순한 짧은 방문이 아닌 한국에서의 진짜 삶이 시작 되는 순간이었다. 나는 설레는 동시에 낯설고 긴장이 되었다.

처음 부대에서 살면서 나를 웃으며 반갑게 맞아 주던 새로운 얼굴들이 기억난다. 나의 염려와 달리 이 친구들과 매우 가까워졌고 매일같이 함께 어울리면서 가족 같은 존재가 되었다. 개학을 하면서 나의 8학년 생활이 시작되었다. 미국에서 다니던 학교에 비하면 정말 작았지만, 나는 곧 잘 적응했고, 학교에 있는 모든 친구들과 친해지게 되었다. 하지만 곧 부모님의 결정에 따라 부대 바깥으로 이사를 가야 했다.

처음에는 많이 힘 들었다. 안전할 뿐만 아니라, 모든 것(수영장, 매점,

식당, 학교)이 가까이에 있고, 항상 친구들을 만날 수 있는 부대 안이 그리웠다. 내가 아는 사람들 대부분이 부대 안에 살기 때문에, 그 때나 지금이나 부대 바깥에서 사는 것이 솔직히 별로 마음에 들지 않는다. 이사를 온 후로는 부대에 자주 가지 못하고 친구들과 조금씩 멀어지기 시작하여 슬펐다. 하지만 부대 밖에 살면서 새로운 기회가 펼쳐졌다는 것을 이제 알게 되었다. 미술과 피아노 레슨을 시작했고, 새로운 친구들도 만들었으며, 친척들도 우리 집에 더 자주 온다. 부대 밖에 살면서 시야도 더 넓어지게 되었다. 학년 말이 되면서 나의 소중한 친구들이 하나 둘씩 떠나기 시작했다. 항상 웃던 친구들의 얼굴에서 눈물이 흘렀고, 우리는 작별을 했다.

군인의 자녀로 사는 것은 힘들다. 한 곳에 계속 머물러 살면서 친구들을 평생 만날 수 없기 때문이다. 보통 사람들이 일생 동안 하는 작별보다 우리는 청소년기에 더 많은 작별과 마주한다. 나는 새로운 친구를 사귈 때마다 언젠가는 헤어질 것이라는 생각을 하고 만난다. 나는 한국에서 내 인생에 큰 영향을 준 사람들을 많이 만났고, 그들은 나의 평생에 걸쳐 소중한 순간들을 함께 할 수 있을 만한 사람들이다. 하지만 그들은 모두 떠났다. 나도 함께 떠나고 싶었지만 작별 인사를 해야만 했다.

힘든 건 가정생활도 마찬가지다. 우리 부모님은 항상 나에게 밖에 나가서 많은 걸 경험하라고 하시면서도 내가 친구들과 너무 많이 어울려 놀면 실망하시곤 했는데, 이건 부대 안에 있을 때 더 심하셨다. 나는 부모님의 마음을 어느 정도 이해하지만, 부모님은 나의 입장을 잘 모르는 것 같다. 아마 이 글을 보고 우리 부모님과 다른 사람들이 내가 평생 함께 하지도 않을 친구들과 왜 그렇게 많은 시간을 보내는지 알게 될지도 모르겠다. 내가 수 많은 이별을 감당해낼 수 있는 건 친구들이 있기 때문이다. 서로 오랜 시간을 함께 하지 못하기 때문에 최대한 많은 시간을 함께 하면서 많은 순간을 공유하기 위해 노력한다.

나는 생각보다 빨리 고등학생이 되었지만, 놀랍게도 그다지 나쁘지 않았다. 나는 아직 고등학교에 입학하지 않은 친구들에게 고등학생이 되면 새로운 친구 관계가 시작된다는 점을 충고하고 싶다. 고등학생이 된 후로, 나는 많은 친구들을 사귀는 동시에 더 많은 친구들과 멀어졌다. 또한, 운동을 하면서 정말 좋은 친구들을 만났다. 보통 운동을 하는 친구들은 일 년 동안 계속해서 다른 운동을 하기 때문에, 한 번 만난 친구들은 계속해서 만나게 되어 정말 좋다. 군 자녀 학교에 다니는 데에는 분명 장점이 있다. 학교 운동 팀의 선수가 되면 국제학교 간의 토너먼트에 참가하게 되는데, 한국에 있는 모든 군 자녀 학교 및 국제학교와 겨루게 되고, 보통 일본에서 일 주일간 열리는 극동지역 토너먼트에 참가하여 태평양쪽의 모든 군 자녀학교들과 대항하게 된다. 나도 극동지역 토너먼트에 농구 선수로 참가한 적이 있는데, 그 기회를 가진 것에 대해 매우 감사하게 생각한다.

일본 이와쿠니에서 팀 선수들과 지낸 일주일 동안 생각지도 못했던 친구들과 친해지게 되었다. 지금은 그 친구들 대부분과 축구를 하고 있는데 이 번달 말에 다시 한번 극동지역 토너먼트에 참가할 예정이다. 학년말이 다가오면서 여름이면 이사를 가거나 대학에 입학하게 될 나의 소중한 친구들과 최대한 많은 시간을 보내려 하고 있다. 저번 주말에는 우리 오산 미국인고등학교가 서울 미국인 고등학교를 상대로 한 축구토너먼트에서 멋진 승리를 거뒀다. 대부분의 팀 친구들이 내년이면 학교를 떠나기 때문에, 시즌이 끝나고 헤어지기 전 모두에게 좋은 추억이 생겨 감사하다.

나는 또한 군인의 자녀이기에 감사하다. 내가 자라면서 해왔던 특별한 경험들이 없었더라면 지금의 나는 없을 것이다. 힘들어도 이겨내고, 타인을 위해 감정을 숨기고, 시야를 넓혀 큰 세상을 접하고, 넘어져도 일어나고, 나와 다른 사람들일지라도 선입견과 편견 없이 바라보면 모두 평생 가는 친구가 될 수 있다는 것을 배웠다.

또한 보통 사람들이라면 대수롭지 않게 여길 일상의 순간들을 소중히 여기는 법을 배운다. 가끔은 슬프고, 아프고, 우울하고, 향수병에 잠길 때도 있지만, 진정한 우정과 사랑 그리고 고마움과 즐거움도 느낀다. 비록 사랑했던 사람들이 떠나는 걸 지켜보는 것은 힘들지만, 이러한 경험으로 인해 더욱 강해졌고 지금의 내가 되었다. 이러한 순간들이 바로 내가 살아가는 이유이자 한국을 사랑하는 이유다. 살면서 겪어 온 눈물, 웃음, 추억 그리고 탐험의 순간들이 한국이란 곳을 내게 잊을 수 없는 특별한 나라로 만들었다.

Lives in Korea

2LT Matthew Bloomfield

Walking down the street near a busy market you'll find dozens of little shops all lined up. Tiny places, but they have a wider variety than you can find anywhere. A vender selling home grown fruit is right next to a cell phone store, with cutting edge technology. Only feet from that raw fish, fresh and not so fresh, stare at you with wide eyes as you walk past to the next store where mere inches away are blue jeans on a mannequin in front of a clothing store. To your left experienced hands turn snacks cooking at a small cart. This is kind of street is one of my favorite things about Korea. It makes simply walking out your door something of an adventure, and can change a grimy little town street into an exotic place.

One of the first things I was told when I came to Korea for the first time, in 2008, was that my nose would never be bored. Isn't it the truth? In the morning, looking out through the haze from the top of an apartment complex you can smell the spices that go into Korean cooking. In the streets it is commonplace to catch whiffs of wood smoke, sewer, savory cooking and then exhaust all in a moment. Somehow it manages to assault my senses in just the right way, and in America I find myself even missing that sewer smell a little, just because it is part of such an interesting collection. The real treat is near autumn harvest time, when the proverbial cornucopia comes out. I think there is almost nothing in this would I would rather smell than Korean grapes.

Korea defies some standardized methods of city planning and architecture in the most fantastic ways. I can't help but smile when I find a stairway that is just too crooked, and where the steps aren't quite even, and a little too narrow by American sensibilities. And yet such steps will stand next to soaring apartment complexes that blaze with fantastic light when evening comes. You haven't seen one of the most beautiful sights created by man until you've stood atop a tall building in Busan at night and watched the city live.

If you are anything like me you probably at one time in your life saw Chinese paintings of soaring hills with steep sides and considered them something of an exaggeration on the artist's part. In Korea I have come to know something of the extremity to which hills and mountains can rise in an Asian country and so I have come to respect such painter's objective view of their subject. The true artist is nature itself, however, when spring and fall reach the trees on the hills. In spring the blossoms burst in whites, pinks and purples. In the autumn, vivid green is replaced by every imaginable shade of yellow, orange and red.

I learned quickly that in Korea, soup only comes in two forms; boiling hot or with ice cubes. It is a symbol of the extremes that permeate Korean thought brought to life in delicious form. You can try to wait for the boiling soup to cool but Koreans will tell you it is losing taste as you wait. The soup with chunks of ice floating in it still managed to be 'hot', because of all the spice added to it.

It has been my good fortune to be able to experience Korea over the span of years and while wearing some very different hats. The things I mentioned above are some of the first things I noticed about life in Korea, but the real experience is in learning about Koreans themselves and seeing them in a variety of situations. Let me briefly introduce you to some of the people I've met in Korea.

It was as a missionary I met my Korean big brother, while working on Geoje Island. My big brother is very outgoing and had a dream to be a pop music singer. He had an excellent voice and could mimic English better than almost any Korean I have met. He taught me to play Janggi and was almost nice enough to let me win a couple times. Before working with my big brother, I thought myself quite proficient in speaking the Korean language. He inadvertently humbled me with the simplest of phrases and because of it I will never say I have learned Korean, but rather that I am learning always.

One friend I met in Busan declared that my name sounded like the Korean word for wild hog, and that she would from that time forward call me wild hog. Also, knowing full well that Korean doesn't have a 'z' sound, she would replace 'j' sounds with 'z' sounds in Korean, just to sound different. She felt especially clever when she could confuse an American with her unique, affected accent.

It was with near zero understanding of Korean politics that I received a phone call from my unofficial, adopted Korean grandmother one morning. She was crying and told me that the president was dead. I went to her house and I tried to comfort her while she explained how then President Lee Myeongbak was still alive, but a president from the past had committed suicide. In the days that followed the Korean flag flew in every window, an especially impressive sight on apartment complexes 200 feet high.

One poor Korean missionary taught me the power of Korean food when he got stuck with several of us American missionaries. We were eating chocolate cookies and hot chocolate. He ate one and got sick, saying it was just too sweet. He immediately went to the fridge and ate some kimchi straight from the large plastic ware we kept it in. After a few bites he said with a smile that he had been revived and wouldn't be sick, but he would skip on indulging in any more of our sugary edibles.

I returned to Korea as an exchange student, studying at Korea University Sejong Campus, in Chungcheong Province. Life in Korea as college student was vastly different than life in Korea as a missionary. The best things didn't change much, but karaoke rooms were a fantastic discovery this time around and I found a friend in a fellow Beatles enthusiast. We sang 'Hello Goodbye' until we were hoarse.

The international students at KU Sejong had the opportunity to stay in a Buddhist temple overnight and learn several different types of meditation, among other things. My favorite was walking meditation, and I still find great peace in this overly deliberate exercise in motion for the purpose of clearing one's mind. The cadence taught by the monks that night was a little odd when I first heard it. As we breathed in the monk would say, 'It appears', and as we exhaled 'it disappears'. I found subtle meaning in the words, while sitting crossed-legged with the smell of incense floating around me.

One of my most treasured experiences while at Korea Univeristy Sejong Campus was with my professor of Korean Language and Culture. On our first day of class he took us down to the front gates of the university and told us about the history of those gates. Following the Korean War, Sungman Rhee enforced his will on a country that was democratic only in name. University students, unable to bear it, took to the streets in mass protests. Before they left, they pressed fingers or lips to the gate of their school.

In those protests some died and were unable to continue their studies. They obtained their goal as their professors joined them in the streets. My professor explained that when the new campus had been built they had moved the gateways to the new campus, brick for brick, in order to maintain the true spirit of the university. In this experience I found a new depth of appreciation for liberty, for education and for their relation to each other.

Life in Korea as a soldier is very unlike any previous experience I have had in this country. Sometimes I wander south past 'the ville' in the evening just to remember I am in Korea. Camp Casey offers little of the sights of apartments in a thriving metropolis. The living arrangements and quantity of work to be done keep me from daily wandering quaint streets just to see what odd assortments of shops the market has patched together. Even the smells are just not the same. Honestly I'd have to say that the army is one of the worst ways to experience Korea.

However, I have found of depth of appreciation for 'life in Korea' while in the Army that I failed to fully achieve while living here as a civilian. My experiences living in Korea are something I treasure, but far more I treasure the people. My Korean older brother married the friend who called me wild hog and they live in Seoul with their two little girls. My professor, and the intellectual descendants of the professors and students he taught me about live in Seoul. These and countless others live within range of North Korean long-range artillery. While the military may not always be the best way to experience life in Korea, it is a time-tested method of preserving lives in Korea.

The lives of the Korean people, and the freedom and prosperity for which they have worked so tirelessly, sometimes seems as fragile as the spring blossoms. There is immeasurable value in the life of a soldier in Korea, even if it isn't the exciting stuff of stories. When the days are long or the restrictions are strong, I remember that we stand between a monster and the lives of Korea. This brings a peace to rival any meditation. There is always the possibility for the violence of war, however unlikely it may seem. When this possibility is set against the peace we enjoy Korea truly shows itself to be the Land of the Morning Calm.

한국에서의 생활

2LT 매튜 블룸필드

바쁜 시장 한 가운데를 걸어가다 보면 일렬로 서 있는 조그마한 상점들이 보인다. 규모는 작지만 어디에서도 볼 수 없는 다양한 제품들이 있다. 직접 키운 과일을 파는 장사꾼 옆에는 최신식 기술을 자랑하는 휴대폰 가게가 있다. 싱싱한 날생선들이 큰 눈으로 나를 바라보는 길을 지나면, 바로 옆에 있는 옷가게에서 청바지를 입고 있는 마네킹이 보인다. 왼쪽에는 능숙한 솜씨로 간단한 음식을 요리하고 있다. 이러한 골목이 내가 한국에 대해 가장 좋아하는 것 중 하나다. 이러한 시장은 지저분한 동네길을 매력적인 장소로 탈바꿈시키고, 집 밖으로의 외출을 새로운 경험으로 만들어주기 때문이다.

내가 2008년에 처음으로 한국에 왔을 때, 가장 처음 들었던 말은 내코가 심심할 일이 없을 것이라는 말이었다. 정말 사실이었다. 아파트 꼭대기에서 아침 안개를 바라볼 때면 갖은 한국 양념의 냄새가 올라온다. 길을 걸어갈 때면 타는 장작, 하수구, 맛있는 음식, 자동차 매연 냄새를 한 번에 맡을 수 있다. 가끔은 그 냄새들이 나를 괴롭히기도 하지만, 미국에서는 그 흥미로운 집합체 중 하나인 하수구 냄새가 그립기도 하다. 최고의 냄새는 풍요의 계절인 가을의 추수 무렵이다. 이 세상 어떤 향기보다 가장 좋은 냄새는 한국 포도의 냄새다.

한국은 정말 멋진 방식으로 전형적인 도시 계획과 건축 방식을 거부한다. 매우 심하게 경사가 졌거나 울퉁불퉁한, 또는 미국인의 기준으로 너무나도 좁은 계단을 볼 때면 나는 웃음을 참을 수 없다. 하지만 저녁이 되면 그러한 계단 옆에는 초고층 아파트 단지가 화려한 불빛으로 반짝인다. 부산의 초고층 건물에서 밤에 내려다보이는 도시의 야경은 인간이 창조한 최고의 장관 중 하나일 것이다.

나와 비슷한 사람이라면 중국의 한 그림에서 가파른 경사의 높은 언덕을 보고 화가의 상상력이 지나치다고 생각해 본 적이 있을 것이다. 하지만 나는 한국에서 살면서 아시아의 산과 언덕들이 실제로 매우 높고 경사가 심하다는 것을 알게 되었고, 그런 화가의 객관적인 사실 묘사를 존경하게 되었다. 그러나 진정한 화가는 봄과 가을에 언덕 위로 햇빛을 비춰주는 자연이다. 봄이 되면 흰색, 분홍색, 보라색의 꽃들을 피우고, 가을에는 초록색 잎들을 노란색, 주황색, 빨간색으로 아름답게 물들인다.

한국의 국과 찌개는 아주 뜨겁거나 얼음처럼 차갑거나 둘 중 하나다. 한국인의 전형적인 극단성을 보여주는 맛있는 예이다. 국이 식을 때까지 기다리려고 하면 한국인들은 식으면 맛이 없으니 얼른 먹으라고 한다. 차가운 국에는 첨가된 양념들 때문에 안에 들어있는 얼음도 맵다.

나는 한국에서 오랫동안 살면서 다양한 일과 경험을 할 수 있어 감사하게 생각한다. 앞서 언급했던 것들은 내가 한국에 대해 초기에 느낀 점들인데, 진짜 경험은 다양한 상황에서 한국인들과 직접 교류하면서 생겨나게 되었다. 이제 내가 만난 한국인들에 대해 간단한 소개를 하도록 하겠다.

나는 거제도에서 선교사로 일할 때 친한 한국인 형을 만났다. 그는 매우 활달한 성격으로 가수가 되는 것이 꿈이었다. 목소리가 정말 좋았고, 내가 만난 한국인 중에서 영어하는 흉내를 가장 잘 냈다. 그는 나에게 장기를 가르쳐 주었는데 가끔은 일부러 져주기도 했다. 그를 만나기 전에는 내가 한국어를 꽤 잘 한다고 생각했는데, 그가 짧은 몇 마디로 말싸움에서 나를 이긴 이후로 나는 항상 한국어를 '배웠다'가 아닌 '배우는 중이다'라고 한다.

부산에서 만난 다른 친구는 내 이름이 한국어 '멧돼지'와 비슷하다며 나를 멧돼지라고 부르기 시작했다. 또한 한국말에 있는 'j' (ㅈ) 발음을 'z' 소리로 바꿔 말하며 나를 혼란시켰다. 특이한 한국 발음으로 나 같은 미국인들을 놀리면서 그녀는 스스로에 대해 매우 만족해하곤 했다.

한국 정치에 대한 지식이 전혀 없었을 때, 한 한국인 할머니에게서 전화를 받았다. 할머니는 울면서 대통령이 죽었다고 하셨다. 나는 위로를 해드리기 위해 할머니 댁으로 갔는데, 할머니는 이명박 대통령은 살아 있고 예전 대통령이 자살을 했다고 말씀하셨다. 그날 이후 200피트 높이의 아파트 단지에 수많은 국기들이 걸리는 것을 보고 나는 깊은 감명을 받았다.

우리 미국 선교사들과 함께 지내던 불쌍한 한국 선교사가 한 명 있었는데, 나는 그에게 한국 음식의 효능에 대해 배웠다. 그가 우리가 먹던 초콜릿 쿠키와 핫초코를 먹어 보더니 너무 달아서 배가 아프다고 했다. 그러더니 바로 냉장고로 가서 우리가 넣어 놓은 김치를 먹기 시작했다. 몇 젓가락 먹고 나서 그는 웃으며 이제 다 회복이 되었다고 했고, 다시는 미국의 단 음식을 먹지 않겠다고 말했다.

나는 그 이후 충청도에 위치한 고려대학교 세종캠퍼스의 교환 학생으로 한국에 다시 왔다. 대학생으로서 한국에서의 생활은 선교사로서의 생활과 매우 달랐다. 좋은 점들은 계속 누릴 수 있는 동시에 노래방이라는 환상적인 장소를 발견해냈고, 나와 같은 비틀즈 광팬도 만날 수 있었다.

우리는 목이 쉴 때까지 '헬로 굿바이'를 열창하곤 했다.

고려대학교에서 교환학생을 위한 많은 프로그램 중 하나로 1박 템플스테이를 하면서 여러가지 명상에 대해 배울 기회가 있었다. 나는 걸으면서 하는 명상이 제일 좋았고, 아직도 머리를 비우고 싶을 때면 명상을 하면서 마음을 진정시킨다. 그날 스님에게 처음으로 신기한 명상 주문을 배웠다. 스님은 숨을 들이쉬면서 '나타납니다', 숨을 내쉬면서는 '사라집니다'라고 말씀하셨다. 나는 양반다리를 하고 앉아 향 냄새를 맡으며 그 말에 담긴 오묘한 뜻을 조금씩 깨우치기 시작했다.

내가 고려대학교 세종캠퍼스에서 가진 가장 소중한 경험 중 하나는 한국 언어와 문화수업이었다. 수업 첫 날 교수님은 학생들을 학교 정문으로 데려가 그 문의 역사에 대해 말씀해 주셨다. 한국전쟁이 끝난 후, 이승만 정권이 부정선거를 자행하려 하자, 학생들이 이를 규탄하는 대규모 시위를 벌였다. 이 과정에서 일부 학생들이 목숨을 잃거나 퇴학을 당했으나, 몇몇 교수들이 학생들과 시위에 함께 참가하게 된다. 교수님 말에 따르면 새로운 캠퍼스를 지을 때 이러한 정신을 계승하기 위해 정문 벽돌 하나하나를 그대로 옮겨왔다고 한다. 나는 이로 인해 자유와 교육의 상관관계에 대해 생각해보는 계기를 가졌다.

군인으로서 한국에 사는 것은 이전의 생활과 크게 달랐다. 가끔은 저녁이 되면 내가 한국에 있다는 느낌을 받기 위해 도시를 걷곤 한다. 캠프케이시 주변에는 화려한 고층 아파트가 거의 없다. 이러한 주변환경과 많은 양의 일 때문에 신기한 가게들이 모여 있는 시장을 구경할 수가 없다. 심지어 이곳의 냄새조차 다르다. 솔직히 말하면 군대 생활은 한국을 체험하는 데에 최악이라고 생각한다.

하지만 군인이 되고 나서 민간인이었을 때는 보지 못했던 한국의 모습에 대해 알게 되었다. 한국에서의 생활 그 자체도 소중하지만, 내게 더 소중한 것은 사람들이다. 나와 친했던 한국인 형은 나를 멧돼지라고 부르던 친구와 결혼을 했고, 딸 둘을 낳고 서울에서 살고 있다. 고려대학교의 교수님과 학생들도 서울에 산다. 이들 외에도 많은 사람들이 북한 장거리 미사일 사정거리 안에서 생활하고 있다. 비록 군인의 삶이 한국을 체험하기에 최고의 방법은 아닐 수도 있지만, 중요한 한국의 안보를 책임지는 자리다.

한국사람들의 생활, 그리고 그들이 추구하는 자유와 번영의 정신은 가끔은 벚꽃처럼 약해 보이기도 한다. 특별하지는 않더라도 한국에서 군인으로 사는 것에는 크나 큰 가치가 있다. 일과 여러 제약 사항 때문에 피곤할 때면, 나는 내 자신에게 주적이 가까이 있다는 점을 상기시킨다. 이렇게 하면 명상을 할 때와 같은 편안함이 찾아 온다. 실감이 나지는 않지만 이곳에서는 언제든지 전쟁이 일어날 가능성이 있다. 이러한 전쟁 발발의 가능성에도, 우리가 이렇게 평화를 누릴 수 있는 건, 한국이 진정한 고요한 아침의 나라이기 때문일 것이다.

Walking in My Mother's Shoes

SSgt Shaniya Dickey

All my life I had wanted nothing more than to step foot onto foreign soil, breath different air, and experience everything that life had to offer. Being a Military Brat offered me that experience not once, but twice. My mother had served in the US Army for twenty-two years, and had been stationed two times in South Korea. I had never been one to follow in my parent's footsteps, always beating to my own drum, but the moment I stepped out of the Pax Terminal at Osan Air Base, I felt that I was, in fact, walking in her shoes. I felt a moment of excitement to experience everything that Korea had to offer, my experiences was no longer that of a child, but this time as the military member who had just said goodbye to her husband and two children twenty-six hours earlier.

The day I received the email notifying me of my new assignment, I was filled with excited anticipation. I called my husband, but since he was asleep he didn't answer the phone and I decided not to wait for him to see where we would be living next. I anxiously pulled up my virtual mpf, surrounded by my co-workers, and opened up the section that showed my next assignment.

What I saw next filled me with dread. Osan Air Base, Korea. I knew, not only through reputation, but also through personal experience that I would be travelling there alone for an entire year. When I called my husband after learning of my next assignment and told him about the orders, he responded "Shaniya, I don't find this very funny" to which I replied with sobbing. From my experience, I knew I loved Korea, but I also knew that by accepting these orders, I would be separated from my husband and two very young children. As the days moved closer to my departure date, I grew more and more anxious about leaving my children, yet excited about going back to the country that I had visited in my youth and loved. In moments like those, I am brought back to the experiences that I had.

The first time I had went to Korea, I was three years old, traveling with my younger sister and father to meet my mom after a long separation. I have very few memories of that time, other than having a Korean nanny who dressed us in Hanbok dresses and taught us to bow to say thank you, getting lost in a Korean mall and having a really nice Korean woman bring me back to my frantic Mom, and that we had gotten an apartment with heated floors. The second time, I was fourteen, and was travelling alone with my two younger siblings to meet my Mom. She had been there for about six months already, and had been calling us every day to ensure that we were packed and ready to go.

We came back to Korea 11 years later, and I remember the experience vividly. I got off the plane, and was extremely hot and tired, and trying really hard to keep my younger siblings out of trouble. I don't remember which base I was flown in to, but it was extremely dusty, and had the look of an old Wild West scene with technology. My Mom was there already, waiting for us to get off the plane, and had excitedly taken us to the bus station off base to get some food and show us around Korea on the way to her dorm room. In the bus station, it was dirty, newspaper strewn about, trash here and there, and a McDonalds. My siblings and I had never been so excited to see a Mc-

Donalds before, and I think that was partially due to the lack of familiarity, and the fact that McDonalds has ice cream. We all requested a cone, and my Mom, being excited to have her kids wither her, was all too happy to oblige. I have to say that my first taste of Korean McDonald's vanilla ice cream did not, in fact, taste like vanilla, but had more of a corn taste to it. Needless to say, the kids were not impressed.

We made it back to Camp Stanley, where my Mom had been stationed, and was secretly stashed away into her dorm room. My mother was never one to spend money where she didn't feel necessary to spend, in her mind, she had a bed large enough to keep all three of us happy and content. During the day while she was at work, we would either spend our time watching movies, or at a day camp, but it was her off time that we were excited about. Exploring the markets in Uijeongbu, eating street food, going to the kite festivals, and just spending time with her. The hustle of the markets were enough to excite us, and hold our interests, especially when we passed by a pet store that had a monkey for sale, and the food was cheap and delicious enough that our Mom was more than happy to fill our bellies with random fares. We are Indian, and raised to consume various amounts of spicy curry and odd looking dishes, so Korean food was a flavor that we inhaled rather than carefully consumed. Every night we went to bed exhausted, full, and happy to be with our Mom.

The following week, my Mom had an exercise that she needed to attend, which required her to be away from us. She sent us to stay with a Korean family, who welcomed us into their home. We played with their kids in the evening, but during the day, since the kids had school during the day, we played in the local park. This park seemed to have no limits, full of gardens and countless areas of playgrounds, gym equipment, a soccer field, and ponds. The gardens stumbled past walking trails, used to make exercise more pleasant, especially when butterflies fluttered across and dragonflies tried to land on your hands. It was enough to make me want to live there, right there, in that park. Directly outside of the park was a stationary store, opened specifically for school-aged kids who want to get cute colored paper or pens and pencils in different shapes and sizes. When my Mom picked us up to get our Dad from the airport, my sister and I obviously needed several different pens and pencils to 'help us study', I believe my Mom still has them somewhere in her house. After picking up my Dad, we made our way to the Lotte World amusement park, the different temples in Korea, and the most amazing restaurant I had ever been to. It wasn't the food that had me searching for this place, almost 12-13 years after eating there, it was the view. The restaurant had huge wide windows that showed crystal blue skies, even bluer mountains with perfect white peaks, and the birds that flew around there. It was the most peaceful view I had ever seen, and to this day, being back in Korea, I have yet to find this place.

When I first got here to Korea, I was excited. Excited about the experiences I would get to relive and experience for the first time, excited about the goals I would be able to set for myself, and excited about making new friends. The first trip I took was the DMZ tour, it was slightly cool outside, but still warm enough where you can appreciate the beauty of the scenery, and the magnitude of the situation between the two Koreas and our purpose for being in the country. The pièce de résistance was watching the Interview with Seth Rogan and James Defranco. After that, because I work in the Radiology department and have the potential to get called back into work, my trips were limited to walking to the main strip outside of Osan, and walking around Seoul when I went TDY to Yongsan. Again, I was able to walk up and down the streets, looking at sale items that I don't really need, and eating everything that I could possibly want, going home to my dorm room tired, but full.

I love the fact that there is so much to do here in Korea, so much to explore, but I will be even more excited to explore once summer gets here. This was the first winter that I had experienced in Korea, and it was brutal, aggravated by the fact that I walked everywhere. I spent the majority of the winter finishing up my CCAF degree, and going TDY to Yongsan working at an Army hospital, and experience that I cannot forget. It's a whole new experience working for the Army after years of being with the Air Force. I grew up around Army folks, but my mother left the Army pretty unscathed, so I think I was the exception to the rule. I was taken away by the firm formalities that they extended to Senior Non-Commissioned Officers and Non-Commissioned Officers, and the amount of activity that was going on throughout the base at all hours of the daytime. Although I wasn't able to get a lot of work done while I was there, I was still able to experience Seoul, and bring my Ultrasound skills back up to where it should be.

Every night I talk to my husband and children. It's painful to know that I am not there to kiss my children's boo-boo's, or put them in bed at night, but I cannot get over the fact that not only are they well taken care of, but they are thriving. Because of my tour, I have to witness their growth and accomplishments through the phone. My oldest daughter, Priya, started Tae Kwon Do, which she had been asking to start since she was two. True, she learned most of her moves from Kung Fu Panda, but from the videos she is developing her skills to match the instructor's lessons. My youngest daughter, Gigi, loves to tell me about her day and loves to bug her sister. Although my husband doesn't know the first thing about fixing my daughter's hair, and struggles between his overwhelming school schedule and managing two girls, he is excelling at being a single parent for the interim. Despite how well my family is doing without me, and how much I have gotten done and seen in Korea, I have felt the weight of the time I am currently missing and am reminded of my mother.

Since coming here, no longer as a child, but as a military member and mother, I have not only felt a sense of excitement to make new memories but also that I know understand the burden of my Mother's sacrifices to me and to our country. Like my Mom, I had to leave my children behind to come to Korea, and even though I see the amazing things I can do and fill my time with, I have left behind the best parts of me. I know that when my Mom was stationed here 12 years ago, and when to Iraq 9 years ago, I felt a sense of bitterness and sadness that she had left, and didn't fully understand the purpose behind it. Sure, I had knew there was a war going on in Iraq, but why couldn't someone else go in her place? Now I know better. We all have to make sacrifices so other people don't have to. I need to come to Korea, so that another mom won't have to. I need to stay in the Military, not only because I love to serve, but also to provide healthcare for my children, food on the table and clothes on their back. Since coming here, I have fully understood the magnitude of my Mother's sacrifice, and I am proud to walk in her footsteps.

어머니의 발자취를 따라서

샤니아 디키 하사

　내 평생의 꿈은 외국에 나가 새로운 환경에서 인생을 즐기며 사는 것이었다. 군인으로 살면서 나는 이런 기회를 한 번도 아닌 두 번이나 갖게 되었다. 미국 육군에서 22년 동안 복무하신 내 어머니는 한국에서 두 번 근무를 했다. 개성이 강한 나는 부모님의 뜻을 잘 이어받지 못했지만, 오산 기지 터미널에 내리는 순간, 나는 내가 어머니의 발자취를 따라가고 있다는 것을 깨달았다. 나는 한국에서 지낼 생활에 마음이 설레기 시작했다. 이제 나는 더 이상 어린아이가 아닌, 바로 26시간 전에 남편과 어린 두 자녀를 두고 떠나 온 군인이었다.

　새 근무지에 대한 통지 e-메일을 받던 날, 내 가슴은 기대감으로 두근거렸다. 남편에게 전화를 했지만 그는 자느라 전화를 받지 못했고, 나는 내 새 근무지가 어딜지 너무 궁금해서 그가 깰 때까지 기다릴 수가 없었다. 나는 떨리는 마음으로 동료들 사이에서 e-메일을 열었고, 근무지가 쓰여있는 페이지로 내려갔다. 나는 불안에 휩싸였다. 대한민국 오산 공군 기지, 그건 내가 1년 동안 그곳에 혼자 살아야 한다는 뜻이었다. 남편에게 다시 전화하여 이 소식을 전하자, 그는 '샤니아, 이건 보통 일이 아니잖아.' 라고 말했고 나도 흐느껴 울었다. 물론 한국을 사랑하지만, 한국에서의 근무는 남편과 어린 두 아이와 떨어져 살아야 한다는 것을 의미하기 때문이었다. 떠나는 날짜가 다가오면서 아이들과 헤어질 걱정이 더욱 커져가는 동시에, 내가 예전에 방문했던 아름다운 나라로 다시 돌아갈 생각에 마음이 두근거렸다. 이러한 생각과 함께 어렸을 적의 기억이 생각나기 시작했다.

내가 처음으로 한국을 방문한 건 3살 때, 아빠와 여동생과 함께 오랫동안 떨어져 지낸 엄마를 만나기 위해서였다. 한국 보모 아줌마가 입혀준 한복과 '감사합니다'라고 말하는 방법, 백화점에서 길을 잃은 나를 깜짝 놀란 엄마에게 데려다 준 착한 한국 아주머니, 그리고 우리 아파트의 뜨거운 방바닥 외에 다른 기억은 거의 없다. 두 번째 방문은 내가 14살 때 동생 두 명을 데리고 엄마를 만나러 왔을 때였다. 엄마의 한국 근무가 6개월에 접어들 때였는데, 엄마는 매일같이 우리에게 전화로 짐을 잘 싸고 한국에 올 준비가 됐는지 확인하곤 하셨다.

그 후 11년이 지나고 다시 온 한국은 생생하게 기억이 난다. 비행기에서 내렸을 때 날씨는 엄청 더웠고 난 피곤했는데, 동생들이 말썽을 피우지 않도록 하기 위해 잘 관리해야 했다. 어떤 부대였는지는 기억이 나지 않지만, 모래바람이 엄청 불어서 마치 황량한 서부 같았다. 엄마는 일찍 나와 우리를 기다리고 있었고, 기숙사로 가기 전에 밥을 먹고 한국 구경을 하기 위해 우리를 부대 밖 버스 정류장으로 데려가셨다. 정류장에는 신문지들과 쓰레기가 널부러져 있어 지저분했고, 옆에는 맥도날드가 있었다. 나와 동생들은 맥도날드를 보고 그렇게 좋아했던 적이 처음이었는데, 이유는 낯선 곳에서 보니 더 반가웠고 아이스크림을 팔았기 때문일 것이다. 우리는 아이스크림 콘을 사달라고 졸랐고, 딸을 만나서 반가우셨던 엄마는 기꺼이 사주셨다. 솔직히 말하면 나의 첫 한국에서의 바닐라 아이스크림은 바닐라 맛이라기보다는 콘 맛이 많이 났다. 어렸던 우리는 조금 실망했다.

우리는 엄마가 일 하셨던 캠프 스탠리로 돌아와 조용히 엄마 방으로 들어왔다. 우리 엄마는 필요 없는 소비는 절대로 하지 않는 분인데, 우리 셋이 모두 눕고도 남을 큰 침대를 사놓으셨다. 엄마가 일하시는 낮 시간 동안에는 영화를 보거나 일일 캠프에서 시간을 보냈지만, 가장 좋아하는 시간은 엄마가 쉴 때였다. 의정부 시장을 돌아다니면서 길거리 음식을 먹고 연 축제를 구경하면서 엄마와 시간을 보냈다. 정신없이 분주한 시장에서 우리는 들떠서 신나 있었고, 특히 애완용 원숭이를 팔던 애완동물 가게가 인상 깊었고, 엄마가 사주시는 값싸고 맛있는 길거리 음식으로 배가 불렀다. 인도인인 우리는 매운 카레와 신기한 음식을 많이 먹기 때문에, 우리는 한국 음식도 한껏 즐길 수 있었다. 우리는 매일 밤 배가 부른 상태로 녹초가 되어 엄마와 행복하게 잠이 들었다.

그 다음 주에는 엄마의 훈련이 있어서 우리와 떨어져 지내셔야 했다. 엄마는 우리를 한 한국 가족 집에 맡기고 가셨는데, 우리를 매우 반가워해 주셨다. 저녁때는 그 집의 아이들과 함께 놀았고, 그 친구들이 학교에 가는 낮 시간 동안에는 동네에 있는 공원에서 시간을 보냈다. 정말 넓었던 그 공원에는 정원과 놀이터, 운동기구, 축구장, 연못 등이 있었다. 정원이 오솔길을 따라 나 있었기 때문에 즐겁게 운동을 할 수 있었고, 특히 나비와 잠자리가 날아다니며 우리 손에 앉으려고 하던 모습이 기억에 남는다. 이런 것들 때문에 나는 그 공원에서 살고 싶었다. 공원 바로 밖에는 학생들을 위한 여러 색깔과 모양을 가진 펜이나 연필, 종이 등을 파는 문구점이 있었다. 엄마가 아빠를 공항으로 마중 나가기 위해 우리를 데리러 오셨을 때, 내 동생과 나는 공부에 꼭 필요하다는 핑계로 연필과 펜을 사달라고 졸랐다. 아마 그것들이 아직도 엄마 집 어딘가에 있을 것이다.

아빠가 도착하신 후에, 우리는 롯데월드, 많은 절들, 그리고 내가 가본 곳 중 최고의 식당을 방문했다. 내가 12, 13년이 지난 후에도 그 식당을 찾는 이유는 음식보다도 풍경 때문이다. 그 식당에는 엄청 큰 창문이 있었고, 그 밖으로 청명한 하늘과 파랗고 높은 산, 그리고 그곳을 날아다니는 새들을 볼 수 있었다. 그것은 내가 본 것 중 가장 평화로운 풍경이었지만 아직까지도 그 식당을 다시 찾아가보지는 못했다.

　내가 다시 한국에 도착했을 때는 정말 설렜다. 생전 처음으로 갖게 될 다양한 경험들, 내가 개인적으로 세운 목표, 그리고 새로운 사람들을 만날 생각에 말이다. 처음으로 간 곳은 DMZ였는데, 약간 쌀쌀하긴 했지만 아름다운 풍경을 감상하고, 두 개의 한국 사이에서 내가 왜 이곳에 왔는지 다시 한 번 상기하기에는 나쁘지 않은 날씨였다. 방사선과에서 근무하는 나는 언제든 업무 복귀 명령이 내려질 수 있기 때문에 오산 밖으로는 나갈 수 없었고, 용산에 있을 때에도 서울에서 멀리는 나가기 힘들었다. 나는 예전과 같이 길을 걸으며 내가 꼭 필요하지 않은 물건들을 구경하였고 먹고 싶은 음식을 다 먹으면서, 집에 오면 녹초가 되어 배부른 상태로 잠이 들었다.

　한국은 재미있는 일들과 구경할 장소가 많은 멋진 나라이지만, 난 여름을 기다리지 않을 수 없다. 나는 이번에 처음으로 한국의 겨울을 겪어봤는데, 바깥에서 많이 걸어 다니는 나로서는 정말 잔인한 날씨였다. 나는 겨울의 대부분을 학위 마치는 데에 보냈고, 용산 기지에 있는 육군 병원에 자주 갔다. 공군에 오래 있었던 나는 육군에서의 생활이 매우 새롭다. 내 주위에는 항상 육군이 많았지만, 우리 엄마는 별탈 없이 육군에서 전역했기 때문에 나의 경우는 예외인 것 같다. 나는 상급 부사관과 부사관 사이에 존재하는 엄격한 규칙과 형식, 그리고 한 시도 쉬지 않고 진행되는 여러 업무 활동에 정신없이 바빴다. 많은 것들을 이룩하지는 못했지만, 그래도 서울을 경험할 수도 있었고, 그리고 초음파 기술도 익힐 수 있었다.

나는 매일 밤 남편과 아이들에게 통화를 한다. 아이들 볼에 입을 맞추면서 잠을 재워줄 수 없어 마음이 아프지만, 나 없이도 잘 지내고 있는 것 같다. 외국에서 아이들과 떨어져 지내는 나는 아이들의 성장과 발전을 전화로 확인할 수밖에 없다. 첫 딸인 프리야는 두 살 때부터 하고 싶어하던 태권도를 시작했다. 비록 영화 '쿵푸팬더'를 보고 대부분의 동작을 배웠지만, 보내준 영상을 보니 지도해 주시는 선생님을 따라 잘 배우고 있는 것 같다. 둘째 딸인 기기는 항상 하루 있었던 일과 언니를 괴롭힌 일들에 대해 이야기한다. 우리 남편은 딸의 머리를 예쁘게 묶는 법도 모르고, 본인의 학업을 하는 와중에 두 아이를 돌보느라 바쁘지만, 현재 혼자서도 너무나 잘 해주고 있다. 나 없이도 내 가족이 무사히 지내고, 나도 한국에서 잘 지내고 있지만, 가족과 함께 보내지 못하는 시간을 보며 우리 엄마를 생각한다.

군인이자 엄마가 되어 한국에 온 이후로, 나는 외국에서 지내게 되어 단순히 설레는 것이 아닌 우리 엄마가 나와 조국에 대해 보여준 희생정신을 배우게 되었다. 우리 엄마처럼 나도 우리 아이들과 떨어져서 한국에 와야 했고, 한국에서 좋은 경험을 많이 하고 있지만 가장 중요한 시간을 놓치고 있다. 우리 엄마가 12년 전 한국에, 그리고 9년 전 이라크에 파병되셨을 때 나는 엄마의 씁쓸함과 슬픔을 느낄 수 있었지만, 왜 그렇게 가셔야 하는지 완전히 이해할 수는 없었다. '물론 이라크에 전쟁이 난 건 맞지만 엄마 대신 다른 사람이 가면 안 되나?'라며 말이다. 하지만 이제는 안다. 우리는 타인을 위해 희생을 감수해야 할 때가 있다. 나는 다른 엄마를 대신해서 한국에 왔다. 내가 군인으로 일하는 이유는 단순히 직업이 좋아서만이 아니라 아이들에게 건강과 먹을 것, 입을 것을 제공해주기 위해서다. 난 한국에 오고 나서 엄마의 희생정신을 이해하게 되었고, 엄마의 발자취를 따라 가는 것이 자랑스럽다.

Unlikely Kindness

Jeffrey Nofzinger

During my tour in Seoul, South Korea, as an American Soldier, I experienced a whole new culture, and the sights and sounds of the big city were nothing I had ever experienced. I grew up on a chicken farm in a small country town, and there I was in Seoul, the biggest city in South Korea.

Upon arriving there in the fall of 2000, I was excited and scared at the same time. How would I be treated? What were the attitudes of the local people towards American G.I.'s?

At first I stayed mainly on base and my first excursion into the big city didn't come for a couple months. It was with Randy, a fellow American soldier who spoke Korean, and was on his third tour. We were in the same unit and planned to participate in a friendly soccer game with a Korean Army unit, so my friend and I headed down town to purchase some athletic gear for our team.

We boarded a bus and I immediately felt the eyes of every Korean on that bus penetrate my skin. The hairs on the back of my neck stood up, and I felt very uncomfortable. I stared out the bus window for the next twenty minutes in utter silence in hopes that the stares would subside. When we arrived at our destination, the staring continued.

"Why is everyone staring at us?" I asked Randy. "They aren't even trying to hide it, just straight cold stares."

With a giggle he replied, "Get used to it."

The crowds were overwhelming, and I imagined myself running towards the end zone carrying the football, and everyone was trying to tackle me. I was dodging people left and right, but I was still getting hit in the shoulders.

"Do these people have any common courtesy?" I asked myself.

We made it to our goal, which ironically was the name of the store we entered. Kim's Goal was prominently displayed above the glass front door in both English and Korean.

An elderly man greeted us with a bow and an energetic, "Welcome to our store, please come in!"

We looked around at the different soccer paraphernalia and Mr. Kim was glued to my hip the entire time. A thought crossed my mind, 'Was this a soccer store or a used car lot? Why was this guy so close to me?' I soon discovered this was a different culture. If I had a question or needed assistance with anything, the owner was right there. This was deemed great customer service in Korea.

We made our purchases and exited the store. Again, Mr. Kim sent us off with a bow and a polite, "Thank You for coming, please go in peace."

Lunch time was fast approaching, so I put on my mental armor, and fought the crowds once again. The more we walked, the narrower the streets became until we were in an open market.

"Randy, where in the world are you taking me?" I asked. Total fear swept over me as I heard his response.

"You've been here for two months now and it's time you try authentic Korean food."

"I was such a picky kid growing up. I survived on PB&J sandwiches.

How on earth could I eat Korean food?" I muttered to myself.

The restaurant did not seem like a place for dining. It wasn't even a building, but something more like a tent; a circus tent to be exact, stench included. It was no bigger than a small dorm room, but there were enough tables to seat twenty or more people. I say table, but each one was merely a fifty five gallon drum with a round metal disc over the top, extending a foot or more over the edge. Four red plastic stools surrounded each table: a container with chopsticks and spoons sat on top, and a roll of toilet paper was to be used as napkins. A hand written menu with only three items was displayed like a small child selling lemonade on the corner. Randy could see the fear on my face and decided to order for the both of us. The waitress arrived a few moments later with a bowl of rice for each of us and one large bowl of boiling hot soup which she placed on the table between us.

My confusion must have been obvious. As I stared at this soup I heard Randy say, "Yes, this is typical Korean style; the main dish is shared."

"This is worse than double dipping," I expressed.

Randy simply laughed it off and dug right in. The soup, which Randy told me was Kimchi Chee-gae, seemed like lava bubbling over the top of a volcano, and steam roared upward like a witch's caldron. It was obvious the earthen ceramic pot it was served in was also the pot it was cooked in; dried, burnt soup was covering the rim and sides. The smell was like something I never experienced even growing up on a farm. This odor was very distinctive. Imagine dirty socks, barbecued pig, and rotten, fermented cabbage mixed with garlic, dead fish, and a full cigarette ashtray being boiled like molten steel. I decided to just eat my rice.

A few months went by and I became involved with a young lady named Jeanie. I met Jeanie with the hopes of learning the Korean language, but it was basically love at first sight, and my one Korean lesson turned into a lasting relationship.

Jeanie lived in a very small, two-room apartment which was over top a wedding store. The street that occupied the wedding store was on a steep hill so the back side of Jeanie's apartment was over top the store while the front side had its own small alley. The building was quite large but broken down into three separate apartments with a common area in the middle. Two primitive wooden benches and a beautiful flower garden filled this courtyard.

One of the three apartments in her building was occupied by a little old lady who lived alone with her dog, Yeppi. I never knew this lady's name, so I just called her Yeppi's grandma. She was obviously up in age. She looked very frail, and walked with a cane. Her clothes were meager, stained by what looked to be kimchi, and full of patches. Her teeth were remarkably white, and she had the most radiant smile which made me feel welcomed.

Yeppi was some kind of poodle mix, and like her owner was up in age, but unlike grandma, Yeppi's teeth were quite rotten. Her ears were painted pink and her tail was bright orange. She too seemed frail but had the heart of a lion. I have always been a dog lover and Yeppi could sense it. She took an immediate liking to me, and before long, she could distinguish my footsteps approaching the apartment. Yeppi's grandma always knew when I was coming because Yeppi would start barking and scratching at the door in excitement. I think Yeppi's attitude towards me strengthened grandma's friendship with me.

Yeppi's grandma had never seen me in uniform, but she did know I was an American soldier because she asked a lot of personal questions. I feared my military service would spark anger in her like it did many younger Koreans, but when Yeppi's grandma heard I was a soldier, her face lit up with that radiant smile.

"Thank you for your service to my country," she said. "These younger kids don't show respect like when I was their age, and they can't recall the sacrifice that was made during the Korean War."

She went on to tell me her firsthand account of the war and how it affected her. I sat listening to her with tears welling up in my eyes. That moment changed my whole perspective on different races, cultures, and humanity as a whole. I realized what mattered most was kindness towards our fellow man.

Five years later in the fall of 2005, Jeanie and I, with our two young children, returned to Busan, South Korea to visit family members. We both agreed that we had to make the trip up to Seoul and find Yeppi's grandma. When we arrived in Seoul and transferred to the subway, my nerves were getting the better of me.

"What if something happened to her," I asked my wife.

In a reassuring tone, my wife calming replied, "God willing, we will find her."

I became extremely worried walking up the narrow alley as I noticed some older buildings had been torn down, but I could see our old apartment as we neared.

"Yeppi, Yeppi," we both called out.

We listened intently for a memorable bark, but none was heard. My wife knocked on the outer, metal gate and called out, "Yeppi's grandma, are you here?"

The anticipation was now unbearable. A faint noise was heard.

"Honey, do you hear that? She's coming!" I whispered.

Footsteps were getting louder as someone approached the gate. The clang of the lock echoed in my ears, and slowly the gate swung open.

"An-young-ha-se-yo, Yeppi's grandma!" my wife shouted with excitement as she bowed. What a joy it was to see her again. From the twinkle in her eye, I knew she felt the same. Her appearance was what I remembered except for a few extra wrinkles in her skin. Yeppi's grandma invited us in to her humble one room apartment. This was the first time I entered her apartment even after spending the better part of one year in that building, because all of our previous interactions were in the middle courtyard between the apartments. On one side of the room there was a small kitchenette, and the other side, a wardrobe and TV stand. A stack of blankets in the corner must have been her bed.

"Where is Yeppi?" I asked, already suspecting the answer.

The look on grandma's face said it all, but she went on to tell us about Yeppi's passing a few months earlier.

"Enough about that dog," she said, as she reached for my daughter. "Show me these beautiful babies."

After our initial greetings, grandma opened her fridge to offer us a drink and some fruit. I immediately noticed the emptiness of her fridge, and although there wasn't much to offer, she did not hesitate to serve us. What little she had, she graciously shared with us.

I leaned in close and whispered to my wife, "Excuse me, honey. I will be right back."

I walked to the corner store and filled up as many bags as one man could carry. I re-entered the apartment carrying all those bags and a fight erupted.

"No way can I accept these," grandma yelled. "You turn right back around and return it all."

My wife stepped in, and after a heated discussion, grandma reluctantly accepted my gift. But in doing so, she immediately stepped into the kitchen and started cooking. Grandma prepared the dried squid and fish; my wife cut up the melon, apples, and Asian pears; and I poured the beer and soju. We all sat on the floor around a small, round table that looked more like a stool than a table, and we talked and ate for hours.

This woman, a complete stranger, did not judge me for the color of my skin, nor the way I made a living. She saw everything through eyes filled with love. She was a true giver and I learned an important lesson through her actions. Kindness comes in many different forms but it always comes from the humble heart of a servant. Put a radiant smile on your face and make kindness a habit in your life. Be kind and do kindness!

정말 믿기 어려운 친절

제프리 노프징어

주한 미군으로서 한국의 서울에서 근무하는 동안, 나의 눈엔 모든 것이 새로운 문화였으며, 대도시의 광경과 굉음은 전혀 내가 경험하지 못한 것이었다. 나는 조그만 시골에 있는 양계 농장에서 자랐는데, 내가 대한민국에서 제일 큰 서울에 와 있었기 때문이다.

2000년도 가을에 한국에 도착했을 때, 나는 흥분과 동시에 두려웠다. 나를 어떻게 대해줄까? 현지인의 미군 병사에 대한 태도는 어떨까?

처음에는 주로 부대에서만 생활했고 나의 대도시로의 첫 여정은 몇 달 안에는 일어나지 않았다. 첫 여정은 한국에 세 번째 근무하고 있고 한국어를 할 수 있는 미군 동료 랜디와 함께였다. 우리는 한 부대에 근무했고 한국군 부대와 친선축구시합에 참가하기로 하여서 내 친구와 나는 우리 팀을 위하여 축구 용품을 사기 위하여 시내로 향했다.

우리는 버스를 탔는데 나는 버스에서 즉각 모든 한국인의 시선이 나에게 쏠리고 있음을 느꼈다. 내 목 뒤의 머리카락이 바로 서는 것 같았고, 나는 몹시 불편했다. 나는 나를 바라보는 시선이 멈춰지기를 기다리며 다음 20분 동안 말없이 창문만 바라보고 있었다. 우리가 목적지에 도착했을 때 시선집중은 끝났다.

"왜 모든 사람들이 우리만 쳐다볼까?" 내가 랜디에게 물었다. "그 사람들은 시선을 전혀 감추려고 하지 않는구먼, 그냥 차가운 시선으로 말이야."

랜디가 낄낄거리며 답변하기를 "그냥 그대로 적응해봐."

많은 사람들이 모여 있었고, 나는 내가 축구공을 가지고 상대편 끝까지 뛰는 것을 상상하였는데 모든 선수들이 나를 태클하려 해서 나는 좌우로 상대편을 이리저리 피하였지만 결국 어깨를 부딪치고 말았다.

"이 사람들은 상식적인 예의도 없는가?" 내 자신에게 물어보았다.

우리가 처음으로 골에 성공한 곳은 역설적으로 골이라는 이름을 가진 우리가 들어간 가게였다. 'Kim's Goal' 가게는 눈에 잘 띄게 정문 유리 앞에 잘 진열된 한글과 영어 설명문이 있었다.

연세 드신 주인이 고개 숙여 인사하면서 반갑게 우리를 맞았다. "우리 가게에 오신 것을 환영합니다. 안으로 들어오세요!"

우리는 여러가지의 축구 장비를 둘러보았는데 김씨의 시선이 나의 엉덩이에 딱 붙어 있었다. 어떤 생각이 내 마음 속을 스치며 지나갔다. '이곳이 축구 용품 가게야 아니면 중고차 판매장이야? 이 사람이 왜 나에게 가까이 오지?' 나는 곧 이러한 것이 다른 문화라는 사실을 발견했다. 내가 질문이 있거나 어떤 도움을 필요로 할 때, 주인은 바로 거기에 있었다. 이런 것은 한국에서 최상의 고객 서비스로 간주되었다.

우리는 구매를 마치고 그 가게를 떠났다. 다시 김씨가 공손히 인사를 하며 우리를 배웅했다. "와 주셔서 감사 드려요, 안녕히 가세요."

점심시간이 빠르게 나가오고 있어서, 나는 다시 마음에 방벽을 쳤고 군중들과 다시 한번 더 투쟁을 시작했다. 우리가 야외 시장에 도착할 때까지 더 많이 가면 갈수록 길은 더 좁아졌다.

"랜디, 도대체 나를 어디로 데려 가는 거야?" 나는 물었고 내가 그의 답변을 들었을 때 커다란 공포가 나에게 밀려 왔다.

"네가 여기 온 지 두 달째야, 이제는 한국 전통 음식을 먹을 시간이 되었어."

"나는 음식을 가려 먹으면서 자랐거든, 나는 PB&J 샌드위치로만 살았어. 그런 내가 어찌 한국 음식을 먹을 수가 있겠어?" 내 자신에게 투덜거렸다.

그 식당은 식사를 하는 장소로 보이지 않았다. 건물조차도 없었고 단지 텐트 같은 것이었는데 정확히 말해서 냄새가 나는 서커스 텐트처럼 생겼다. 둥그런 돔 형태의 방이 있었는데 20명 이상이 앉을 수 있는 식탁이 있었다. 나는 테이블에 앉았는데 각 테이블은 55 갤런 짜리 둥근 드럼통 위에 둥근 상판이 놓여 있고 가장자리로 약 30센티 정도 발을 뻗을 수가 있었다. 네 개의 빨간 플라스틱 등받이가 없는 의자가 테이블 둘레에 놓여 있었고, 상판에는 수저와 냅킨으로 사용할 목적으로 두루마리 휴지가 놓여 있었다. 손으로 쓴 세 가지 메뉴가 있었는데 마치 어린아이가 한쪽 구석에서 레몬에이드 탄산수를 파는 것 같았다. 랜디가 내 얼굴에 나타난 두려움을 보자 우리를 위해서 음식 주문을 결정했다. 몇 분 후에 식당 종업원이 각자를 위한 공기밥과 끓고 있는 큰 그릇을 가지고 왔는데 이것을 우리들 사이의 테이블 위에 놓았다.

나는 확실히 혼란스러웠다. 내가 큰 수프 그릇을 바라보고 있을 때 랜디가 "그래 이것이 바로 한국식이야. 주 음식은 나누어 먹는 거야."라고 말하는 것을 들었다.

"이것은 두 번에 갖다 먹는 것보다 더 불편하군."라고 나는 말했다.

랜디는 단지 웃기만 하고 바로 뜨기 시작했다. 랜디가 말한 그 수프는 김치찌개였는데, 마치 화산 위로 용암이 부글거리는 모습을 하고 있었고 마녀의 냄비 솥처럼 증기가 솟아오르고 있었다. 도자기 그릇째로 가져

왔고 바로 그 도자기가 그대로 끓여지고 있는 게 확실했다. 그 냄새는 내가 농장에서 자랄 때도 전혀 맡아 보지 못한 것이었다. 냄새는 매우 특이했다. 더러운 양말, 바비큐 된 돼지, 썩고 쉰 마늘과 혼합된 양배추, 죽은 물고기, 그리고 용해된 강철처럼 끓고 있는 담배 재떨이 냄새를 상상해 보세요. 그래서 나는 단지 쌀밥만을 먹기로 결심했다.

몇 달이 지나갔다. 나는 제니라는 아가씨와 사귀게 되었다. 나는 한국어를 배우려는 마음으로 제니를 만났지만 그러나 기본적으로 첫눈에 반했고, 나의 한국어 공부는 영원한 관계로 바뀌게 되었다.

제니는 결혼용품점 위층에 있는 작은 방 두 개짜리의 연립주택에 살고 있었다. 결혼용품점이 위치한 곳은 가파른 언덕 위에 있어서, 제니의 연립주택 뒤편은 상점의 위층이었고 앞면에는 작은 골목길이 있었다. 건물 전체는 다소 크지만 세 개의 분리된 연립주택으로 되어 있고 중간에 공용지역이 있었다. 두 개의 허술한 나무 벤치가 있었고 정원에는 꽃들로 가득 차 있었다.

그녀가 사는 건물의 세 연립주택 중 하나는 예삐라고 불리는 개와 함께 사는 작은 할머니가 살고 있었다. 나는 그녀의 이름을 모르며 단지 그녀를 예삐 할머니라고 불렀다. 할머니는 확실히 나이가 들어 보였고 허약했으며 걸을 때 지팡이를 짚고 다녔다. 그녀의 의복은 남루했으며 김치국물도 묻어 있었고 옷에 헝겊 조각을 댄 곳도 있었다. 치아는 눈에 띄게 흰색이었으며 할머니의 밝은 미소는 나를 환영한다고 느끼게 해 주었다.

예삐는 푸들 혈통의 잡종이었는데 주인처럼 나이가 들었지만 늙어 보이지는 않았다. 예삐 치아는 많이 상해 있었다. 귀는 분홍 색깔의 귀의 밝은 오렌지 색깔의 꼬리를 가지고 있었다. 예삐 역시 허약해 보였지만 사자의 심장을 가지고 있었다. 나는 개를 사랑하는 사람이었는데 예삐는 이를 알아채고 있었다. 예삐는 바로 나를 좋아하기 시작하였고 오래지 않아 주택으로 오는 나의 발자국 소리를 구별할 수 있었다. 내가 올 때 예삐가 기쁜 마음으로 짖으면서 문짝을 긁었기에 할머니는 언제나 내가 왔음을 알고 있었다. 예삐의 나에 대한 태도가 할머니와 나의 관계를 더 공고히 해 주었다고 나는 생각하고 있었다.

예삐 할머니는 내가 군복을 입은 것을 본적이 없었지만 그녀가 나에게 많은 개인적인 질문을 하였기에 내가 미국 군인이라는 것을 알고 있었을 것이다. 나의 미군 복무가 많은 한국 젊은이들이 그랬던 것처럼 할머니의 분노를 야기할까 봐 두려움이 있었는데, 예삐 할머니는 내가 미군이라는 말을 듣고서 얼굴에 밝은 미소가 생겨났다.

"내 나라에 대한 당신의 봉사에 감사드립니다. 요즘 젊은이들은 우리가 젊었을 때 가졌던 존경심도 없고, 그리고 한국 전쟁에서 미군의 희생을 기억하지 않아."라고 할머니는 말씀하셨다.

할머니는 전쟁에 대한 직접적인 이유와 전쟁이 그녀에게 어떤 영향을 미쳤는지를 계속 나에게 이야기해 주었다. 나는 내 눈에 눈물이 샘솟는 것을 느끼면서 그녀의 말씀을 경청하였다.

그 순간 다른 인종, 문화, 인류애에 대한 나의 전체적 관점을 확 바꾸게 되었다. 그 중에서도 제일 중요한 것은 동료에 대한 친절이라는 것을 깨닫게 되었다.

5년이 지나 2005년 가을, 제니와 나는 두 아이와 함께 대한민국 부산으로 친척들을 방문하기 위해 돌아왔다. 우리 둘은 서울로 가서 예삐 할머니를 찾아뵙기로 결정하였다. 서울에 도착해서 지하철로 갈아탔을 때 나의 신경은 더 곤두서 있었다.

"할머니에게 어떤 일이 생겼으면 어쩌지?" 내가 아내에게 물었다.

아내는 안심시키는 어조로 조용히 말했다, "하나님의 의지로, 우리는 할머니를 찾을 수 있을 거야."

좁은 골목을 걸어가면서 낡은 건물들이 철거된 것을 발견했을 때 나는 극도로 걱정이 되었다. 그러나 우리가 가까이 감에 따라 옛 연립주택을 볼 수 있었다.

"예삐, 예삐!" 우리 둘 다 소리쳐 불렀다.

우리는 집중하여 기억할 만한 개 짖는 소리에 귀를 기울였지만 아무 것도 들리지 않았다. 아내는 철문 밖에서 외쳤다. "예삐 할머니, 계세요?"

더 이상 참기가 어려워졌다. 희미한 소리가 들렸다.

"여보, 당신 들려요? 할머니가 나오고 있어요!" 나는 속삭였다.

누군가가 문에 접근함에 따라 발자국 소리가 점점 커졌다. 문 열리는 소리가 내 귀에 메아리쳤고 천천히 문이 열렸다.

"안녕하세요, 예삐 할머니!" 인사를 하면서 아내가 기쁜 마음에 소리쳤다.

그녀를 다시 보니 얼마나 기쁜가! 반짝이는 눈동자로부터 나는 그녀가 예전과 같음을 느낄 수 있었다. 그녀의 모습에서 피부에 약간의 주름이 더해진 것을 빼고는 내가 기억하는 그대로였다.

방 하나의 누추한 집으로 예삐 할머니는 우리를 안내하였다. 예전의 만남은 건물 중간의 정원에서 주로 이루어졌기 때문에 그 건물에서 좋은 일 년의 시간을 함께 보냈지만 이번이 처음으로 그녀의 집을 방문하게 되었다.

방 한쪽에 작은 부엌이 있고, 다른 쪽에 옷장, 텔레비전 거치대가 있었다. 방 한구석에 쌓아둔 이불은 그녀의 침구임을 보여주고 있었다.

"예삐는 어디로 갔어요?" 벌써 답변을 걱정하면서 나는 물었다.

할머니의 얼굴 표정이 벌써 그것을 다 말해 주고 있었지만, 그녀는 예삐가 몇 달 진에 죽었다고 우리에게 이야기 해 주셨다.

"그 개 이야기는 그만 하고." 할머니는 내 딸에게 다가서면서, "이 귀여운 애기들을 좀 보여 줘."

처음 인사가 끝나고 할머니는 냉장고를 열어 우리에게 음료수와 과일을 내놓으려고 하였다. 나는 그 순간 냉장고가 비어 있다는 것을 알아차렸고, 냉장고에 내놓을 만한 것들이 많지 않음에도 할머니는 주저 없이 우리에게 대접을 하려 하고 있었다. 많지 않은 것을 갖고 있음에도 그녀는 우아하게도 우리와 나누려 하고 있었다.

나는 아내에게 귓속말로 속삭였다. "미안 여보, 내가 곧 돌아올게".

나는 길모퉁이에 있는 상점에 가서 내가 최대한 운반할 수 있을 만큼 봉지를 가득 채웠다. 내가 그 것들을 들고 다시 들어 왔을 때 소동이 일어났다.

"나는 절대 이것을 받을 수 없어요." 할머니가 소리쳤다. "즉시 돌아가서 모두 반환해요."

열띤 논쟁 후에, 아내가 끼어들었는데, 할머니가 마지못해 나의 선물을 받았다. 그런 후에 할머니는 부엌으로 가서 요리를 시작하였다.

할머니께서는 마른 오징어와 생선을 준비하셨고, 아내는 멜론, 사과와 배를 깎았다. 나는 맥주와 소주를 따랐다. 우리는 탁자라기보다는 등 없는 의자처럼 보이는 작은 둥근 탁자에 둘러앉아 여러 시간 동안 이야기하고 음식을 먹었다.

완전 낯설은 이 여인은 나를 피부 색깔이나 내가 생계를 유지하는 방법으로 나를 판단하지 않았다. 눈에 사랑이 충만한 상태에서 그녀는 모든 것을 보았다. 그녀는 진정으로 베푸는 사람이다. 그리고 나는 그녀의 행동을 통해서 중요한 교훈을 배웠다. 친절은 여러가지 다른 형태로 오지만, 친절은 항상 봉사하는 사람의 겸손한 마음으로부터 오는 것이라고 말이다. 당신의 얼굴에 밝은 미소를 머금고 그리고 당신 생활에서 친절이 습관이 되도록 하세요. 친절하고 친절을 베푸세요!

Seeing a Bridge, Seeing Korea

Derrick Kenton Ramey

My life in Korea began on a bus, my feet perched on an oversized bag, my chin resting on my knees. I have never been able to sleep well on planes and my eyes were protesting my sleepless state with a familiar unpleasant sting. While restlessness had kept me awake on the plane, it was interest that now kept me from sleeping. An airport is an airport and I have seen many in my time in the military. But it was through the window of the bus that I truly saw Korea for the first time.

I came to Korea partially on a whim and mostly out of desperation. It was just a place on a list, the only alternative place offered to me. My only condition was that my new assignment be different from where I had been assigned for the past two years. So I considered for a moment- not a long moment, mind you- and quickly responded 'yes'.

I had three months to make my arrangements, a mere three days of which I spent with my family, and then I was in the air. Heavy expectations swelled while I was on the plane and I floated somewhere between doubt and curiosity. I try to avoid worrying, so I made every effort to distract myself.

But my mind kept returning to one unyielding question 'what will my life be like in Korea?'

On the bus I again reminded myself of this reassuring mindset, telling myself not to be too curious so as not to worry or fret. A place is a place after all; details vary, but in the end they're not all that different from one another. So I rested my head and planned on getting a little sleep. I figured that an occasional glance out the window to appease my curiosity wasn't going to prevent me from sleeping for too long, so from time to time I would pull back the curtain and peek out. I saw mountains, mountains covered in forest, with an occasional building nestled into its base or on its slope. I have seen mountains before, but they have not been commonplace in my life. They are exciting, with their deceitfully massive forms fading into the distance. Each time I peeked out at my surroundings, I would peek a little longer. Glances turned to gazing and before long my face was pressed against the glass, the curtain draped behind me. So this was Korea... and Korea was changing before my eyes.

As the bus drove on, trees began to give way to buildings, and then these islets of isolated buildings gave way to small clusters of towering buildings. We were on our way to Seoul and as the buildings grew larger, shuffling shoulder to shoulder to make room for another and another, a common murmured question began circulating the bus: 'are we in Seoul now?'

As the roads grew and filled with traffic and the buildings reached higher and wider, the question gradually changed to a statement, 'we MUST be in Seoul now.' The bus curtains, once closed save for mine, were now all open and even the grumpiest traveler was squinting out of the corner of his eye at the city growing around us. Then, my eyes now darting from window to window in search of the best view, I saw the Han River for the first time. I focused on the bridge that connected the two parts of the metropolis city that stretched as far as I could see. It was then that I smiled, both excited and overwhelmed, and decided- with no preconceptions regarding the future- that

I wanted to be here; I was happy that I came to Korea.

I arrived at Yongsan Army base and was greeted by routines with which I was well-acquainted. There was paperwork to be done, my place to be sorted, and I was not to leave the base. I spent the next few days growing accustomed to my new home and the new view, a city that surrounded the entire post. After a few days I was moved to the Armed Forces Network, where my room had a view of (what I later learned is) Seoul Tower. Soon after I was finally allowed to go out into the city.

If you haven't guessed yet from my wide-eyed marveling of the city sights, I'm not originally from the city. So when I walked out of the gate into the bustling streets of Seoul, I was like a puppy that had been let outside for the first time. The coworkers I was with, veterans of Seoul, talked amongst themselves and strolled directly to our destination. I followed along distractedly, struggling to take in all the new sights and sounds. Crowds of people crossing the street in unison, signs I couldn't read, and the lights all dazzled me. It wasn't until I went out at night that the lights actually mesmerized me. The colors carrying off endlessly into the horizon were like my new stars scattered across the landscape. I went out several times with my friends and coworkers but I have yet to tire of seeing the lights.

I went here and there in Seoul, riding the color-coded subway lines that snake through and reach the heart of anywhere I wanted to go. However, whenever I went out I always went with friends, and these friends were starting to leave Korea. A soldier's time stationed in Korea is often short and these new friends were at the tail-end of their time here. As their numbers thinned, I spent less and less time out in the city because, as exciting as it was, it was also intimidating. I began to worry that I would gradually retreat to the safety of my room and the base. Then, on the same first streets that my friends had introduced me to in Korea, I met a pretty lady.

She had long wanted to come to Korea; now that she was here, she was eager to take in as much of Seoul as possible, and I was happy to tag along.

She took me to new restaurants and we sampled various local cuisine, including some foods spicy enough to nearly burn off my tongue. We saw the lanterns on the Cheonggyecheon stream. We made it to the Gyeongbok Palace for the seasonal nighttime viewing just as tickets sold out and instead settled for taking my first tourist photos amidst the lights and statues at Gwanghwamun square. We ate Monster Pizza while listening to a group of buskers perform several renditions of 'Arirang' in Hongdae Children's Park. We visited the European Christmas Market by the Hansung University subway station. We danced, we sang, we walked, we admired the city for its novelty as well as its timelessness. Eventually, as we grew more and more inseparable, we left Seoul to see a little more of Korea.

The first train ride of my life was to Gwangju to see the Boseong Green Tea Plantation Light Festival and, with red noses and frosted breath, we gawked at the lights dancing down the side of the mountain. Traveling as a tourist this way was enjoyable, yet challenging; I realized for the first time that my inability to speak the language was not my only difficulty living in Korea. Sometimes I was simply nonplussed by circumstances I couldn't predict, such as the buses in Yeosu that inexplicably seemed to skip stops unless someone on the bus needed to get off at that particular stop. These trials were exhilarating though, and my first vacation in Korea ended with me returning to the Yongsan base radio station to help welcome listeners to the New Year. Just like that, I had been in Korea for a whirlwind five months. Having lived on numerous bases during my time in the military, I rarely feel at home in my assigned living location. But when I returned to Yongsan base that New Years' Eve, I noticed a sense of relief and familiarity swell up in me. This was a place I had begun to recognize as my own.

This assignment as a radio DJ began as a substitutional one but eventually I grew into the role and was named future head of the ten o'clock show. My work in the military until now has mostly dealt with news shorts and other film and photography- based forms of documentation, but I have enjoyed developing a new set of skills. While I had previously gotten to explore Korea as a member of the military news team covering the army's work and cultural events, working on the radio allows me to speak to a wider audience, and I even have several expatriate friends who listen regularly to the show.

While neither of us were Korean, my now-girlfriend and I enjoyed experimenting with the local customs and familiarizing ourselves with Korean culture. Taking a leaf out of the Korean couple dating book, for our 100 day anniversary we rode the cable car (another first for me) up to the Seoul Tower I had seen countless times from my barracks. We took in the sights from the top floor observatory and left memorabilia on the wall alongside others' locks and love notes. Then, our mission complete, we headed back to Itaewon for burgers and fries, an evening happily spent creating a fusion between the local traditions and our own habits from home.

Spending time with my girlfriend helped me to open up to my new surroundings, and I quickly discovered that this newfound zest for exploring was coloring my time in Korea in other ways as well. I found myself befriending several of my neighbors in the barracks, mostly KATUSAs working in the Armed Forces Network. After a few nights of noraebang to ease ourselves into a sense of camaraderie, we started freely swapping stories and restaurant recommendations, and it was with their help that I discovered my favorite restaurant for my favorite Korean dish of all time: samgyeopsal. Tucked away on an unassuming street in northeastern Seoul, the pork belly there was so tender and succulent that my girlfriend and I began introducing the restaurant to all our friends, including guests visiting from out of the country.

My bond with the KATUSAs also gave me the opportunity to participate in the KATUSA -US Friendship Week, where I learned more about the experiences of members of the Korean military, and we even did a group performance together. I was really touched when one of my KATUSA friends bought me a type of traditional Korean alcohol for my birthday and a Korean language textbook to encourage me to study the Korean alphabet. From my uncertain beginnings as a stranger to both the base and the city, I have found genuine friends and have established real bonds with the people with whom I work.

New friendships, a new relationship, new job experiences. I have only been in Korea for a scant nine months, yet I know that the remainder of my time here will fly by like these dizzying first months. There are so many things I still hope to see or to explore, and as I grow more settled here among friends and familiar haunts, the thought of someday boarding a plane to leave this place sometimes gives me pause.

What is life in Korea? When I reflect on that question, I think back to that first moment, seeing the bridge over the Han river connecting the two sides of the city and the change that overcame me in that moment. I came to Korea in search of something different, but even as I become more at home with things here, the magic of this place continues to hold strong. I'm grateful that my sense on that bridge was right; my life in Korea is truly happy.

다리를 보며 한국을 알다

데릭 캔톤 라미

한국에서의 나의 삶은 버스에서, 대형 가방을 내 발 밑에 두고 무릎 위에 턱을 고인 상태에서 시작되었다. 나는 비행 중 거의 잠을 자지 못했다. 그래서 나의 눈은 아주 불쾌한 고통을 가지고 나의 불면 상태에 항의하고 있었다. 나는 비행기에서 불안한 마음으로 계속 깨어 있었기 때문에 지금 내가 잠을 자지 않는 것이 이상할 정도다. 나는 군생활을 하면서 많은 공항을 보아 왔다. 공항은 어쩔 수 없이 그저 공항일 뿐이다. 하지만 나는 실제로 버스의 창문을 통하여 한국을 처음 보았다.

나는 일정 부분 충동적이고 절망적인 마음가짐으로 한국에 왔다. 나의 유일한 조건 즉 나의 새로운 근무지는 단지 내가 지난 2년 간 근무한 곳이 아닌 다른 곳이면 어디라도 된다는 것이었다. 그래서 나는 순간적으로 길지 않은 순간에 마음을 결정했고 빨리 '예'라고 대답했다.

나는 계획을 준비하는데 3개월이 걸렸고, 가족과는 단지 3일만을 보낸 상태에서 비행기를 탔다. 비행기에서 의심과 호기심 사이를 왔다갔다 하면서, 내 마음속에 강한 기대감이 부풀어 올랐다. 나는 걱정을 떨쳐 버리고 모든 노력을 다해 기분 전환을 시도했다. 하지만 '한국에서 내 생활은 어떨까?'라는 하나의 단호한 질문이 내 마음속을 계속 맴돌고 있었다.

버스에서 나는 다시 너무 궁금해하거나 초조하게 걱정하지 말자고 내마음을 안심시키고 있었다. 결국 거기가 거기고 세부 사항은 좀 다르겠지만, 결국에는 한국이 그렇게 다르지 않다는 것을 나는 알고 있다. 그래서 나는 내 머리를 뒤로 누이고 잠을 좀 자기로 했다. 호기심 충족을 위해 이따금씩 창문 밖을 쳐다 보았다. 잠을 오래 자지 못하게 될 것이란 것을 알았기에, 가끔 창문 커튼을 젖히고 밖을 엿보기도 했다. 나는 숲으로 덮여 있는 산과 산의 하단부 및 경사면에 건물들이 자리잡고 있는 것을 보았다. 예전에 많은 산을 보았지만, 이곳의 산들은 내가 전에 본 그런 평범한 산들이 아니었다. 거짓말처럼 멀리 사라지는 거대한 형태들을 보니 매우 마음이 설렜다. 내 창 밖으로 주위가 보일 때마다, 조금 더 보게 되었다. 잠시 언뜻 보다가 창 커튼을 뒤로 젖힌 채로, 내 얼굴이 유리에 눌린 채 창 밖을 주시하게 되었다. 그래 이것이 한국이다. 한국이 내눈 앞에서 변하고 있었다.

버스가 가면 갈수록 나무들이 건물들로 바뀌고, 이런 분리된 건물들이 작고 높은 빌딩의 모습으로 바뀌고 있었다. 우리가 서울로 가면서 건물의 크기는 점점 더 커져 갔다. 사람과 사람 사이에 공간을 만들기 위해 어깨와 어깨 사이를 빠져 나가면서, 작은 의문이 버스에서 번져 나가고 있었다. '우린 지금 서울에 있는가?'.

도로들이 커지고 차량들로 가득하고 건물들이 더 높아지고 커질수록, 질문은 확신으로 바뀌고 있었다. '우리는 지금 확실히 서울에 있네.' 나를 잠시 쉬게 하기 위해 닫혔던 커튼이 지금 완전히 열리고, 심지어 기분이 언짢은 여행객도 눈을 가늘게 뜨고 변하는 도시의 모습을 보았다. 내눈은 지금 이 창문에서 저 창문으로 도시의 최고 모습을 보기 위해 옮겨

다니며, 처음으로 한강을 보았다. 나는 활기찬 대도시의 두 측면을 연결하는 다리를 가능한 한 집중해서 보았다. 나는 미소 지었고, 흥분되었으며 압도되었다. 그리고 미래에 대한 어떤 선입관도 없이 나는 여기에 있고 싶고, 내가 한국에 온 것이 행복하다고 결정했다.

나는 용산 육군기지에 도착하여, 내게 익숙한 방법으로 수속 절차를 밟았다. 처리해야 할 서류 수속과 내 근무지에 배치되었으나, 부대 밖 외출은 허락되지 않았다. 나는 새로운 집과 새로운 시각, 부대를 둘러싼 도시에 익숙하기 위해 그 후 며칠을 보냈다. 며칠 후 나는 주한 미군방송국에 배속 받았고 (나중에 알았지만) 서울 타워를 볼 수 있는 방을 배정받았다. 그 직후 나는 마침내 도시를 볼 수 있게끔 외출을 허락 받았다.

여러분이 아직도 도시 경관에 커진 내 눈동자의 경탄을 금치 못하는 모양을 짐작하지 못하겠지만, 나는 도시 출신이 아니다. 그래서 내가 정문을 나와 붐비는 서울거리로 걸어 들어갔을 때, 나는 밖에 처음으로 나온 강아지 같았다. 나와 같이 간 서울에서 오래 근무한 동료들은 사람들 사이에서 자기들끼리 이야기를 나누며 한가로이 거닐면서 목적지로 가고 있었다. 나는 주위가 산만한 상태에서 고군분투하고 뒤를 따르며 새로운 광경과 소리를 받아들였다. 사람들을 동시에 교차로에서 건너게 하는 교통신호등을 나는 이해하지 못했고, 이 모든 것이 나를 당황시켰다. 불빛이 실제로 나를 매료시킨 것은 그날 저녁 외출한 이후였다. 지평선 속으로 끝없이 움직이는 불빛 색상은 나의 새로운 별이 밤 하늘의 풍경을 건너서 흩어져 버리는 느낌이었다. 나는 동료들과 몇 번 외출을 나갔지만 아직도 이 불빛들을 보는 것이 싫지가 않다.

나는 뱀처럼 서울을 관통하는 색깔로 표시된 지하철을 타고서 여기저기 내가 가고자 하는 곳을 다녔다. 그렇지만 내가 외출할 때마다 나는 항상 친구들과 함께 갔는데, 이 친구들이 한국을 떠나기 시작했다. 군인들의 한국 근무기간은 아주 짧아서, 이들 새로운 친구들의 이곳 근무기간이 곧 끝나게 예정되어 있었다. 그런 친구들의 숫자 수가 계속 줄어서 외출이 흥미로운 것도 있지만 위험하기도 해서 나는 도시로 나가는 외출 시간을 점점 줄이고 있었다. 나는 점점 내가 안전한 방과 부대에만 칩거하는 것이 아닐까 하는 걱정을 하기 시작했다. 그때, 한국에서 내 친구들이 나에게 소개한 첫 번째 거리에서 나는 예쁜 여자를 만났다.

그녀는 오랫동안 한국에 오고 싶어 했으며 드디어 여기에 왔고, 가능한 많이 서울을 보고 싶어 했다. 나는 그녀를 따라 다니며 행복했다. 그녀는 나를 새로운 레스토랑에 데려갔고, 내 혀를 거의 태울 만큼 매운 식품을 포함하여 다양한 현지 요리를 함께 먹어 보았다. 우리는 청계천에서 등불 축제를 보았다. 우리는 경복궁으로 계절 야간 관광을 갔었는데 입장권이 매진되어서 대신 광화문 광장에서 빛과 조각상들 속에서 내 첫 번째 관광사진을 찍기도 하였다. 우리는 홍익대학교 근처 어린이공원에서 괴물 피자를 먹으면서 '아리랑'을 여러가지로 변곡한 거리 악사의 공연을 보았다. 우리는 한성대학교 지하철 역에서 실시된 유럽 크리스마스 마켓을 방문했다. 우리 춤을 추고 노래 부르고, 도시를 걸으면서 도시의 우아함과 영속성에 감탄을 보냈다. 결국 우리는 점점 더 떨어질 수 없게 되었고, 우리는 좀 더 많은 한국을 보기 위해 서울을 탈출하기로 했다.

보성 차 밭 빛 축제를 가기 위해서 처음으로 광주로 가는 기차에 올랐다. 그리고 우리는 추위로 빨갛게 된 코와 하얀 입김을 내쉬면서, 산 아래쪽에서 춤추는 불빛을 혼이 빠진 사람처럼 바라보았다. 여행자로서 이렇게 관광여행하는 것은 매우 즐겁고 그렇지만 도전적인 것이었다. 나는 한국에 거주하면서 처음으로 한국어를 못하는 것이 나의 유일한 애로점은 아니라는 것을 깨달았다. 가끔 나는 내가 예상하지 못한 상황으로 인하여 맥박이 멎는 느낌이 든다. 예를 들면 여수에서 있었던 일인데, 특정 버스 정류장에 내리는 승객이 없다면 버스가 아무런 설명도 하지 않고 그냥 통과해 버리는 것처럼 보였다. 그렇지만 이런 모험은 굉장히 기분 좋은 일이었고, 한국에서의 나의 첫 휴가는 새해에 청취자에게 환영 인사를 하기 위해 용산 방송국으로 돌아 오는 것으로 끝을 맺었다. 이렇게 나는 한국에서 바쁜 5개월을 보냈다. 내 군생활을 하면서 여러 기지에 근무해 보았지만, 내가 근무하는 곳이 집이라는 느낌은 거의 가져 본적이 없었다. 그러나 내가 정초에 용산 기지로 돌아 왔을 때, 나에겐 어떤 안도의 한숨과 친밀함이 내 마음속에서 부풀어 오름을 느꼈다. 이제이곳을 내 자신의 장소로 인식하기 시작했다는 것이었다.

나는 대리로 라디오DJ업무를 시작하였으나, 결국 내 역할이 커지기 시작한 뒤에는 10시 프로그램 진행자로 임명되었다. 군대에서 내 일은 지금까지 대부분 짧은 뉴스 진행과 여러 영화 그리고 사진 위주의 문서 형태를 처리하는 것이지만, 나는 새로운 여러 기술을 발전시키는 데 흥미를 가져 왔다. 전에 내가 군사 방송국 뉴스 제작 팀 멤버로 군대 업무나 문화적 사건을 취재하러 한국에 왔지만, 라디오에서 일하면서 나에게 폭 넓은 청취자들과 대화할 수 있는 기회가 주어짐에 따라, 나는 내 방송을 정기적으로 듣는 몇몇 주재원들과 가까운 친구가 되었다.

내 여자친구와 나는 둘 다 한국인이 아니지만, 한국 풍습을 배우기를 시도하였고 우리 자신이 한국 문화에 익숙해지는 것을 즐겼다. 한국 연인 데이트 책에서 잎을 꺼내어, 우리의 만남 100일 기념일을 위해 내 막사에서 수 없이 많이 본 서울타워 케이블 카를 (나의 또 다른 첫 번째) 탔다. 우리는 꼭대기 층 전망대에서 관람을 하고, 우리들도 다른 사람들이 사랑을 위해 채운 자물쇠와 메모를 따라 그 벽에다가 메모를 남겼다. 우리의 임무는 완료되었고, 햄버거와 감자튀김을 먹으러 다시 이태원으로 향했다. 이곳에서 나는 여자친구와 함께 이 지역의 전통과 우리의 고국 습관을 적절히 섞으면서 즐겁고 행복한 저녁 시간을 보냈다.

나의 새로운 인생 환경을 열어준 여자친구와 함께 시간을 보내면서, 나는 새로운 미지의 세계를 신속하게 탐색하는 흥미가 한국에서 다른 방법으로 내 시간을 윤택하게 해 준다는 것을 발견했다. 나는 막사에서 주한미군 방송국에 근무하는 주위의 여러 카투사 병사들과 친하게 되었다. 전우애를 돈독히 하기 위해 며칠 밤을 카투사 친구들과 함께 노래방에 가 보기도 했다. 그런 연후에, 우리는 서로 자유롭게 이야기를 나누기 시작하였으며, 그들의 도움으로 한국 요리 중 내가 제일 좋아하는 삼겹살 식당도 발견하게 되었다. 이 식당은 서울 북동쪽에 있는 평범한 거리에 위치하고 있는데, 거기 삼겹살은 너무 부드럽고 즙이 많아서 내 여자친구와 이 식당을 자주 이용하였고, 또 이 레스토랑을 우리 친구와 한국을 방문하는 사람에게 소개 하기 시작했다.

카투사들과 나의 동지적 유대감은 카투사-미군 간 실시하는 우정의 주간에 내게 참여할 기회를 주었고, 거기서 나는 한국 군대 구성원의 경험을 배울 수 있었고 함께 그룹 공연도 하였다. 내 카투사 친구 중 한 명이 나에게 생일 선물로 한글을 공부하라고 한국어 교재와 한국 전통 술을 주었을 때 정말 감동받았다. 나는 기지와 도시에 낯선 사람으로 불확실하게 시작하였지만, 진정한 친구를 발견하였고 함께 일하는 사람들과 진정한 유대감을 맺었다.

나는 겨우 9개월 동안 한국에서 새로운 우정, 새로운 관계, 새로운 업무 경험을 하며 근무하고 있다. 이제 여기의 나머지 시간은 첫 번째 달처럼 어지럽게 지나갈 것을 나는 알고 있다. 내가 여전히 보거나 또는 시도해 보기를 원하는 일이 무척 많기 때문이다. 그리고 내가 여기서 친구들과 친근한 장소에 점점 더 위치를 확고히 해 감에 따라 언젠가 이곳을 떠나야 한다는 생각이 가끔 나를 멈추게 만든다.

한국에서의 내 인생이란 무엇인가? 그 질문을 곰곰이 생각해 볼 때, 나는 먼저 그 순간에 나를 극복한 변화 그리고 도시의 두 측면을 연결하는 한강 다리를 본 것이라고 생각하게 된다.

나는 무엇인가 다른 일을 찾아 한국에 왔지만, 여기의 모든 것이 내가 점점 더 집에 있다는 느낌을 갖게 만들어감에 따라 이곳의 매력이 계속해서 나를 강하게 잡아 끈다. 나는 처음 한국에 왔을 때 보았던 한강 다리에서의 느낌이 맞았다는 것에 대해 감사히 생각한다. 한국에서의 내 삶은 진정으로 행복하다.

Independence Day

Chaplain (LTC) Stan Whitton

Soldiers, no matter where they live or under what circumstances they find themselves, always look forward to celebrating holidays. I imagine that if a poll were taken of the most popular holidays among Soldiers, the list would look like this: Thanksgiving Day, Christmas, and the Fourth of July. The last on my informal list – the United States Independence Day celebration – brings to mind typical key events such as fireworks, cookouts, parades, and a day of pride in our flag, our uniform, and our profession of arms. This coming Independence Day will be the seventh one I have celebrated in Korea, but it is the very first one I experienced here fifteen years ago that stands out for me.

The first Fourth of July I celebrated outside of the United States was in 1998. I was assigned to the Second Infantry Division, living at Camp Casey, about as far away from my home-state of South Carolina as I ever imagined I could get. I arrived at Camp Casey in early June and was just getting used to the heat hitting me at 0600 every morning, the change in my diet, and a hundred other adjustments. The Fourth of July was just around the corner but our unit was busy and I really didn't give too much thought to the approaching holiday. And then it started to rain. And it kept raining and raining and raining. The rain stopped on the 2nd of July, the same day a helicopter crashed into the flat side of a mountain near Kapyong.

The helicopter, part of the 2nd Combat Aviation Brigade, had just completed a mission and was headed home when, in the midst of heavy fog, it slammed into a mountain. Our unit, the 1st of the 503rd Infantry Battalion, sent two platoons to assist in what we initially hoped would be a rescue mission. For the better part of the afternoon and evening of the 2nd of July, we drove through more rain to Kapyong, not knowing where we were headed or what the next few days would hold for us and those whom we thought might still be alive. We stopped twice while driving due to the rain and, at one small road-side area, I saw one of our KATUSA Soldiers speak with a civilian as we used the restroom and bought snacks. The civilian approached us as we prepared to continue driving and, with his head lowered, bowed slowly, standing uncovered in the rain as we left.

It was close to sunset when we arrived at what would be our base camp for the next two days. Our vehicles maneuvered hairpin curves, washed-out dirt roads, coming to a stop in front of two small, white buildings at the base of a small mountain. The smaller of the two buildings had an open door with cooking pots visible from where I stood and what looked like two other rooms for living space. The longer of the two buildings looked like it might be a guest house or barracks of some kind. Before I could even get my bearings, a middle-aged Korean man shot out the open door, extending both hands for me to shake. With a wide grin on his face he looked at me and said, over and over, "Moksanim, moksanim!" He ran a finger over the cross stitched to my uniform and then, pointing at his own chest said, "Me also!"

As it turned out, our base camp was next door to a small church retreat facility. The man who befriended me was the pastor at the local church which owned this set of buildings where church members would come to pray, meditate, and stay for a few nights if they chose to. One of our KATUSA Soldiers told me that after the word got out in town about the helicopter crash, the pastor and his wife, addressed as samonim in Korean, decided to remain behind after their last group of guests left. The road passing in front of their center was the road we would take to go up the mountain to search for the crash site and the empty ground around them was where our Soldiers would be quartered. As our Soldiers set up a small tent to serve as a Command Post, the pastor and his wife brought out handfuls of towels, hot tea, and, above all else, smiles. Our smiles were few and far between, especially after word began to circulate that we should stop calling this a rescue mission and start calling it by its real name: a recovery mission.

The 3rd of July brought an end to the rain as our Soldiers departed the base camp towards the crash site. I will never forget the looks on the faces of these very young infantrymen – eyes full of hope and determination mixed with doubt and confusion at the same time. The platoon sergeants ensured their Soldiers had water and other supplies for the day's mission, but each face brightened up as the moksanim and samonim were seen standing at the departure point with fresh fruit and large balls of hot rice wrapped in tin-foil. Our Soldiers gladly accepted these gifts of love and sustenance as the pastor's wife put her hand on their rucksacks as they passed by, her head lowered in a private prayer. By this simple but heartfelt gesture, this devoted couple put a Korean face on a teaching that had become a reality for our Soldiers: "Do unto others as you would have them do unto you."

By late afternoon on the 3rd, the search teams located the helicopter crash site. And the second part of their message was one we feared but had come to expect: there were no survivors. We then knew that the crew aboard the Blackhawk, three fellow Soldiers, was dead. The platoon reporting the news had reached the base of the crash site after hours of moving through mud, clawing their way over rocks, fighting through thick vegetation, and enduring the July heat and humidity. They quickly went through the supplies of water and food which they set out with. With night upon us, the decision was made to find a suitable spot about a mile from the base camp where we could set up a dry shelter with food and medical attention on standby. The pastor, still on site, conferred with our commander and told them of an abandoned building that would allow us to give aid to those who had been in the field since before dawn.

The Soldiers stumbled into the make-shift rescue area close to midnight, their uniforms dripping wet, some torn from their journey, and many dehydrated and in need of food. Candles and lamps dotted the inside of the building, placed there, I can only assume, by our guardian angels that were still with us. Soldiers ate and drank everything placed in front of them, some doing so with IV lines sticking out of their arms while a buddy held a bag of fluids above their heads. I assisted as best I could, praying with some and serving hot soup and rice, and, although I did not see the pastor and his wife, I felt their presence as Soldiers wept over the loss of comrades whom they had never met. I do not remember the night ending, only the sound of someone feebly saying after midnight, "Hey, it's the Fourth of July!"

The Fourth of July brought more Soldiers to the mountain and a determination in everyone to ensure we recovered the remains of Lieutenant Norman Flecker, Chief Warrant Officer Riley Mason, and the crew chief, Specialist Ryan Shears. The rain lifted long enough for those searching to locate and secure the remains of these three heroes and to bring them in the late afternoon to the head of a small stream where an olive-drab ambulance stood waiting. There were tears in the eyes of everyone gathered – tears of grief, exhaustion, and even tears of relief that, on this Independence Day, our Soldiers fulfilled a vow that all Soldiers of all nationalities make to their comrades: never leave a fallen Soldier behind. We were able to keep that sacred vow in large part because of those civilians who chose to share in our suffering, to give of themselves to young men they had never met, and to model compassion and generosity during hours of intense stress and exhaustion. I am convinced that the last two people to leave that mountain sometime on the 4th of July were a devoted couple of faith and courage.

I have reflected on that 4th of July for the past fifteen years and, I imagine, I will pause again this coming Independence Day and recall those days near the mountains of Kapyong. As I do, I will remember the relationship formed over those three days by all of the Koreans who showed their kinship with us with a simple bow, a hand on a shoulder, or a few words of comfort. And I will recall the faces of the pastor and his wife as they sought to do everything they could to bring relief to our Soldiers. The relationship between the United States and the Republic of Korea is strengthened by a political and military alliance that has stood the test of time, but I believe that at the heart of our alliance is a humanity which can only be found in water given to the thirsty, food given to the hungry, and prayers of hope given to the hopeless. With friends like this for partners, a strong relationship like the one we share can and will grow stronger as we share everything life brings us in the Land of the Morning Calm.

독립 기념일

스탄 휘튼 중령

군목

군인들은 그들이 어디에 살든지 어떤 상황에 있을지라도 항상 기념일들이 오기를 고대한다. 아마도 군인들에게 어떤 휴일이 가장 인기 있냐고 설문 조사를 한다면, 나는 추수 감사절, 크리스마스, 미국 독립기념일 순이라고 상상해 본다.

나의 비공식 목록에 있는 마지막 기념일인, 미국 독립기념일은 불꽃놀이, 야외 파티, 퍼레이드와 미국의 국기 게양, 미국의 군복, 그리고 군인으로서 자부심을 느끼게 하는 전형적인 행사들을 나의 마음 속에 떠 오르게 한다.이번에 다가오는 독립기념일은 나에게 한국에 온 이래 7번째 기념일이지만, 그때의 독립기념일은 15년 전에 미국 밖에서 경험했던 나의 첫 번째 독립기념일이었다.

나는 1998년에 처음으로 미국 밖에서 독립기념일을 기념했다. 나는 고향인 사우스 캐롤라이나에서 상상할 수 있는 한 최대로 멀리 떨어진 제2보병사단 캠프 케이시에 배속되었다. 나는 6월 초에 캠프 케이시에 도착하였다. 그리고 이곳에서 매일 아침 6시에 땀을 흘리면서 달리기를 하곤 하였고, 점점 식생활과 여러가지 다른 변화에 익숙해지고 있었다. 독립기념일이 다가오고 있었지만, 우리 부대는 너무 바빠서 다가오는 기념일을 생각할 여유가 별로 없었다. 그런데 비가 내리기 시작했다. 그리고 계속해서 장마비가 내렸다. 장마비는 7월 2일에야 멈췄다. 그리고 그날 가평 근처의 산 언덕에 헬리콥터가 추락하였다는 소식을 들었다.

제2전투 항공 여단 소속의 헬리콥터는 막 임무를 완료하고 부대로 복귀 중에 짙은 안개 속에서 산에 부딪쳐서 추락하였다. 우리 부대인 제503보병대대 1중대의 2개 소대가 처음으로 구조 임무의 명을 받고 지원되었다. 우리 일행은 7월 2일 오후에 출발하여 저녁시간 내내 어디로 향하고 있는지도, 앞으로 며칠 간 무슨 일이 일어날지도 그리고 우리 생각에 그들이 아직도 살아 있는지도 모르는 상태에서 비 속을 뚫고 가평으로 가고 있었다. 비 때문에 운행하는 동안 두 번이나 작은 길가에서 멈췄다. 나는 카투사 중 한 명이 화장실을 가고 간식을 구입하는 동안 민간인 한 명과 이야기를 나누는 것을 보았다. 그 민간인은 우리가 계속 차량 이동을 준비할 때 머리를 숙이며 천천히 절하면서 우리에게 다가왔고, 우리가 출발할 때 비속에서 비를 맞으며 서 있었다.

우리는 일몰 시간이 다 되어서 다음 이틀 동안 우리의 임시 주둔지가 될 곳에 도착했다. 우리의 차량은 울퉁불퉁한 비포장도로를 구불구불 달려서 작은 산 하단에 위치한 두 개의 작은 백색 건물 앞에 멈추었다. 두 건물 중 작은 집은 한 쪽 문이 열려 있어 내가 서 있는 곳으로부터 밥 솥이 보였고, 다른 두 개는 사람이 거주하는 방처럼 보였다. 두 건물 중 긴 것은 게스트 하우스 또는 어떤 종류의 막사처럼 보였다. 내가 자세를 갖추기도 전에, 한 한국 중년 남자가 열린 문으로 튀어나와서 나와 악수하기 위하여 두 손을 뻗었다. 얼굴에 환한 미소를 지으며, 그가 나를 보고 말했다, "목사님, 목사님!" 그는 손가락으로 내 군복에 있는 십자가 병과 표지를 가리키며, 그리고 그 자신의 가슴에 대고 말했다, "나도 목사입니다!"

알고 보니 우리의 임시 주둔지는 작은 교회 옆에 있는 기도원 시설이었다. 나와 친하게 된 사람은 지역 목사였고. 이 교회는 신도들이 기도하고 명상하며 신도들이 원할 경우 며칠 동안 머물 수 있는 건물을 소유하고 있었다.

헬리콥터가 추락했다는 이야기가 마을에 알려져서 목사와 목사 사모님이 마지막 신도들이 떠난 후에도 그대로 기도원에 남아 있기로 결정했다고 우리 카투사 군인 중 한 명이 나에게 알려 주었다. 기도원 앞을 통과하는 도로는 우리가 추락 현장을 찾기 위해서 산으로 올라가는 도로이며, 기도원 주위의 빈 공터는 우리 병사들의 임시 주둔지가 되었다. 우리 병사들이 지휘소를 사용하기 위해서 작은 천막을 설치했을 때 목사와 목사 사모님이 수건 몇 장과 따뜻한 차와 다른 무엇보다도 웃음을 선물로 가지고 왔다. 우리가 이 구조 임무를 중지하고, 이제 진짜로 복구라는 이름의 임무로 전환해야 한다는 말이 돌면서 우리의 웃음은 멀리 사라져버렸다.

7월 3일 우리 군인들이 추락 장소를 향해 주둔지를 떠나려고 할 때 비가 드디어 멈췄다. 나는 희망과 동시에 혼란과 의심으로 가득 찬 눈동자를 가진 당시의 아주 젊은 병사들의 얼굴 모습을 결코 잊지 못할 것이다. 소대 부사관은 병사들이 그날의 임무를 완수하기 위하여 필요한 물과 다른 보급품을 챙기는 것을 확인했다. 이때 각 병사들은 출발 장소에 목사님과 사모님이 신선한 과일과 얇은 호일로 싼 따뜻한 주먹밥을 가지고 나와 있는 것을 보자 얼굴 모습이 환하게 밝아졌다. 우리 병사들은 사랑의 선물과 음식물을 감사히 받았고 이때 목사님의 부인은 지나가는 병사들의 배낭에 그녀의 손을 얹고서 머리를 굽혀 개인 기도를 해 주었다. 이 간단하지만 진심 어린 몸짓으로, 이 헌신적인 한국인 목사 부부는 병사들에게 실제 교육을 얼굴로 보여주고 있었다. "네가 대접 받기를 원하면

만큼 너도 다른 사람에게 똑 같이 하여라."

3째날 늦은 오후, 수색 팀이 헬기 추락 현장을 발견했다. 그리고 그들의 두 번째 메시지에서 우리가 우려한 부분이 사실로 밝혀졌고, 생존자는 아무도 없다는 것이었다. 블랙 호크 헬기에 탑승한 동료 승무원 군인 3명 모두 사망했다는 것을 우리는 알게 되었다. 소식을 보고한 소대는 7월의 지열과 습도를 참아 가면서 진흙을 통과하고 바위를 기어 이동하면서, 울창한 수풀을 헤치고 몇 시간 만에 사고 현장에 도착하였다. 그들은 신속히 준비하는 데 필요한 음식과 물을 공급 받았다. 밤이 되어서 우리는 이곳 주둔지에서 1마일 떨어진 장소에 음식과 의료진이 대기할 수 있는 건조한 장소를 결정할 수 있었다. 목사님은 여전히 현장에 있으면서 우리의 사령관과 협의하고 빈 건물을 새벽이 되기 전까지 계속해서 야외에 있었던 사람들한테 도움을 줄 수 있게 사용할 수 있다고 말했다.

병사들이 자정이 다 되어서 군복이 물에 젖고, 오는 도중에 찢기고, 많은 사람은 탈수 증세가 있고 그리고 음식이 필요한 상태로 교대하여 구조 지역으로 비틀거리면서 들어가고 있었다. 거기에 놓여진 촛불과 램프가 건물 안을 비추고 있었는데, 난 여전히 수호 천사가 우리와 함께 하고 있다고 생각하고 있었다. 병사들이 그들 앞에 있는 것을 마시고, 어떤 병사는 머리 위에 액체 백을 둔 상태로 팔을 뻗으면서 뭔가를 하고 있었다. 나는 함께 기도하고 목사와 그의 아내는 보지 못했지만 내가 할 수 있는 한 뜨거운 스프와 밥을 제공하였으며, 병사들이 만난 적이 없는 동료의 불행에 눈물 흘릴 때 그들의 존재를 느꼈다. 그날 밤이 어떻게 결말 났는지 잘 기억하고 있지 않지만 그렇지만 자정 이후에 누군가가 약하게 "이봐, 오늘이 독립기념일이야!" 하는 소리는 기억하고 있다.

독립기념일에 노먼 플레커 중위, 라 일 리 메이슨 준위, 그리고 대원란 쉐어의 유해를 찾겠다는 결심을 가지고 더 많은 병사들이 산으로 올라 가고 있었다. 이들을 수색할 수 있을 정도로 비는 충분히 걷혔고, 이들 세 명 영웅들의 유해를 찾아서 확보했으며, 늦은 오후에 올리브 색깔의 구급차가 기다리는 작은 개울 위쪽으로 유해를 옮겼다. 이곳에 모여 있는 모든 사람의 눈에서 눈물이 흘렀다. 그것은 슬픔과 피로의 눈물이고 이 독립기념일에 모든 국적의 군인이 그들의 동료에게 약속한 "뒤에 쓰러진 병사를 두고 오지 마세요"라는 맹세를 충분히 수행한 우리 병사들의 안도의 눈물이었다.고통을 함께하고, 만난 적도 없는 젊은이에게 그들 자신을 나누어 주고, 힘든 스트레스와 극도의 피로한 시간에 깊은 동정과 관대함을 보여준 그 민간인들 때문에 우리는 신성한 맹세를 대부분 지킬 수 있었다. 나는 7월 4일 어느 시간에 그 산을 떠난 마지막 두 사람은 믿음과 용기의 헌신적 부부였다고 확신하게 되었다.

나는 지난 15년 내내 그때의 7월 4일을 회상하고 있으며, 이번에 다가오는 독립기념일에 다시 한번 잠시 멈춰 서서 가평 산 근처에서의 그날을 기억하고자 한다. 마찬가지로, 나는 그 3일 동안 우리에게 간단한 인사를 하면서 보여준 유대감, 어깨 위의 손, 몇 마디의 안부를 보내준 한국 사람들에 의해 생겨난 긴밀한 유대감을 기억할 것이다.

그리고 나는 우리 병사들에게 먹을 것을 가지고 오면서 그들이 할 수 있는 모든 일을 찾아 해 주었던 목사와 목사 사모님의 얼굴을 기억할 것이다. 미국과 한국과의 관계는 시련의 시간을 거친 후 정치적, 군사적 동맹에 의해 강화되고 있지만, 나는 우리의 동맹은 목말라 있을 때 물을 주고, 배고플 때 음식을 제공하고, 희망 없는 사람에게 기도해 주는 인류애가 그 중심에 있다고 믿는다. 동반자에게 이렇게 친구처럼, 우리가 공유한 이런 강한 유대감은 더 강해질 것이고, 조용한 아침의 나라에서의 삶이 우리에게 주는 모든 것을 함께 공유할 때 유대감은 더 공고해질 것이다.

The Life of a Foreign Korean in Korea

Clint Regennitter

Coming inside from a long day of being told what to do, the frustration that builds inside of your soul when you cannot do anything other than shake your head and just do the job ahead of you. The weariness in the body and the mental exhaustion that comes with not knowing when or where the next job will take your or what kind of demeaning things will have to take place because it is what is needed to be done. Those are the things that ran through my mind as a 7-year-old boy. I was happy and content at the age of 6. What could have happened that in a year it went from a happy and loving childhood to one that begs the question: What childhood?

I was born in Seoul to a business father and a homemaker for a mother. Both were religious and loving, but not together by marriage. My father was diagnosed with cancer at a young age, one that would take his life, and would force my mother to put me up for adoption due to no income and a dwindling savings. The heartache that she felt could transfer to other people, so the later part of her life she would not outside of our house. The despair was palpable inside, instantly draining anyone of happy thoughts and feelings. My mother would tell me stories of how my father would be waiting for me in America because he needed to make money. She took me to an orphanage in the middle of the night, hoping that I would make a better life for myself. When I woke up the next day, I panicked, I fought and cried, just like any 5 year old does when they are forcibly taken from somewhere, the despair overfilling my heart and mind, and I would learn a very important lesson that day. Never leave your home.

Holt International is an adoption agency in Seoul where they process children to outside countries for adoption, giving hope to children for a family. I remember the terror and anxiety of them taking my picture, thinking I would be going to jail. The gruffness of their the doctor giving me a physical and looking at my frail body due to malnutrition, the look of fear as he checked my reflexes, thinking that he was going to break my kneecaps. The smell of rubbing alcohol and bleach as the janitor cleaned the hallway of the small doctor's office, just to be sent back to the orphanage and get told to wait. I waited for days, weeks, months even, and no response. The feeling of loneliness overtaking my soul and the very being of my existence was almost too much to bear, and so for the first time I ran. I went out during the day when the doors were open, hoping that someone would take me back home, begging them to take me back to my parents, to my home. I would never succeed, no matter how hard I tried. I always ended up at the same orphanage, with the same nuns explaining to me that I did not have a home and that I would be getting one very soon.

I received a letter soon after, more like a children's book really, of a new life in America. Of how a family wanted me in their family, and how they would take care of me, that they could give me anything I wanted or needed. The sense of belonging that I had not received in over a year was gnawing at my insides, propelling me into a situation that would not only be harmful and painful, but life-altering and shaping me into the man that I am today. I accepted the offer to go to America, and rode a plane in long pants and a turtleneck due to having the chickenpox before I was to depart. The agency could not afford to redo the flight and so they told me that I needed to not say anything.

I arrived into America on the 16th of November, not understanding any English, or German, and getting shown to the public like a prize for all so see. All I knew were Korean customs, so I would take off my shoes when I came inside, bow to my elders and be quiet when adults spoke. I would quickly learn the ways of Americans; that the soft-spoken are usually taken advantage of, and self-defense is better taught through life experience than in a classroom.

At the age of 14 my grandparents died, leaving me with undying love and a wish: make something of yourself and don't listen to people that will put you down, a wish that even to this day I strive to fulfill. I asked my adopted father why I was adopted. He explained to me that I was adopted to do menial work, to do chores that they did not feel were at their level. While the disbelief set into my young and malleable mind, I heard him laughing in the distance, telling me: "You should have known all along that you would never become a member of this family." I would take that situation and learn from it, my anger and rage fueling my drive to understand that no one can help me better than I can help myself.

When I turned 20 I joined the US Army for the first time, not really taking chances and completing my tour at 24, with 1 year in the National Guard while I would be going to school. At the age of 26 I would rejoin the US Army, a choice that to this day I feel is one of the best choices I had made in my life. I was given a choice; where did I want to go? I instantly knew my choice: Korea. I wanted to go back to my homeland, to the place where I was born and was instilled with the beginnings of my life. I wanted to have an answer to a question that had been grinding in my brain: Am I still Korean?

The anxiety and fear that I felt when I came on the plane to come back home is something that I cannot explain, it is something that must be felt.

The fear is not fear; it is the hope of acceptance and belonging. I would have that acceptance within the first month of being stationed in Seoul, between the outside Korean population accepting me as a Korean and not as a foreigner, to meeting the love of my life and having our first child, I believe that my life has come full circle. From leaving my country, uncertain if I would ever be able to come back, to starting my own family in my home country, the acceptance and contentment that I feel when I walk out to Namsan, overlooking the city of my birth with all the sparkling lights like a constellation, is one that I will never feel anywhere else, because there really is no place like home.

한국인 외모 외국인으로서의 삶

클린트 레제니터

주어진 일을 하고 긴 하루를 보내고 들어오면, 고개를 저으며 시키는 일을 하는 것 외에는 할 수 있는 게 없어 늘어만 가는 짜증. 일 때문에 언제 어느 곳으로 갈지도 모르고, 필요하다는 이유만으로 또 어떤 불쾌한 일을 하게 될지 알 수 없어 몰려오는 몸의 피로와 정신적인 탈진. 이것들은 내가 일곱 살 때 가졌던 생각이다. 여섯 살 때는 행복했다. 행복하고 사랑 받던 어린 시절이 1년만에 어쩌다 정 반대로 변하게 된 걸까?

나는 서울에서 사업가인 아버지와 전업주부인 어머니 밑에서 태어났다. 두 분 모두 신앙심 깊고 다정한 분이셨지만 결혼을 하시지는 않았다. 내 아버지는 젊은 나이에 생명을 위협하는 암 진단을 받았다. 아버지는 소득이 없고 가진 돈이 줄어들면서 어머니에게 나를 입양시키라고 강요했을 것이다.

엄마의 고통은 다른 사람에게도 알려졌을 것이고, 그래서 엄마는 나중에는 집 밖으로도 나가지 않았을 것이다. 마음속의 절망은 확실히 사람의 행복한 생각과 감정을 즉각 말라 붙게 만든다. 나의 어머니는 돈을 버는 것이 필요했기 때문에, 어머니는 나에게 미국에 있는 아버지가 나를 얼마나 기다리고 있는지 여러 이야기들을 했었을 것이다.

엄마는 내가 좀더 좋은 삶을 살기를 희망하며, 나를 한밤중에 고아원으로 데리고 갔다. 다음날 일어났을 때, 나는 여느 5살 아이가 강제로 어딘가로 보내졌을 때 절망에 휩싸인 것처럼 공포에 질려서 싸우면서 울었다. 그리고 나는 그날 귀중한 교훈을 배웠다. 당신은 절대로 집을 떠나지 마라.

서울에 있는 홀트 국제 아동 복지회는 고아들을 다른 나라로 입양을 주선해서 아이들에게 가정을 맺어 주는 기관이다. 내 사진을 찍고 나를 감옥으로 데려갈 것이라는 생각이 들었던 공포와 불안을 나는 기억하고 있다. 영양실조로 허약한 내 신체를 진단하고 바라보면서 말하는 의사의 퉁명스런 목소리, 내 무릎 반사 신경을 확인할 때의 의사 모습은 내 무릎 슬개골을 깰 거라는 생각이 들게 했다.

청소부가 의사 방 밖의 복도를 닦기 위해 쓰는 연마 알코올과 표백제의 냄새를 맡으면서 나는 고아원 뒤로 보내졌고 기다리란 말을 들었다. 나는 며칠, 몇 주, 몇 달을 기다렸지만 아무런 응답이 없었다. 내 영혼을 감싸는 고독감과 나의 존재감을 더 이상 참을 수가 없어서 나는 처음으로 도망을 쳤다. 나는 문이 열려 있는 주간에 누군가가 나를 집으로 데려다 주겠지 라는 희망을 가지고 밖으로 나가서 사람들에게 나의 부모님이 있는 집으로 데려다 달라고 간청해 보았다. 많은 노력을 시도해 보았지만, 나는 결코 성공하지 못했다. 나는 결국 같은 고아원으로 돌아왔다. 수녀님들은 나에게는 돌아갈 집이 없다고 말하면서, 곧 한 가정을 소개받을 것이라 설명해 주셨다.

나는 실제로 얼마 지나지 않아 어린이 책에서 본 것처럼 미국에서의 새로운 인생에 대한 편지를 받았다. 그 편지에는 그 가정이 왜 나를 자기 가족으로 받아들이는지, 나를 어떻게 보살펴 줄 것인지, 내가 원하는 모든 것을 설명하고 있었다. 지난 1년 간 내가 받은 무소속감이 나의 내면을 갉아 먹으면서, 나를 힘들고 고통 속의 상황으로 밀어 넣었지만, 그것이 내 인생에 변화를 일으키고 결국 나를 만들게 하였다. 나는 미국으로 가는 그 제안에 동의하였다. 나는 미국으로 출발 전에 생긴 수두로 인하여 긴 바지와 목이 긴 셔츠를 입고 비행기에 탑승했다. 그 기관은 왕복 비행기표를 지불할 여유가 없어서, 그들은 내가 아무것도 말해서는 안 된다고 강조했다.

내가 14살 때에 조부모님께서는 나에게 영원한 사랑과 소망을 남기시고 돌아가셨다. 너는 자신을 특별하게 만들고, 너를 무시하는 사람의 말은 듣지 말라는 이 소망은, 내가 지금까지 살아오면서 최선을 다하여 지키려 하고 있다. 나는 왜 입양 되었냐고 내 입양 아버지에게 물었다. 그는 내가 그들 집안 수준에서 해야 한다고 느끼지 못하는 집안의 천한 일을 하게 하려고 입양되었다고 설명했다. 이런 의혹과 순진함을 어린 마음에 품고 살면서, 나는 그가 먼 거리에서 웃으면서 나에게 말하는 것을 들었다. "너는 절대로 우리 집안의 식구가 될 수 없다는 것을 알았어야 해". 나는 이 상황을 받아들여야 했고, 그것으로부터 배워야 했으며, 내 분노와 노여움은 어느 누구도 나 자신보다 나를 더 잘 도와 줄 수 없다는 것을 이해하라고 자극하고 있었다.

내가 20세가 되는 해에, 나는 처음으로 미 육군에 입대 하여 24살에 복무를 마쳤다. 우연히 어쩌다 간 것은 절대 아니다. 그리고 내가 대학에 다니는 동안 주 방위군에 1년 간 복무했다. 26세에 미 육군에 재 입대했는데 지금까지의 내 인생 최고의 선택이었다고 생각한다. 어디에서 근무하고 싶은가에 대한 선택권이 나에게 주어졌을 때, 나는 즉시 한국이 나의 선택이라는 것을 알고 있었다. 내가 태어나고 내 인생의 시작이 각인된 내 고국으로 나는 돌아 가고 싶었다. 나는 내 머리에서 돌고 있는 질문에 대한 답을 얻기를 원했다. '나는 아직도 한국인인가?'

고국으로 돌아오는 비행기에서 내가 느낀 불안과 두려움은 내가 모두 설명할 수는 없지만, 뭔가 확실히 느껴지는 것이 있었다. 그것은 불안이 아니고 받아들임과 소속감에 대한 희망이다. 나는 서울에 거주하는 첫 달 안에, 이런 나를 받아 들인다는 것을 느꼈다. 외부의 한국 사람들도 나를 외국인으로 취급하지 않았다. 이곳에서 나는 내 인생의 반려자를 만났고 우리의 첫 아기를 갖게 되었다. 나는 내 인생이 완전히 한 바퀴가 돌았다고 믿는다.

　내 조국을 떠나면서부터 언제 다시 돌아올지는 불명확하지만, 내 조국에서 나의 새로운 가정을 시작하여 꾸미고, 남산을 걸어갈 때 내가 느끼는 사람들이 나를 있는 그대로 받아 주는 편안함과 만족감을 느꼈다. 나는 별자리처럼 빛나는 내가 태어난 도시를 바라보면서 고국과 같은 곳은 절대 없기에 다른 어디에도 없는 이 편안한 감정을 가슴 깊이 느껴 본다.

Outcry of Reality

Jennylyn Moore

Life in Korea, hmmm? Where do I start? There's just too many to say since I've been living here for almost seven years now. Well, coin always has its two sides, the good and the bad, and deciding which one I should expose first is harder than thinking of the right words to say to greatly express my thoughts. What I'm about to say are all based on my personal experiences, opinions and insights about Korea. I do not intend to offend anyone and I apologize if I will do so, but I just want to make it clear that this is simply, my story.

I think I would just start with this one because for me, it is the most important part and the best thing that ever happened to me. Here, in Waegwan, South Korea is where I met my husband. The missing piece of the puzzle that completed my life. I got married a little late, 34 by the way, but all I can say is that it's worth the wait. He's just the sweetest man on earth and falls exactly on that weakness of mine.

He is not perfect just like everybody else, but he is perfect for me. The only man in this crazy world that can bring out the best and worst in me.

I got here in Korea on the 25th of May, year 2007, with high hopes in my heart that this is the break that I desperately need to make a difference in my life.

I am focused on my goal to earn and save money and start a business of my own someday. Along with that hopes are also fears, of not knowing what lies ahead of me in this foreign land but those fears will quickly melt away whenever I would think of what I have left back home. Please do not get me wrong, the Philippines is a beautiful country with beautiful people, but as of now, the economic status is so poor and sickening. The smell of poverty and unemployment lingers in the air and no matter how hard you work to survive, still, it will slowly suffocate you. That is all why fate brought me here in Korea.

I applied as a singer and luckily passed the Korean Artists Board screening and was given an (E6) visa categorized as entertainer. I later realized that the word entertainer has a wide range of meanings. A week before my flight when I was told by the talent agency that I will not sing in Korea but entertain guests in American clubs. My job is to give them good time, nice conversations, play pool with them and at the same time, ask them to buy me a drink at least every 15 minutes of my time that I'm spending with them. This is where the money making concept comes, the quicker you get a drink, the more money you make. I will get a $2.00 commission on every drink plus a basic pay of $500.00 per month. Food and housing will be provided by the club owner.

So I agreed, though a bit disappointed because it's not what I applied for. I just weigh things out and conclude that the changes are not so bad at all. So I flew, and the very moment I stepped my foot on the plane, a strange smell run through my nostrils. I have no idea where it's coming from and all I know is that it is not pleasant and it's giving me a headache. All I can do is to just divert my attention into something else. When I finally arrived at Incheon Airport, a Korean guy, our promoter meet me there. He's a nice guy that speaks English, Thanks God!, and explained to me that I have to spend the night in a hotel since the club where I'll work is 5 hours away.

He then took me to a Korean restaurant for dinner and there, he instructed me to take off my shoes. I hesitated and look at him in disbelief but he is quick on explaining to me that it is part of their culture. I looked around and the first thing I noticed is that there are no chairs and the tables are really really low and everybody is sitting on thin pillows and on the floor. I sat the same way they do and waited for the food to be served. The waitress brought us the side dishes first and I just lost count as to how many they are. The familiar unpleasant smell came back, but this time I am pretty sure that it's coming from one of the side dishes. My promoter probably noticed that I'm discreetly sniffing which one is it so he pointed it out and told me that its name is 'kimchi' and that it is always included in their every meal. No wonder why the smell gets into their system and I guess coming out of their pores.

I observed that Koreans do practice healthy eating. You will be stuffed first with their side dishes consists of different kinds of fermentized vegetables before they serve you the main course. The foods are most of the time red orange in color because of the chili powder or paste they put in it. Of course, mostly are spicy but reason to this is that it's for the body to generate heat for cold seasons. When I got up from sitting, I couldn't move my legs, it's just cramped and at the same time having a tingling sensation on my feet. I have to wait for the feeling to go away and it took five minutes for my legs and feet to be back to normal. Wheeew! That happens only in Korea.

Next day comes and we headed traveling from Incheon to Waegwan. It's a five hour drive and we finally get to our destination. I was introduced to a Korean lady, the club owner, and from there, I am under her care. She asked me to follow her to the bar so she could brief me about the club rules. I listened carefully as she one by one, telling me all the rules. Majority of them are just duties to keep the house and the bar clean which is not going to be a big problem for me. What struck me the most is when she said something about drinks quota and our freedom to go out. About the drinks, we need to do everything in our power to get 300 drinks in a month; otherwise, she won't be needing your services and will just send you back home. About the freedom, we are only allowed to leave the house to buy our personal stuffs or send money to our families in the Philippines on a very limited time, 3 hours to be specific and only twice a week.

This part of the rules is what I don't understand in the beginning. Why deprive us of our freedom? I find the answer to that question later on, but at that moment, I couldn't voice out my protest. I was thinking that maybe I can deal with that. In the Philippines, I have all the freedom that I want, but little or sometimes no income. It's just like choosing between two evils and it's just wise to choose the lesser evil. Time goes by and I started feeling like I'm in prison, a dog in a leash or a bird in a cage. I thought at first that it's going to be easy but I was wrong. Reason behind all the restrictions are for the customers to buy us 20 drinks in order to take us out for only 5 hours. That is the system, of the clubs here in Waegwan. If you like me, you have to pay for every second, minute and hour that I'm with you. The clubs, aside from selling drinks, they make more money selling our time. This is why we are called 'juicy girls', customers said we juice them out to the last drop of their money. Even my now husband spent a fortune buying my time.

For the record, we are not sexually exploited by the club owners. Once we are out with the customers, it's all up to us how are we going to spend the time given to us. The customers paid for our time not our flesh. It's just hard sometimes to go out with someone you don't even like just to meet your quota, plus thinking of ways to not give him the opportunity to demand or want to be physically intimate with you. That was the ordeal that I went through. I must admit that the opportunity to earn more is really tempting but I am determined to just make the money and not let the money make me. Though it was tough, I managed to finish my two year contract.

I got married in Seoul on May 15, 2009 and it was the happiest day of my life being married to the man who sees my worth despite the circumstance that I am in when he met me. After the marriage, I felt that I got out of prison and only at this point where I had the chance to see the beauty and the ugly side of Korea. We went to lots of places to make up for the lost times. We mingled with lots of Koreans too, enough for me to say that on my observation, they are not hospitable towards foreigners. Only very few are willing to help or even just make you feel welcome. It could be the communication gap. They are very patriotic that mostly, didn't exert effort to learn English. For them, we are the visitors in this country therefore; it is our job to learn their language. It's only now that they've come to realize the effects of not being bilingual or multilingual that they are getting eager to learn the universal language.

Now, let's talk about road manners, Koreans are very poor at it and I believe that many foreigners can agree with me on this. They are not giving and courteous, they drive recklessly and will just stop in the middle of the street for no reason and won't even signal their intention. Oftentimes, they will park at someone else's driveway, and they drive fast regardless if they're at the highways, in the heart of the town or school zone area. They drive just the same. Koreans are also good at complaining and will do so with just about everything. A little loud music on a Friday night, a not so excessive dog barking, the little smoke coming from your grill when you barbecue on weekends, accidental stepping on their plants and so on. Like I said, just about everything. They will call the police on you for that.

Enough of the bad side, what I noticed about Koreans that stands out is they are very hardworking people. They will plant crops even in a small piece of land available. You will see in the markets the old men and women selling their crops. That is just admirable! If only my people will have those traits maybe my country will be in better shape. One more thing that impressed me about Koreans is their neatness and cleanliness. All houses that I visited are just clean and their stuffs are organized.

Now, about their tourist attractions, I've been to nice beaches in Pohang and Busan and I enjoyed every minute that I'm there. The cool breeze, fresh air and magnificent sunset is a stress reliever. The winding road and majestic mountains we passed by going to Muju on a motorcycle is what makes it exciting. The city lights of Seoul never fail to uplift our moods. At the famous Seoul tower, you will automatically feel that you're closer to heaven. During summertime, we love staying outdoors and Korea has lots of camping site to go to. We also go hiking on some of their historical hills and go biking everyday by the river.

I have witnessed some of their famous festivals too. The Cherry Blossom Festival in Chinhae gave me sense of peace and appreciate nature even more. The Sand Festival in Busan is just impressive and made my jaw dropped. The lantern festival puts me in a jovial mood instantly. All of this experience is what I call living life... normal life which I didn't get to have on my first two years in Korea.

At present, I am still happily married and now working as a Security Safety Attendant for school buses for Daegu American School. I am now happy and content. Years have passed but I am still the same person who is not ashamed to talk about my past, and to always speak the truth. My past is what makes me who I am now. It made me stronger and better. I know that there will always be eye brows raising whenever people knew that I came from one of the juicy bars but it won't bother me at all. For me, what's important is not your past, it's who you are now and what you intend to become in the future.

진실의 절규

제니린 무어

한국에서의 인생, 음? 어디서부터 시작할까? 지금까지 7년을 거주하면서 말할 것이 너무나 많다. 그렇다, 동전에 양면이 있듯이 내 생각을 표현하는 정확한 단어를 생각하는 것보다, 어느 것을 먼저 노출하는가를 결정하는 것이 더 어렵다. 내가 말하고자 하는 모든 것은 내 개인적인 경험과 의견 그리고 한국에 대한 통찰력에 기반을 두고 있다. 나는 그 누구의 기분을 상하게 할 의도를 갖고 있지 않으며 만약 그렇게 된다면 사과하고 싶다.

그러나 나는 이것이 단지 나의 이야기라는 것을 명확히 하고자 한다. 나를 위해 이것이 나에게 일어난 최선이기 때문에 이것부터 이야기한다고 나는 생각한다. 나는 왜관에 산다. 나는 거기서 내 남편을 만났다. 잃어버렸던 퍼즐 조각이 나의 인생을 완성시켰다. 나는 34세 좀 늦은 나이에 결혼을 했다. 그런데 내가 말하고자 하는 것은 기다린 보람이 있었다는 것이다.

남편은 지구상에서 가장 달콤한 남자이며 내 약점을 정확하게 보완해

준다.

그는 모든 사람과 같이 완벽한 사람은 아니지만 나에게는 완벽한 사람이다. 그는 나에게 최선을 가져다 주고 나로 인해 최악일 수 있는 이 무서운 세상에서 유일한 사람이다.

내 생애에 필사적으로 다른 세상을 만들어야 한다는 높은 희망을 가슴에 품고 나는 한국에 2007년 5월 25일 도착했다.

나는 돈을 벌고 저축해서 언젠가 내 사업을 시작해야 한다는 목표에 초점을 맞추고 있었다. 희망과 두려움과 함께 외국 땅에서 내 앞에 무엇이 놓여 있는지도 모르는 상태였지만, 내가 집을 뒤로 하고 떠나왔다는 것을 생각할 때마다 그런 두려움은 녹아 없어져 버렸다.

제발 나를 오해하지는 말아 주시길 바란다. 필리핀은 아름다운 사람들이 사는 아름다운 나라지만 지금 현재 경제 상태는 너무 가난하고 병들어 있다.

가난에 찌든 실업률의 냄새가 공중에 머무르고 있다. 아무리 열심히 일해도, 아직은 당신을 숨막히게 할 것이다. 그런 운명이 나를 여기 한국으로 데려온 이유이다.

나는 가수로서 지원했다. 다행히도 한국예술위원회 심사를 통과하였고 연예인 비자가 주어졌다. 나는 연예인이라는 단어가 넓은 범위의 의미를 갖고 있다는 것을 나중에 깨달았다. 나는 연예 기획사를 통해서 한국에서 노래를 하는 것만이 아니고 미국 클럽에서 손님에게 여흥을 제공한다는 사실을 비행 일주일 전에 들었다. 내 업무는 손님에게 좋은 시간, 유쾌한 대화, 손님과 함께 놀면서, 동시에 손님에게 내가 그들과 함께 보내는 매 15분마다 나에게 음료수를 한 잔 사라고 요청해야 한다는 것이었다. 이것이 돈을 만드는 개념인데, 내가 더 빨리 한 잔을 시키면, 더 많은 돈을 내가 버는 것이라는 것이다. 나는 $500.00의 기본 급여 외에 매 음료수마다 $2.00을 받게 된다. 음식과 숙소는 클럽 소유자가 제공한다.

그것은 내가 요구한 것이 아니다. 난 조금 실망했지만 그래도 동의하였다. 나는 그냥 모든 사항을 비교하고 그 변경 내용이 그렇게 나쁘지는 않았다. 그래서 내가 한국으로 날아왔다. 그런데 내가 비행기에서 땅을 밟은 순간 매 순간마다 이상한 냄새가 내 콧구멍으로 들어왔다. 나는 그것이 어디에서 오는 것인지 몰랐다. 단지 내가 아는 모든 것은 그리 유쾌한 것은 아니며 나에게 두통을 주고 있다는 것이었다. 내가 할 수 있는 모든 것은 다른 것으로 그냥 나의 관심을 돌리는 것이었다. 드디어 인천 공항에 도착했을 때 한국 매니저가 나를 마중나왔다. 그가 영어를 하는 좋은 사람이라서 나는 하나님께 감사를 드렸다. 그는 내가 일할 클럽이 5시간 거리에 있기 때문에 그날 밤을 호텔에서 묵을 것이라고 나에게 설명했다.

그리고 저녁 식사를 하러 한국 식당으로 데려갔으며, 거기서 나에게 내 신발을 벗으라고 하였다. 나는 주저하면서 불신을 가지고 그를 쳐다보았으나, 그는 바로 그것이 한국문화라고 설명해 주었다. 나는 주위를 둘러보았는데 의자가 없었고 눈에 띄는 것은 낮은 다리의 상이 있었으며 모든 사람이 바닥에 방석을 깔고 앉아 있는 것이었다.

나는 그들이 하는 같은 방식으로 앉았으며 제공될 음식을 기다렸다. 식당 종업원이 반찬을 가져왔으며 난 그냥 그것이 얼마나 많은 숫자인지 세다가 잃어버렸다. 그 익숙한 불쾌한 냄새가 다시 나면서, 그 냄새가 반찬 중 어느 하나에서 나오고 있는 것이라 지금 나는 확실히 알고 있다. 아마 내 매니저는 내가 어떤 것을 신중하게 냄새를 맡고 있는 것을 눈치 채고 나서, 그것을 가리키면서 그것의 이름이 '김치'고 모든 식사에 항상 포함되어 나온다고 말해 주었다. 당연히 그들의 시스템에 그 냄새가 스며들어 있는 것이 이상하지 않았고, 나는 그 냄새가 그들의 숨구멍으로부터 나온다고 추측해 본다.

나는 한국인이 건강한 식습관을 실천하고 있는 것을 관찰하였다. 당신은 메인 코스가 제공되기 전에 다양한 종류의 절임 야채로 구성된 반찬으로 처음 배를 채우게 될 것이다. 반찬은 고추가루와 고추장을 넣어서 색깔이 대부분 빨간 색깔이다. 물론 김치는 대개 매운데 이유는 추운 계절에 이것이 몸을 위해 열을 생성하기 위해서이다. 내가 앉아 있다 일어설 때, 나는 다리를 움직일 수가 없었다. 내 다리가 경련을 일으키는 동시에 내 발이 욱신거리는 것이었다. 나는 이런 느낌이 사라지기를 기다렸는데 내 발과 다리가 다시 정상으로 돌아가는 데 5분이 걸렸다. 휴! 이것은 한국에서만 발생한다.

다음 날, 우리는 인천에서 왜관으로 향했다. 그것은 차로 5시간이 소요되었고, 우리는 마침내 목적지에 도착했다. 난 한국 클럽 소유자인 여자에게 소개되었고, 거기에서 그녀의 지시를 받게 되었다. 나는 그녀를 따라 술집에 갔고, 거기서 그녀는 나에게 클럽의 규칙에 대해 간략히 소개를 해주었다.

나는 그녀가 말하는 모든 규칙을 주의 깊게 들었다. 대부분은 숙소와 술집에서 지켜야 할 규칙이었는데 나에게 큰 문제점이 될 것 같지 않았다. 음료수 할당량과 밖으로 나가는 우리의 자유에 대한 조건이 나에게 가장 생각나고 기억나게 하는 부분이다. 음료수에 관해서 우리는 모든 힘을 다해서 한 달에 300잔의 음료수를 팔아야 한다. 그렇지 않으면 그녀는 우리의 서비스를 더 이상 필요하지 않을 것이고, 우리를 그냥 집으로 돌려보낼 것이다. 자유에 관해서 우리는 개인적인 물건을 구입하거나 필리핀 가족에게 돈을 보낼 때 매우 제한된 시간에 외출이 허가될 것이며, 3시간으로 한정하며 한 주에 두 번만 허용되는 것이었다.

규칙의 이 부분이 나는 처음에 이해가 되지 않았다. 왜 우리의 자유를 박탈하는가? 난 나중에 그 질문에 대한 대답을 찾았지만, 그 순간 나는 내 항의의 마음을 밖으로 말할 수 없었다. 나는 어쩌면 내가 그것을 해결할 수 있으리라 생각했다.

필리핀에서는 내가 원하는 모든 자유를 갖지만 거기서는 거의 또는 때로는 아무 소득도 없다. 그것은 두 악 사이를 선택하는 것 같은데 그냥 덜 악한 것을 선택하는 것이 현명하다. 시간이 지남에 따라 나는 감옥에 있다는 느낌이 들기 시작했고, 가죽 끈에 매인 개나 또는 새장 속의 새 같은 느낌이 들었다. 나는 처음에 쉽게 될 것이라 생각했는데, 하지만 나의 생각이 틀렸다는 것을 알게 되었다. 모든 제약 뒤에 그 해결책은 고객이 우리를 단지 5시간 동안 밖으로 데리고 나가기 위해서는 20잔의 음료를 팔아줘야 하는 것이다. 그것이 여기 왜관 클럽의 시스템이다. 당신이 나를 좋아하면 내가 당신과 같이 있는 매 초, 분, 시간마다 돈을 지불해야 한다. 음료수 판매 이외에도 그들은 우리의 시간을 판매하면서 더 돈을 번다. 이래서 우리가 '주스 파는 여자'라고 불리고 있고, 우리가 그들 돈의 마지막 한 방울까지 즙을 짜내고 있다고 고객들은 말했다. 지금 남편도 내 시간을 사기 위해서 큰 돈을 썼다.

기록 때문에, 우리는 클럽 소유자에 의해 성적으로 악용되지는 않았다. 일단 우리가 고객과 밖으로 나갈 때, 우리에게 주어진 시간을 어떻게 보낼 것인가는 전적으로 우리에게 달려 있다. 고객은 우리의 시간에 대해 지불한 것이지 우리의 육체에 대해 돈을 지불한 것은 아니다. 고객이 우리와 육체적으로 친밀한 관계를 요구하거나 또는 그런 기회를 주지 않는 방법을 우리가 생각하면서, 우리의 할당량을 충족시키기 위하여 싫어하는 사람과 때때로 밖으로 데이트 나가는 것은 매우 어렵다. 그것이 내가 겪은 시련이었다. 나는 더 많은 돈을 벌 기회는 실제 유혹적이라는 것을 인정한다. 그러나 나는 있는 그대로 돈을 벌기로 마음 먹었고 돈이 나를 조정하지 않도록 만들었다. 그것은 매우 힘들었지만 난 2년 계약을 잘 관리해서 마무리 지었다

나는 2009년 5월 15일 서울에서 결혼을 했다. 나를 만났을 때의 생활환경에도 불구하고 나의 가치를 알아 보는 그 사람과 결혼한 날이 내 인

생 최고 행복한 날이었다. 결혼 후 나는 감옥에서 나온 느낌이 들었고, 지금 이 시점에서 나는 한국의 아름다운 면과 추한 면을 볼 기회가 있었다. 우리는 잃어버린 시간을 보상하기 위해서 많은 곳을 가 보았다.

우리는 많은 한국인과 뒤섞여 보았기 때문에 나의 관찰을 언급하기에 충분할 정도인데, 한국인은 외국인에게 친절하지 않다. 매우 소수의 사람들만이 기꺼이 돕거나 또는 당신이 환영 받는다는 느낌을 들게 한다. 그것은 의사소통의 간격일 수 있다. 한국사람들은 매우 애국적이어서 대부분 영어를 배우려는 노력을 하지 않는다. 그들에게 우리는 이 나라에서 방문자이므로 한국어를 배우는 것은 우리의 일이라 생각한다. 그들은 단지 이제 이중 언어 또는 다국어를 하지 못해 생기는 결과들을 인식하게 되면서 보편적인 언어를 배우고 싶어 열심이다.

지금 도로 운전 예절에 대해 이야기해 보면, 한국인은 운전 예절이 매우 없으며, 많은 외국인들도 나의 의견에 동의한다고 믿고 있다. 그들은 양보하는 예의가 없고 운전을 무모하게 하며, 아무런 이유 없이 도로 중간에 그냥 차를 세우고, 갈 방향에 대한 방향 신호등을 작동시키지 않는다. 때때로 그들은 다른 사람의 차도에 주차하며, 도심이나 학교 지역에 관계없이 마치 고속도로에서 주행하는 것처럼 빨리 운전한다. 그들은 모두 똑같이 운전한다. 한국인은 불평을 잘 하며 모든 것에 대해 그렇게 처리한다. 금요일 밤에 조금 시끄러운 음악, 너무 과도하지 않은 개 짖는 소리, 주말에 당신의 바비큐 그릴에서 나오는 소량의 냄새, 실수로 화단에 들어가 밟은 것 등등. 내가 모든 것에 대해 말한 것처럼 그들은 경찰을 호출해서 당신에게 보낼 것이다.

나쁜 측면이 많지만, 내가 한국인에 대해서 주목한 것은 그들은 매우 근면한 사람들이라는 것이다. 그들은 사용할 수 있는 작은 조각의 땅에도 작물을 재배한다. 여러분은 시장에서 나이 든 남자와 여자들이 그들이 재배한 작물을 판매하는 것을 볼 수 있다. 그건 그냥 감탄이 나온다!

만약 내 고국 사람들이 이런 특성을 가지고 있다면, 우리나라는 아마 좀 더 나은 모양의 나라가 되어 있을 것이다. 한 가지 더 내가 한국인으로부터 감명 받은 것은 그들의 깔끔함과 청결함이다. 내가 방문한 모든 집들은 깨끗하고 모든 물건이 잘 정돈되어 있다.

이제 관광 명소에 대해서 이야기하고자 한다. 나는 부산과 포항의 좋은 해변에 가 보았으며 거기서 매 순간을 즐겼다. 시원한 바람, 신선한 공기와 아름다운 일몰은 긴장을 확 풀어준다. 오토바이로 무주에 가면서 우리가 통과한 구불구불한 도로와 장엄한 산은 정말 흥미로웠다. 서울 도시의 야경은 언제나 우리의 기분을 들뜨게 한다. 유명한 서울 타워에서 당신은 자동적으로 당신이 천국에 가까이에 있음을 느끼게 될 것이다.

여름에 우리는 야외에 머무는 것을 사랑하는데, 한국은 가 볼만 한 캠핑 지역이 많이 있다. 우리는 또한 역사적인 언덕으로 하이킹을 가며 매일 강가에서 자전거를 탄다. 나는 유명한 축제들을 가 보았다. 진해에서 거행되는 벚꽃축제는 나에게 평화의 감각을 주었으며, 자연에 대해 더 많은 감사를 느끼게 해주었다. 부산의 모래축제는 무척 인상적이었으며 내 입을 딱 벌어지게 하였다. 등불축제는 나를 즉시 유쾌한 분위기에 몰아 넣었다. 나는 이 모든 경험을 나의 생활이라 부르고 싶다. 한국에서 처음 2년은 내가 갖지 못했던 정상적인 생활이 아니라고 말이다.

현재, 난 여전히 행복한 결혼생활을 하고 있으며, 대구 미국인 학교에서 학교 버스의 보안 안전 승무원으로 일하고 있다. 난 지금 행복하고 아주 만족해하고 있다. 해가 지나고 있지만 난 아직도 나의 과거에 대해 얘기하는 것에 대해 부끄러워하지 않고 항상 진실만을 얘기하는 똑같은 사람이다. 나의 과거가 지금의 나를 만든 것이다. 그것이 나를 더 강하게 그리고 더 좋게 만들었다.

난 사람들이 내가 음료수를 파는 술집에서 온 것을 알았을 때, 언제나 눈썹이 올라가는 것을 알고 있지만 그러나 나는 전혀 신경 쓰지 않는다. 나에게 있어서 중요한 것은 당신의 과거가 아니라, 지금 당신이 어떤 사람이고 그리고 미래에 당신이 어떤 사람이 되고 싶은가가 중요하기 때문이다.

Land of the Evening Chaos

1LT Paul Peterson

As someone who relishes traveling, moving halfway around the world to a country many Americans could not pinpoint on a map was the beginning of an adventure. From the challenges of a completely different language and cultural norms to the excitement of seeing and living in a different hemisphere, I came to Asia prepared for anything. As with any new place, words and pictures could never describe the bustling environment into which I was boldly stepping.

Similar to my first moments stepping off the plane in any new city or country, my sensory system kicked into overdrive to take in all the novelties of this foreign land. Unfortunately for my olfactory system, that heightened level of perception quickly retreated into a state of panicked repression. Between the pervasive smell of kimchi emitting from every restaurant and Korean national and the pungent results of a high popu의lation density country, Korea welcomed my nose before the rest of my body could pass judgment. That initial shock soon changed into pleasure over the course of the next year, however.

I've come to learn that every city and country has its very own rhythm, a pulse or heartbeat, if you will, that throbs and flows to the pace of its citizens. If I could describe Korea as a heartbeat, it would suffer from arrhythmia. Just as Korea is called 'The Land of the Morning Calm', the other side to that two-faced coin can be described as nothing short of chaotic. For every American moving here from another traffic-congested city such as Los Angeles or Houston, Seoul traffic may not seem daunting or abnormal in comparison. However, during my initial taxi experiences here, I learned that the stop and go, lurching and jerking sensations involved with any high traffic environment was not solely to be blamed on the other vehicles. No, many Korean drivers choose to add their own element of uncomfortable passenger conditions with their unevenly pulsating, pedal application techniques. Perfectly capturing that arrhythmic heartbeat, Seoul drivers guarantee an exciting (albeit often terrifying) commuting experience. Furthermore, as I came to use other forms of transportation during my time here, I began to realize that Koreans not only suffer from a chronic inability to safely operate a car by my standards, but they are downright awful at nearly every form of transportation known to man.

Whereas in the United States, an early lesson for children along with "Don't talk to strangers" is "Look both ways before you cross the street," that concept seems to have never made it here among the many imports.

From the ski slopes to the bike trails, I have expertly dodged many a Korean to ensure my own continued survival. Aside from the subway and trains, which I have no doubt would share the same issues were they not so cleverly bound to their metal tracks, any venture outside the safety of a military post here will involve some finesse to arrive at one's destination.

Rather than spending the rest of my shared Korean experiences on further stories of my near misses, I will focus on the more positive, and less frightening, aspects of my life here. All in all, I have had a fantastic time getting to interact with and meet many of the wonderful people of Korea. While one of my primary motivations to come here was the proximity to the many other amazing travel locations in Asia, of which I have taken full advantage, I have also found much to love about Korea as well.

For starters, I have come to greatly appreciate the security I feel exploring this country of such friendly and warm people. As I have heard many of my friends say while living here, "I lock my car on-post, not off-post." This speaks volumes to the way Koreans are brought up, a culture in which petty crimes like stealing are not tolerated.

While every country has its bad apples to engender a negative perception or reputation, I have found Koreans on the whole to be great people with whom to talk and interact. Even in spite of the language barrier, I will never forget the times a Korean has offered me assistance when I got lost or was in search of something, whatever the case. In few other countries I have traveled to could I say that I would feel safe being alone almost anywhere, with a stranger always available to help should I need it.

Furthermore, I have learned that Korea has an incredible amount of fun and entertaining things to do if one knows where to look. I have done everything from adventure sports, to biking along the numerous trails built with the 4 Rivers Project, to going out for a night of neon lights and music venues that compare to or surpass any I've seen elsewhere. Korea also provides an endless stream of options for pursuers of nearly anything. Whether your interest lies in beaches or mountains, electronic music or classical symphonies, Korea offers it all. In few locations around the globe can one live that California dream of skiing and going to the beach on the same day, even if it's a little chillier on these beaches.

While I have grown fond of this country and its people, I must admit that the travel opportunities to such exotic locations as Thailand, Palau, and the Philippines is certainly a bonus. One of my other favorite aspects of life in Korea is ironically life outside of Korea. For a committed traveler such as myself, seeing this half of the world is a dream come true. Few other Americans can simply hop a flight for a 4-day weekend in Thailand, returning for work the next week without any serious jet lag. For those soldiers who come to Korea and spend a year sitting in their rooms playing video games, I say shame on them. Whether it's exploring the beauty of Korea itself or taking advantage of a 4-day pass to go somewhere else, the opportunity here should not be wasted.

Living in Korea can mean so much more than 'the ville' outside the post's gate if one simply commits to going further outside the comforts of their room and local area to experience it.

From a military perspective, life in Korea has been equally rewarding for me. Whereas serving in the military is easy in your home country, in which the people speak your language and mostly support your cause, being a guest in a host country is quite a different matter. I understand that we, the United States, support South Korea for many reasons, most notably and understood the imminent threat of an attack from the not -so- hospitable North. However, I encourage my friends who get frustrated with the Koreans we work with to understand their culture and way of doing things when we work together. Yes, we are the primary reason their country was saved from North Korea and China during the Korean War, and yes, I understand that without our current presence there may not be any deterrent to prevent another war. Yet we still live in their sovereign country as much as guests as a deterrent, and as a leader in the Army I encourage my peers, subordinates, and superiors alike to remember that.

As an aviator here, dealing with the rigmarole of their regulations, restrictions, and daily changes to appease such issues as noise complaints or damages caused by the downwash of a helicopter can be frustrating. Nevertheless, we accommodate and work with our Korean counterparts as much as we can because ultimately if North Korea were to attack, our arguments and frustrations now would only magnify with the stresses of combat. I encourage everyone I work with to maintain an amiable demeanor when interacting with both the Koreans we work with and those we see in public because just as in the United States, they are in large part the reason we are here, ready to defend them. Rather than let cultural differences further erode our own joint capabilities against a common enemy, I strive to enhance Korean-American relations and perceptions of one another every day through my actions and interactions.

Korea may be a country of chaotic transportation, poignant smells, and frustrating interactions between the language and cultural barriers, but it is certainly a country I am glad to have experienced and helped defend. Every country and city has its woes, problem citizens, and annoyances, but overall Korea has been a superb place to live and work. As a foreign citizen and traveler living here as an expat of sorts, Korea has been the gateway to an incredible journey of exploration and growth halfway across the world. As an officer in the

United States Army, Korea has challenged me with many tasks and duties I would have never experienced back home. If I could sum up my first year here, I would say the rewards have been worth every inconvenience, and I am extremely excited to begin my second year, continuing to live my life to the fullest in this land of the evening chaos.

혼돈의 저녁이 있는 나라

폴 피터슨 중위

여행을 즐기는 어떤 사람일지라도, 많은 미국인들이 지도상에 정확하게 위치를 알 수 없는 어떤 나라로 지구를 반 바퀴 돌아서 이동한다는 것은 모험의 시작이다. 완전히 다른 언어와 문화 풍습과 규범의 도전으로부터 다른 세상에서 보고 생활하는 흥분까지, 나는 여하튼 준비된 마음으로 아시아에 왔다. 과감하게 발을 디딘 한국의 분주한 환경은 결코 새로운 장소나 단어, 사진 몇 개를 가지고 말로 다 설명할 수 없다.

어떤 새로운 도시 또는 국가에 도착하여 비행기에서 막 내리는 첫 순간처럼, 나는 이 외국 땅의 신기함을 알기도 전에 나의 감각 기관이 지나치게 앞서서 발동하기 시작함을 느꼈다. 불행히도 잘 발달된 내 후각 시스템은 신속하게 이 당황스러운 상태로 인하여 변해 버렸다.

모든 식당과 한국사람에게서 풍겨 나오는 김치냄새와 높은 인구밀도로 인한 코를 자극하는 이상한 냄새가 내 몸의 나머지 부분이 미처 판단하기 전에 한국이 내 코를 환영하고 있었다. 그러나 그 처음의 충격은 바로 다음 해부터 여러 과정을 겪으면서 즐거움으로 바뀌었다.

나는 각 도시나 국가에는 고유한 율동, 맥박 또는 시민들 사이에 흐르는 심장박동이 있다고 생각한다. 만약 한 국가를 심장박동이라고 한다면 한국은 부정맥으로 고통 받고 있다. 한국은 '고요한 아침의 나라'라고 불리지만, 또 다른 면으로는 매우 혼란스러운 부분이 많다. 로스앤젤레스 또는 휴스턴과 같은 대도시에서 온 미국인들에게는 서울의 교통상황이 그다지 위험하거나 비정상적으로 보이지 않을 수도 있다. 하지만 내가 택시를 타 본 경험에 비추어 보면, 가다서다를 반복하거나 도로에서 매우 험하게 운전하는 상황에 대해서 다른 차량만 욕해서는 안 된다. 많은 한국 운전자들은 페달을 아무 때나 세게 밟으며 매우 불안하게 운전을 한다. 완벽하게 불규칙인 요동 상태에서, 서울의 운전자들은 재미있는(종종 무서운) 통근 경험을 하게 된다. 게다가 내가 다른 교통수단들도 이용하면서 알게 된 사실은, 내 기준에 한국인들이 차를 안전하게 운행하는 데 만성적으로 무감각할 뿐만 아니라 그들은 인간에게 알려진 거의 모든 형태의 교통수단에 완전히 끔찍하다는 것이다.

나아가, 내가 이곳에서 다른 수송 형태들을 내 시간에 이용하는 것처럼, 나는 한국인들도 내 기준으로 볼 때 차를 안전하게 운행하기 위해서는 만성적으로 무감각하여 고통을 받을 뿐만 아니라, 사람들에게 알려진 거의 모든 형태의 교통수단들을 아주 끔찍하게 두려워하고 있다는 사실을 깨달았다.

미국에서는 어린이들의 조기교육에 "낯선 사람과 얘기하지 마세요"와 함께 "횡단보도를 건널 때는 양쪽을 다 보세요"라는 개념을 교육하는 반면에, 이곳에서는 그런 교육을 하지 않는 것 같다.

스키 슬로프부터 자전거도로에 이르기까지, 나는 지속적으로 내 생존을 확보하기 위해 능숙하게 많은 한국인을 피하고 있다. 지하철이나 기차를 제외하고, 즉 금속선로에 아주 빈틈없이 묶여있지 않은 것은 같은 문제를 공유하고 있다는 데 의심의 여지가 없다. 그래서 이곳 군 부대 기지를 떠나 기지 밖의 목적지에 안전하게 가기 위한 모험들에는 약간의 요령이 있어야 된다.

나의 나머지 글을 내 주변의 젊은 여자들의 이야기나 내가 겪은 한국인에 대한 이야기들을 더 쓰기보다는, 이곳의 내 생활 중에서 경험한 더 긍정적이고 덜 놀라운 면에 초점을 맞추어 쓰고자 한다. 나는 대체로 많은 훌륭한 한국 사람들을 만나서 서로 교류하면서 환상적인 시간을 가져왔다. 내가 한국에 온 일차적인 동기는 아시아에 있는 다른 이국적인 여행장소와 가깝다는 것이었다. 마찬가지로, 나는 또한 한국에서 사랑할 수 있는 것을 많이 발견하였다.

한국에 처음 온 나는 우선 친절하고 따뜻한 사람들이 많은 이 나라를 여행하면서 안전에 무척 감사함을 느끼고 있다. 나는 내 친구들이 종종 안전에 관한 말 즉 여기에서 생활하는 동안에, "부대 안에서는 차를 잠그고, 밖에서는 잠글 필요가 없어"라는 말을 많이 들어 왔다. 이 말은, 한국인은 도둑질 같은 사소한 범죄는 절대 용납하지 않는 문화가 있다는 것을 잘 나타내 주고 있다.

모든 나라에 대한 부정적인 인식과 그 나라에 대한 나쁜 평판이 생겨나는데, 나는 대체로 한국인이 다른 사람들과 대화는 물론 상호 교류도 잘 하고 있다고 생각한다. 언어 장벽에도 불구하고, 내가 길을 잃었거나 무엇을 찾을 때 언제라도 항시 나에게 도움을 준 한국인을 나는 절대 잊지 않을 것이다. 나는 여행하면서 어디를 가든 혼자서 안전하다고 느낄 수 있었다. 특히 낯선 사람의 도움이 필요한 경우에는 항상 도움을 받을 수 있는 나라는 한국 말고는 거의 없다고 감히 말할 수 있다.

더 나아가, 내가 어디를 가 보아야 할지를 알고 난 후 한국은 정말 엄청난 재미와 즐길 것을 많이 가지고 있는 나라라는 것을 알게 되었다. 나는 다양한 탐험 스포츠를 해 보았다. 4대 강을 따라 건설된 수 많은 길을 따라 가는 자전거 하이킹과 어느 곳과 비교해도 정말 압도적인 야간의 네온사인과 음악 공연을 보기 위해 다녔었다. 한국은 또한 무엇인가 추구하는 사람들에게 끊임없는 선택의 기회를 제공한다. 당신의 관심이 해변이나 산, 전자음악이나 고전적인 심포니 중 어디에 있든 간에, 한국은 이 모두를 제공한다. 비록 한국의 해변가가 조금 추울지라도, 하루 안에 해변가를 걷고 스키를 타며 캘리포니아 꿈을 이루며 사는 지구상 몇 안되는 나라이다.

내가 한국과 한국 사람들을 점점 더 좋아하게 되는 동안에, 나는 한국에서 태국, 팔라우, 그리고 필리핀 같은 이국적인 나라로 쉽게 여행갈 수 있는 기회를 갖는 것을 확실한 보너스라고 인정해야 한다고 생각한다. 한국에서 생활하면서 내가 좋아하는 다른 부분 중 하나는 아이러니하게도 한국 밖의 생활이다. 나는 내 자신이 일을 먼저 저지르고 보는 여행자로서, 지금 세계의 절반을 가 보는 나의 꿈이 실현되고 있다.

주 4일 동안에 단순히 태국을 여행하고 시차 없이 다음 주 업무에 복귀하는 미국인은 거의 없을 것이다. 한국에 와서 1년을 방에 처박혀서 비디오 게임이나 하는 군인들에게 수치심을 느끼라고 말하고 싶다. 한국 자체의 아름다움을 탐험하거나, 또는 다른 곳에서 4일 간의 휴일을 활용하던 간에, 한국에서의 기회는 잃지 말아야 한다.

한국에서의 생활은 누군가가 단순히 자기 방의 편안함을 뒤로 하고 단순히 밖으로 멀리 나가는 것을 시도하고 외부 세계를 경험하기 위해 지방으로 나가는 것을 시도한다면, 부대 정문 밖 근처에 있는 '도회지(읍소재지)'보다 훨씬 더 많은 것을 배울 수 있다.

군 관점에서 보면, 한국 근무는 나에게는 동등한 보상을 주고 있다. 군 복무는 자기 나라의 언어로 말하고 군 생활에서 일어나는 모든 것에 대한 지원을 해 주는 고국에서 하는 것이 쉬운 반면에, 이곳 주둔지 국가에 파견 근무하는 것은 완전히 다른 문제다. 나는 미국이 여러가지 이유로 한국을 지원하고 있는 것을 이해하고 있다. 특히 나는 그리 호의적이지 않은 북한의 기습공격으로부터의 위협도 알고 있다. 그래서 나는 더욱더 우리가 함께 일할 때 한국인들로부터 좌절감을 느끼는 내 친구들에게 한국인들의 문화와 행동 방식을 이해하라고 충고하고 있다. 게다가, 나는 우리가 미국이 한국전쟁에서 북한 및 중국으로부터 한국을 안전하게 지켰으며, 우리가 현재 주둔하지 않으면 또 다른 전쟁을 방지하기 위한 억제력이 없다는 것을 알고 있다. 그러나 우리는 아직도 억제력만큼 가능한 한 손님으로 한국의 주권국가에 살고 있다. 그리고 육군의 간부로서 나는 나의 동료와 부하 그리고 상급자에게 한결같이 이것을 기억하라고 격려하고 있다.

이곳 비행 조종사로서, 그들의 규칙, 제한되고 복잡한 절차를 다루는 일, 소음 공해로 인한 불평 또는 헬기의 하강 기류로 인한 손상 등으로 일어나는 각종 민원문제를 해결하기 위해 변화하는 일상업무들로 좌절감을 느낄 수도 있다. 그럼에도 불구하고, 우리는 될 수 있는 한 한국의 파트너들을 잘 수용하고 협력하여 일한다. 왜냐하면 북한이 공격을 한다면, 지금 우리의 논쟁과 좌절감이 전투의 스트레스와 함께 궁극적으로 확대될 수 있기 때문이다. 나는 우리와 함께 일하는 한국인이나 공적 업무로 사람들과 교류할 때, 모든 사람들에게 미국에서와 마찬가지로 상냥한 태도를 유지하라고 권장하고 있다. 그 이유는 우리는 그들을 방어하러 와 있고, 우리가 여기에 와 있는 중요 이유이기 때문이다. 공동의 적과 대치된 상태에서 문화의 차이가 우리 자신의 합동 능력을 떨어뜨리도록 방치해 두기보다는 오히려, 나는 한미 관계를 향상시키고 나의 행동과 교류를 통해서 매일 서로에 대한 인식을 향상시키기 위해 노력하고 있다.

한국은 복잡한 교통, 코를 찌르는 냄새, 그리고 언어와 문화 장벽으로 인해 상호작용이 불만스러운 나라일 수도 있지만, 한국은 확실하게 내가 경험했던 일과 이곳을 지키게 된 것에 대한 자부심으로 기쁨을 주는 나라이다. 모든 국가와 도시는 그 자체의 병폐, 문제 잘 일으키는 시민들과 귀찮은 것들이 많으나, 한국은 전체적으로 살고 일하는 데 최상위의 나라다. 여기에 잠시 파견되어 살고 있는 외국 시민 및 여행자로서 말하자면, 한국은 지구 반대편의 놀라운 해외 탐구 여행의 출발지이며, 괄목할 만한 성장을 이룩한 나라라고 볼 수 있다.

미국 육군 장교로서, 한국은 나에게 결코 고국에서 경험하지 못했던 많은 과제와 업무를 가지고 도전하게 하였다. 만약 나에게 여기에서의 내 첫 해를 정리하라고 한다면, 나는 모든 불편에는 거기에 따른 보상 받을 만한 가치가 충분히 있다고 감히 말하고 싶다. 또한 나는 두 번째 해를 맞이하여 혼돈의 저녁이 있는 이 땅에서, 나의 인생을 최대한으로 계속해서 멋지게 보내기 위한 기쁨에 도취되어 있다고 말하고 싶다.

Life in Korea -
Within and Without

Laurel A. Baek

I am Korean. Not in the literal sense of course, but for all intents and purposes my experiences in the Land of the Morning Calm amount to the sum of an adult life, with more than 22 years of combined service living in a country not technically my own.

My first trip to Korea was during the final Team Spirit military exercise held on the peninsula in 1994. I was a National Guardsman attached to an Army unit out of Hawaii and had volunteered to help boost their numbers. When we arrived, I thought I may as well have been on the moon. There were farmers collecting honey pots, pockmarked roads, and oxen in the fields. Everywhere we went there was a roadside noodle stand and a portable souvenir truck.

Three months later I returned to Korea to take a full-time position at Osan Air Base. In my first 3 years I saw Korea much like any newbie and swore there couldn't be a better place on earth. I took classes in Asian history and culture, earned a black belt, learned enough of the language to get by, and saw every tourist attraction on the map.

I married a local national in 1995 and had my first child at the 121 Army Hospital in Seoul. With this major life shift came a different perspective on Korea as I was now part of a family, his family, and my role became that of an American with obligations to my employer while trying to fill the traditional role of a Korean wife and mother.

I went from keeping my business my own to never making a major decision without the buy-in of extended family, made innumerable cultural mistakes, and looked on my in-laws with as much love and affection as contempt for things I could not fully get my head around – like in-laws calling me 'Number 3 Wife'. I was raised in a household full of men and treated as their equal in all things so when my argument for equality met with laughter I would brim with anger only to be reassured that Korean men knew their wives held the reigns of the household. My husband saw it as a compliment; I saw it as an excuse.

Our second son was born in a civilian hospital in Songtan City. We had an outstanding doctor and a coin operated TV. The contrast seemed almost whimsical. That I should have such a skilled and knowledgeable physician yet have to drop coins into my TV and bring my own silverware to eat from seemed contradictory. The staff was plagued by wives tales and old misconceptions about post-natal care and I found myself arguing to hold and nurse my child in the first few days until they relented. It's not a scenario you'd experience today in any reputable local hospital.

Perhaps the most significant influence in my Korean life was the personal relationship that enabled me to understand Korea in a way most foreigners, and even some Koreans, likely never will. The relationship was with my si-umoni; my mother-in-law. She was well on in years when I met her, with a curved spine and a face like an apple that had set too long under the sun, brown and withered with deep wrinkles and marked by a smile that revealed twisted teeth and a genuine joyfulness. Her eyes were small and dark with a depth and wisdom that could not be learned from a book. In fact, she could not read and any bits of institutional knowledge she had were acquired by listening to the men in her household. The traditions and superstitions that she lived by were well rooted in shamanism, Confucianism, and Buddhist culture and some of her first recollections were of the leggings of occupational Japanese soldiers as she forced her eyes toward the ground to walk past them in the marketplace.

She had been married in her teens to a man she'd met just once, and she had known war and tragedy that no woman should endure in a single lifetime.

I admired her from the beginning for everything she was and everything she'd sacrificed for the love of her family. She lived in a traditional old house with a stone hearth where she boiled water and burned the day's trash, and we slept on a floor heated with ondol where some spots were warmer than others and when one person rolled over, everyone rolled over.

Visits to si-umoni's were times of great happiness and personal turmoil. The closeness and camaraderie were similar to my own upbringing and I was content to listen and learn but keeping up the façade of playing a subservient wife while trying to communicate was exhausting. Nonetheless, it was through her that I was able to see into Korea's past and traditions in order to tether them to the present – it helped to make sense of things as they were and, in some ways, made me sad for the future. It was clear that much of the beauty of Korean culture in daily life would be lost over the next generation and time proved this theory to be true.

In the last two decades I've seen the medical business boom, and the price along with it. What used to be a walk-in for 10,000 won is now by appointment for 100,000 won, and though the equipment is better, my conversation with the doctor is shorter.

Where parents lived in an outer courtyard adjacent to their children, there are now a record numbers of convalescent homes and 80-year-old men driving taxis to sustain themselves. Where most extended families traversed substandard roadways for an unspeakable number of hours to visit the elderly and their ancestors, they now opt to take the vastly improved roadways to camp or travel abroad.

Despite the economic boom Korea has experienced over the last decade, young Koreans struggle to find work in careers mapped out by their parents, and when they do, they work too long for too little while a flood of cheap, foreign labor pervades an already competitive workforce.

Korea has begun to see the true value of preserving its national forests, has cracked down on smoking and human trafficking, and positioned itself as a global economic power. They're great humanitarians who travel the globe to bring the best ideas and advancements home, and they've put themselves on the map with something as silly as K-Pop, but their culture, good or bad, is slipping away and sometimes I long for the old days when Koreans had a clearer identity and closer attachment to their past.

My journey through Korea began as an outsider looking in with all the wonder and amazement of a child - everything new, frightening, and exciting at the same time. I evolved to a place where I was looking out and analyzing my own country with a critical eye, comparing it to Korea and the life I was living, and finally found myself in a kind of objective limbo floating between the two. This is where I am today; neither the wild-eyed child nor the critical expat but rather something akin to an officiator at a tennis match watching the ball bounce back and forth as the players come and go from the court.

I love that my children are safe from predators and gangs while walking home from school but fear the reckless, selfish driving that could easily snatch a child away and often does.

I love the national forests and the people who work to preserve them but hate that most people will still throw down a wrapper rather than hold it until they find a garbage can. I love it when Koreans smile and their eyes disappear into happy creases of kindness, but despise the throaty rasp of disapproval from a stranger. And boogers on the sidewalk. Here's a bit of universal advice: Stop. Just stop.

Most of my adult life has been spent on the Korean peninsula dodging traffic, raising children, communicating in Kanglish, and working with multi-cultural co-workers and friends. It's been fun and frustrating but the truth is, once you settle in for the long haul it's just like anyplace.

한국생활의 안과 밖

로럴 A. 백

　나는 한국인이다. 물론 말 그대로는 아니지만, 외지인으로 고요한 아침의 나라에서 22년 이상 살면서 경험한 것들은 사실상 나의 성인시절의 축약본이라고 말할 수 있다.

　한국으로의 내 첫 여행은 1994년 한국에서 거행된 팀스피리트 훈련기간 중이었다. 나는 하와이에 있는 국가방위군소속 육군이었고, 자원해서 증강된 병력의 일원으로 훈련에 참가하게 되었다. 우리가 도착했을 때 나는 마치 달에 있다고 생각했다. 꿀통을 수집하는 농부, 듬성듬성 파여진 도로, 초원에는 소떼들이 있었다. 우리가 갔던 어느 곳에서든 길가에는 국수가게와 기념품을 파는 이동용 트럭이 있었다.

　3개월 후에 다시 상근근무자로 한국의 오산공군기지에 오게 되었다. 처음 3년 간은 다른 신출내기와 마찬가지로 한국을 보았고, 세상에 이보다 더 좋은 곳은 없다고 단언하게 되었다. 나는 아시아의 역사와 문화에 관한 수업을 들었고 태권도 검은띠도 땄다. 그럭저럭 생활하기에 부족하지 않게 한국말도 배웠고 지도에 나와 있는 관심 끄는 관광지도 가

보았다.

나는 한국인과 1995년에 결혼해서 서울에 있는 미 육군121 병원에서 첫 아이를 출산하였다. 내 가정과 내 시댁의 한 구성원이기에, 한국의 전통적인 아내와 엄마의 역할을 수행하면서 동시에 내 고용주에 대해 책무를 수행하여야 했다. 미국사람으로서 다른 관점으로 한국을 보게 되면서 나의 삶에 중요한 변화들이 생겨났다.

처음엔 혼자서 해결하던 일들을 가족과 의논하기 시작했고, 문화 차이로 인한 수많은 실수를 범했다. 시댁을 사랑하기도 했지만, 나를 '셋째 부인'이라고 부르는 것과 같이 이해할 수 없는 것에 대해서는 치를 떨기도 했다. 나는 남자밖에 없는 집안에서 태어나 평등하게 자랐기 때문에, 남녀평등에 대한 나의 의견이 비웃음을 살 때마다 화가 났다. 그러나 그래 봤자 여자들이 집안의 주도권을 잡고 있다고 생각하는 한국남성들의 인식만 재확인시켜 줄 뿐이었다. 남편은 그걸 칭찬이라고 보았지만 나는 변명이라고 생각했다.

우리 둘째 아들이 경기도 송탄의 한 민간병원에서 태어났다. 그곳에는 실력 좋은 의사와 동전을 넣어 작동하는 텔레비전이 함께 있었다. 대단한 모순이었다. 저명하고 실력 있는 의사가 있는 병원에서 텔레비전을 보려면 동전을 넣어야 하고, 사용할 식기들을 직접 가져와야 한다는 사실이 참 아이러니했다. 병원에선 산후조리에 대한 민간요법으로 잘못된 조치가 만연해 있었다. 나는 생후 며칠간 직접 아기를 돌보겠다며 병원 측에 강력히 요구했다. 직원들은 산모들의 잔소리와 낡고 잘못된 산후처리 개념 때문에 시달림을 당했다. 그래서 나는 내 자신이 따지는 것을 그만두고, 산모로서 마음이 풀릴 때까지 처음 며칠 동안 내 아기에게 수유를 하였다. 이것은 요즘 웬만한 병원에서는 상상할 수도 없는 일이다.

아마 나의 한국생활에서 제일 중요한 영향을 받은 것은 대인관계이다. 나는 대부분의 외국인이나 어떤 한국사람에게는 절대 일어날 수 없는 방법으로 한국을 이해하게 되었다. 그 시작은 나와 시어머니와의 관계였다. 내가 처음 만났을 때 시어머니는 몇 년 간 건강하셨다. 시어머니는 굽어진 허리에 햇빛에 오래 노출되어 사과처럼 붉은 얼굴에 깊은 주름이 있었으며 얼굴에는 환한 미소와 삐뚤어진 치아와 순수하고 밝은 표정을 갖고 있었다. 눈은 작고 검은 편이었는데, 눈 안에는 책에서는 배울 수 없는 깊은 지혜가 담겨있었다. 사실 시어머니는 글을 읽을 줄 모르고, 갖고 있는 체계적인 짧은 지식도 집안 남자들로부터 들어서 쌓은 것이었다. 시어머니 마음속에 자리한 전통과 미신에 따른 관습은 무속신앙, 유교, 불교문화에 바탕을 두고 있었다. 또한, 그것들은 일본제국주의 시절 시장에서 일본군과 마주칠 때 땅바닥에 눈을 내리깔고 지나가도록 강요받았던 그녀의 첫 기억에 뿌리를 두고 있었다.

시어머니는 십대에 처음 만난 남자와 결혼하였고, 그 어떤 여자도 평생 동안 참아내기 어려운 전쟁과 비극을 알고 있었다.

나는 진정으로 시어머니의 모든 것과 그녀가 가족의 사랑을 위해서 희생한 모든 것을 존경한다. 시어머니는 당일 생겨난 쓰레기를 태우고 물을 끓이는 화덕 있는 오래된 전통 한옥에 살고 있었다. 그리고 우리는 온돌로 된 방에서 잠을 잤는데 아랫목이 다른 곳보다 더 뜨거워서 한 사람이 더워서 윗목으로 구르면 모두 따라서 구를 수밖에 없었다.

시어머니의 방문은 큰 행복인 동시에 개인적으로는 혼돈의 시간이었다. 그 친밀함과 우애는 내가 자랄 때와 유사했다. 나는 시어머니 말씀을 듣고 배우는 것에 만족했었지만, 대화가 끝날 때까지 복종하는 며느리의 자세로 얼굴을 바로 세우고 들어야만 했다. 그럼에도 나는 시어머니를 통해서 한국의 과거와 전통이 현재와 잘 연결되는 것을 알 수 있었다. 과거의 이치를 이해하는 데 도움이 되었고, 어떤 면에서는 미래를 생각할 때 나는 슬퍼졌다. 일상생활에서 한국문화의 많은 아름다움이 다음 세대에는 사라지게 될 것이라는 것은 명확하다. 시간이 지나면서 이러한 이

론이 사실로 증명되고 있다.

나는 지난 20년 동안 의료사업의 호황을 보아왔다. 더불어 의료 수가 상승도 목격하였다. 예전에 그냥 가면 10,000원하던 병원비가 요즘은 예약을 하고서 100,000원을 지불해야 한다. 물론 의료장비가 좋아져서 그런 면도 있지만, 내가 의사와 대화하는 시간은 더 짧아졌다.

전에는 부모님들이 자식들과 가까운 이웃에 살았지만, 이제는 근처 요양원에도 많이 살고 있으며, 80세 노인이 생계를 위해서 택시운전을 하는 경우도 있다. 많은 가족들이 어른과 조상을 찾아 뵙기 위해 이루 표현할 수 없는 시간이 걸리면서 좁은 길을 달려갔다. 그러나 지금은 잘 발달된 도로를 이용하여 가족캠핑을 가거나 해외여행을 선택하고 있다.

지난 수십 년 간 한국의 경제적 호황에도 불구하고 한국의 청년들은 부모가 원하는 정규직 자리를 얻기 힘들고, 일자리를 얻는다 해도 이미 많은 값싼 경쟁력 있는 외국인 노동자가 널리 퍼져 있어 적은 임금에 긴 노동을 하고 있다.

한국은 국가산림을 잘 보존하는 것의 가치를 인식하기 시작했고, 흡연을 엄중 단속하고 인신매매를 근절시켰으며, 스스로 세계적인 경제강국의 위치에 올려놓았다. 세계를 다니면서 좋은 아이디어와 발전된 것을 고국으로 가져오는 사람들은 위대한 인도주의자들이다. 또한, 한국의 아이돌그룹 K-Pop이 세계적으로 유명해졌지만, 좋았던 나빴던 그들만의 전통문화는 점차 사라지고 있다. 나는 가끔 한국사람들이 더 명확한 정체성과 과거에 애착을 가졌던 그 옛날을 열망해본다.

한국으로 나의 여행은 외부 어린아이의 눈으로서 모든 경이로움과 놀라움 - 모든 것이 동시에 새롭고, 소름 끼치고, 흥분된 상태로 시작되었다. 냉정한 눈으로 한국과 내 나라 미국을 비교 분석하면서 나는 발전되어 나아갔다. 그리고 내가 살고 있는 이 삶과 내 자신이 두 나라 사이의 중간지대에 와 있다는 사실을 발견하게 되었다. 이것이 오늘날 내가 처한 현실이다. 어린아이의 순수한 눈으로 보는 것도 아니고 비판적인 국외 추방자의 입장은 더욱 더 아니다. 그것은 오히려 테니스 경기 심판처럼 선수가 코트에서 앞뒤로 왔다갔다 할 때, 이리저리 튀는 볼을 바라보는 심정이라 할 수 있다.

나는 내 아이가 학교와 집을 오가는 중에 유괴나 강도로부터 안전하길 바란다. 또한, 종종 어린이를 다치게 하는 무모하고 이기적인 운전에 의한 교통사고로부터 내 아이가 조심성을 갖기를 바란다.

나는 산림과 산림을 잘 보호하는 한국사람을 사랑하지만, 쓰레기통을 찾기 전까지 쓰레기를 들고 있는 사람이 아니라 쓰레기봉지를 그냥 던져 버리는 대다수 사람을 더 싫어한다. 나는 한국사람들이 웃을 때 그리고 친절의 행복한 주름살로 인해 눈이 보이지 않을 때를 사랑한다. 또한, 낯선 사람의 불만에 찬 목쉰 소리와 도로 가의 이름 모를 상품들을 경멸한다. 종합적인 조언을 합니다. 중지하세요. 지금 바로 중지하세요.

어른으로서 한국에서 대부분의 나의 생활은 교통을 잘 피하고, 자식들을 양육하며 서툰 한국어로 대화하고, 다국적 동료 및 친구들과 함께 일하는 것이었다. 재미도 있었고 좌절도 많았지만, 진실은 한 번 오랜 기간 정착해 살다 보면 모든 곳이 다 똑같다는 것이다.

The Sun Shines For All

Michelle Mee Kyung Bryant

New places and new adventures is one of my favorite things about the Army. Therefore when my husband received orders for South Korea, I couldn't be more excited. Living in a country across the world was a dream come true, but even more special to me because I was born here. I was adopted when I was just three months old, and was raised in a small town in the great state of Montana.

But I almost didn't come. Many people told me not to accompany my husband on the tour. I was told the language barrier was challenging, traffic was hectic and it was hard to travel, and the work tempo was fast. But I can't resist an adventure and being from a small town with little diversity, I moved to Korea with eyes, mind, and heart wide open.

Once we arrived in Korea, I was told by many people who lived here that I would never be able to get a job at the post where my husband worked. However, I submitted my resume along with applications and told everyone I met that I was looking for a job. Within a few weeks I had received two job offers, and I accepted a position at the Military Personnel Division (MPD).

Working at MPD was a wonderful experience. I learned so much about the Army's processes and read more Army Regulations than I even knew existed. I talked to Soldiers at all different stages in their careers; I heard their stories, their dreams, and even some of their fears. It was incredibly humanizing and humbling to meet people from all walks of life who shared the same desire to serve and protect a country they love.

In between working and my husband's busy work schedule, we spent our time traveling and exploring Daegu, Busan, Seoul, and everywhere in between. We jumped at every opportunity to eat, see, and do as much as possible in this great country. Little did I know though, the most wonderful experience would be waiting here for me in the small, countryside town of Waegwan.

In August 2014, with the help of my husband's unit S-5 and Korean Augmentees to the United States Army, we were introduced to Gurtugi Children's Center in Waegwan, just blocks outside of Camp Carroll. Gurtugi is a safe place for underprivileged kids to go after school and receive extra help with schoolwork, engage in fun activities, and play with their friends. As a Battery Family Readiness Group, we hosted a birthday party each month for the kids, and later on, I started teaching English twice a week with some of the other spouses. Most of the kids' families cannot afford to send their child to an English school. Knowing English provides a significant advantage for job opportunities; likewise, not knowing any English can put them at a severe disadvantage.

The kids ages range from about six to twelve years old. I teach the younger children whose English skills are none to relatively sparse. My Korean language skills are just as nominal. I knew it would be a challenge to teach English without a lot of translation. The first couple of classes were rocky as I was figuring out my teaching approach while gauging abilities and the overall temperature of the class.

At first I noticed that more than half the kids would sit off in the corner and not participate. I would ask questions and they would say nothing or merely mumble something. The director was worried that I would become disheartened and not want to continue teaching, but I have never felt that way. Right away I fell in love with the kids, every single one of them. There is something special about each child. I don't need to speak the same language to see that, so I teach each class with lots of encouragement and always a smile.

Over the weeks and months I began to notice that the kids were participating more and engaged in the lesson more each time. When class was about to begin, they would hurry to sit by me instead of sitting in the corner. They would raise their hands even when they didn't know the answer. Their confidence was growing.

I realized they not only wanted someone to tell them they were smart and that they were doing a great job, but they needed it. It has been quoted that one of Albert Einstein's teachers once said: "Albert is a very poor student. He is mentally slow, unsociable and is always daydreaming. He is spoiling it for the rest of the class. It would be in the best interests of all if he were removed from school immediately." Imagine what the world would have lost if Mr. Einstein had listened to that teacher. Imagine how these kids at Gurtugi might grow up not believing in themselves.

But even better, imagine what these kids will do if they do believe they can do anything.

Someone else may have decided these kids may not be the brightest academically in their classes at school, but in my class, they are all smart. They are all worth the time, the patience, and being loved. I do my best to highlight their strengths and positives. They all shine in their own way. I hope that I have touched these kids' lives just a fraction as much as they have touched mine. My wish for them is that they know they can do anything and be anything with hard work and perseverance.

The kids have reminded me that I too can do anything and that I am the maker of my own life and my own destiny. It can be easy to overlook that and get stuck within the confines of labels. My sincere message to my kids I am teaching, myself, and anyone who reads this essay is to forget everything about everything. Strip away meaningless labels. Don't hold yourself back and don't let others hold you back with words and fears. Instead lift yourself up and lift others up so that we can all feel the sunshine on our faces and maybe even touch the stars.

태양은 모두에게 비춘다

미쉘 미경 브란트

　새 근무지와 새로운 모험은 육군과 관련하여 내가 좋아하는 것 중의 하나다. 따라서 내 남편이 한국에 근무 명령을 받았을 때, 난 정말 흥분할 수밖에 없었다. 세상 저 건너편 나라에서 살고자 하는 내 꿈이 현실이 되었고, 더군다나 나에게 더 특별한 것은 내가 여기에서 태어났기 때문이다. 나는 출생한 지 단 세 달 만에 입양되었고, 거대한 몬태나 주의 작은 마을에서 성장하였다.

　그러나 나는 하마터면 못 올 뻔했다. 많은 사람들이 내 남편 근무지에 동행하지 말라고 나에게 말했기 때문이다. 또한, 나는 언어 장벽이 간단하지 않고, 교통은 번잡하며 여행하기가 힘들며, 일의 진행이 빠르다고 들었기 때문이다. 하지만 나는 모험하고자 하는 마음에 거역할 수 없었다. 그래서 변화가 없는 작은 마을에 사는 것으로부터 눈을 크게 뜨고 열린 마음을 가지고 한국으로 이동하였다.

　우리가 한국에 도착하자, 나는 여기 사는 많은 사람들로부터 남편이 근무하는 곳에 직장을 갖는다는 것은 거의 불가능하다고 들었다. 그러나 나는 신청서와 함께 이력서를 제출하고, 만나는 사람마다 일을 원한다고 말했다. 몇 주 내에 두 군데로부터 직장 제의를 받았고, 드디어 군 인사처에 직장을 얻었다. 군 인사처에서 일하는 것은 멋진 경험이었다.

나는 군 업무 처리에 대해 많이 배웠으며, 내가 지금까지 알고 있는 것보다 더 많은 육군규정을 읽었다. 나는 군생활에서 모든 다른 분야에 있는 군인들과 대화를 나누었다. 즉 그들의 신상 이야기와 꿈 그리고 일부는 그들의 두려움마저도 들었다. 그들이 사랑하는 나라를 지키고, 복무하려는 동일한 소망을 공유하는 각계 각층의 사람들을 만나는 것은 믿을 수 없을 정도로 매우 인간적이고 겸손한 것이었다.

나는 근무와 남편의 바쁜 업무 일정 중에도 함께 대구와 부산, 서울 그리고 여러 곳을 여행하고 탐사하면서 시간을 보냈다. 우리는 이 위대한 국가에서 모든 기회가 날 때마다 가능한 많이 먹고 보고 경험하기 위해 전진했다. 하지만, 나는 가장 멋진 경험이 여기 작은 시골 마을인 왜관에서 나를 기다리고 있을 것이라곤 거의 깨닫지 못했다.

2014년 8월, 우리는 남편 부대의 민사 담당부서와 카투사 병사의 도움으로 왜관의 캠프 캐롤 기지 밖에 있는 '그루터기'란 어린이집을 소개 받았다. '그루터기'란 곳은 가난한 아이들이 방과 후에 가는 안전한 장소로서, 학교 수업의 보충 설명을 들을 수 있고, 재미있는 행사에도 참가하고, 친구들과 함께 놀 수 있는 곳이다. 가족 준비 그룹의 일원으로서 우리는 아이들을 위해서 매달 생일 파티도 개최하였다. 그리고 후에 나는 다른 사람의 배우자들과 함께 일주일에 두 번씩 영어를 가르치기 시작하였다. 대부분의 어린이 가정은 아이들에게 영어 학원에 보낼 금전적 여유가 없다. 영어를 안다는 것은 직장을 얻는 데 큰 이점이 되고, 또한 영어를 하지 못하면 심각한 불이익을 받을 수 있다.

아이들의 연령 범위는 약 6세에서 12세 사이다. 나는 영어 실력이 없거나 상대적으로 더 부진한 어린 아이들에게 영어를 가르쳤다. 내 한국어 실력은 보통이기 때문에, 통역을 많이 하지 않으면서 영어를 가르친 다는 것이 하나의 도전이라고 알고 있었다. 수업의 전반적인 분위기나 아이들의 능력을 판단하면서 나의 교육 접근 방법을 평가해 보았을 때, 첫 몇 번의 수업은 불안했었다고 본다.

처음에 나는 절반 이상의 아이들이 구석에 떨어져 앉아 있고 수업에 참여하지 않는 것을 보았다. 내가 질문을 했을 때, 아이들은 아무 말도 하지 않거나 단순히 뭔가를 우물거릴 뿐이었다. 원장은 내가 낙담해서 그리고 가르침을 중단하지 않을까 걱정하였지만, 그러나 난 절대 그런 식으로 느낀 적은 없었다. 지금 나는 모든 아이들 한 명 한 명에게 사랑에 빠져 있다. 각 아이들에게는 각자의 특별한 뭔가가 있다. 나는 동일한 언어를 말할 필요를 느끼지 않는다 그래서 나는 무척 고무된 상태로 항상 미소로 모든 수업을 가르치고 있다.

시간이 지남에 따라, 나는 아이들이 매 시간 수업에 더 많이 참여하고, 더 많이 몰두하는 것을 목격하기 시작했다. 수업을 시작하려고 할 때, 그들은 구석에 앉는 것 대신 내 옆에 앉기 위해 빨리 달려오고 있었다. 대답을 알고 있지 않은 경우에도 그들은 손을 들었다. 그들의 자신감은 성장하고 있었다.

누군가가 너희는 똑똑하고 훌륭하게 공부하고 있을 뿐만 아니라, 필요한 사람이란 것을 말해 주길 그들이 원한다는 것을 나는 깨달았다. 알 버트 아인슈타인의 선생님 중 한 명이 하였던 말을 인용해 본다: "알 버트는 매우 가난한 학생이다. 그는 생각하는 것이 느리고, 비사교적이며 그리고 항상 공상에 빠져 있다. 그는 수업 분위기를 망치고 있다. 그가 학교로부터 즉각 퇴출되는 것이 모두에게 최선의 이익이다."

만약 아인슈타인이 교사의 말을 들었을 때 세계가 무엇을 잃게 되었을까를 상상해 보세요. 여기 그루터기의 아동들이 그들 자신을 믿지 않았을 때 어떻게 성장하게 될지를 상상해 보세요.

더 나아 가, 그 아이들이 어떤 것이든 할 수 있다고 믿는다면, 이 아이들이 앞으로 무엇을 하게 될지 상상 해 보세요.

　다른 어떤 사람들은 이 아이들이 그들의 학교 수업에서 학업적으로 똑똑하지 않을지 모른다고 마음의 결정을 내릴 수도 있겠지만, 그러나 나는 내 수업을 받는 모든 아이들을 똑똑하다고 생각한다. 그들에게 들이는 모든 시간과 인내는 충분한 가치가 있고 사랑 받아야 한다. 나는 그들의 힘과 긍정적인 면을 강조 하기 위해 내 최선을 다 할 것이다. 그들은 모두 그들 자신의 방식으로 빛 날 것이다.

　그들이 나를 감동시킨 만큼, 나도 그 아이들을 감동시키기를 원하고 있다. 그들을 위한 내 소원은 그들이 무엇이든지 할 수 있다는 것과 열심히 노력하고 인내한다면 어떤 사람도 될 수 있다는 것을 그들이 아는 것이다.

　아이들은 나도 어떤 것이든 할 수 있고, 내가 내 자신의 인생과 내 자신의 운명을 만든다는 사실을 나에게 상기시켜 주었다. 그것은 간과되기 쉬우며 한정된 꼬리표 안에 갇혀 있을 수 있다. 내가 가르치는 내 아이들, 내 자신, 그리고 이 수필을 읽는 사람에게 진심으로 내가 보내는 메시지는 모든 것에 대하여 모든 것을 잊자는 것이다. 의미 없는 꼬리표는 과감히 떼어내세요. 당신 스스로 억제하고 망설이지 마세요, 그리고 말과 두려움으로 다른 사람들이 당신을 뒤로 잡아 끌게 하지 마세요. 대신에 우리가 우리 얼굴에 비치는 태양을 느낄 수 있고, 어쩌면 심지어 별을 만질 수 있도록 당신 자신과 다른 사람들을 들어 올리세요.

Beautiful life in Korea

Tania Tamayo

A new chapter, a new journey into the unknown and out of the comfort zone. A place where every day it smells like kimchi, where the driving is ruthless, and is very over populated. Living in another language, experiencing different culture, where it's different time here than there, and just a wondering soul traveling everywhere in this country I'd like to call South Korea.

From living in a city called El Paso where when its summer is as dry and hot as a cactus to coming to a city I'd like to call Daegu, where in their summers it's as wet and hot as a sauna! Where El Paso's winter is as never as cold as just needing gloves and a sweater to where Daegu it feels like Antarctica! Living in just one place your whole life never thinking you'll ever leave out of this dumpy town can change in just a blink of an eye.

A desire of taking an unknown path and starting a new chapter sounds pretty overwhelming. Especially living in a foreign country where as a Hispanic like me will be eating yaki-mandu and bulgogi instead of menudo and elote con chile. With all the doubts at first turned into speechless un-forgetful moments that I can never forget. I mean how many people can actually say they've lived in South Korea? Including to travel somewhere new and experiencing the great things they have to offer here. The flashing lights in every corner, the fashion and clothes that will have you dying, the different culture you get to experience and see will have you wanting to explore more. It feels amazing to know I've done a lot more here in Korea than I have ever done in the states.

The colorful flowers and extraordinary cherry blossom trees in every street make everything more beautiful. The people here are aren't like any other people you could meet in the states, the new fellow friends I've made in the past eleven months have been different yet great. If you take a picture with a Korean it's an instinct to throw the peace sign up with a shiny bright smile, it's actually adorable.

By personal experience everything's been unexplainable I can't imagine what life would still be like living in the same old dumpy town, it's a chapter in my life I tend to look back on and enjoy in the now beautiful Korea.

Have you traveled to Busan? The tall buildings, beautiful beaches, and lovely foreigners from all over the world tend to have you wanting to live there forever. What about Seoul? It's like the Los Angeles of Korea! They have this amazing place called Lotte World where it's like the Disney land for Koreans and did I mention very populated? Have you've been to Osan? The shopping there is unbelievable! So many stores on every corner including this amazing authentic Mexican restaurant that makes this Latina ecstatic! Or how about the city of which I live in Daegu? The downtown is amazing with its fashionable stores, tasty restaurants, and people performing on a stage in the middle of everything. As well there's this amazing duck lake called Suesong Lake, where you ride duck boats on the lake, have a carnival right by, and go to an actual airplane that is a restaurant enjoying ice-cream with a beautiful sunset.

I've traveled widely, since I've been in Korea, haven't had one regret nor wanted to look back on the old life I've lived. The thought of knowing I will actually be graduating in Korea is something no other brace face teen starting off their freshman year would think in the beginning. Every day is like an unknown adventure for me waiting to happen in Korea, where to next? What restaurant are we eating at? What do you want to do today? It's a blessing.

Of course there are times where I do miss the big U.S.A. but this is a big world and it has so much to yet experience. Not many people get a chance to explore like this and I tend to make the best of it, even if there is hardly any authentic Hispanic food. Although I found it quite amazing when I had first arrived I met these three Korean girls who had approached me and asked if I knew Spanish, as I said yes they started speaking to me in Spanish! My eyes and mind had gone out of this world for not knowing how small minded I was before, seeing foreign ladies speaking better Spanish than I ever could.

Everyone dreams of going to Japan as well right? Never would think I'd be able to experience such an amazing destination as well since moving in Korea. Everything is so dynamic and I have yet to explore more of Asia, Every adventure I've taken here has been worthwhile. There are moments when life is just as beautiful living here I take my head out the car, stretch my arms out and feel the wind blowing my hair as I watch the city lights and Koreans walking into cafes and not say a word but think to myself how incredible this place is. After these two years of being here will be over, wherever I may be, I can't imagine of the feeling ill have to actually think "Did I just really live in Korea?"

The stories I'll be able to pass down to family, friends, or anyone I might come across who would seek interest in my adventure of beautiful Korea. Adventure awaits for these type of experiences and there's not a dime in the world that I'd trade these moments for. This is only the beginning and not the end, next I wonder where my next destination will be. Who knows maybe Hawaii? Germany? Well wherever it is I'll be sure to have my eyes wide open and have a camera in my right hand and probably some unknown food in my left.

한국에서의 아름다운 삶

타니아 타마요

 새로운 인생의 장, 안락지대로부터 미지로의 새로운 여행. 매일매일 김치 같은 무슨 냄새가 나는 곳, 인정 사정 없이 운전하는 곳, 그리고 인구밀도가 매우 높은 곳. 미국과는 다른 시간대에 있으며 다른 언어, 다른 문화 속에서의 삶, 그리고 그냥 방황하는 영혼이 이 나라를 어디든지 여행하는 곳, 나는 이곳을 대한민국이라 부르고 싶다.

 나는 어느 날 선인장같이 건조하고 뜨거운 여름 날씨를 가진 엘 파소라고 불리는 도시로부터, 습기 많고 사우나처럼 뜨거운 여름을 가진 대구로 왔다. 엘파소의 겨울은 결코 장갑과 스웨터가 필요한 곳이 아니지만, 대구의 겨울은 아주 남극처럼 느껴진다! 나는 평생 이 울적한 마을인 엘 파소를 떠날 것이란 생각을 결코 해 보지 않고 한 장소에서 살았는데, 눈 깜짝할 사이에 모든 것이 변하였다.

 미지의 길을 가고 새로운 인생을 시작하려는 희망은 아주 정말 예쁘게 들린다. 특히 나 같은 스페인계로 외국에서의 삶은 엘로테콘 칠리 대신 군만두나 불고기를 먹는 것과 같다. 나는 처음에 가졌던 모든 의심들이 말로 표현할 수 없을 정도의 잊을 수 없는 순간으로 바뀌는 것을 결코 잊을 수 없다. 나는 얼마나 많은 사람들이 한국에서 살았다고 실제로 말할 수 있을지 묻고 싶다. 새로운 곳을 여행하고 여기서 제공하는 위대한 것들을 포함해서 말이다. 모든 코너마다 깜박이는 불빛, 당신을 현혹시키는 패션, 의복, 그리고 당신이 경험하고 보게 될 다른 문화는 당신을 더 탐험하고 싶게 만들 것이다. 나는 여기 한국에 있으면서 내가 한 것들이 미국에서 했던 것보다 더 많이 했다는 것을 알고 놀라운 느낌이 들었다.

화려한 꽃들과 여기저기 모든 거리에 피어 있는 엄청난 벚꽃들이 한국을 더 아름답게 만든다. 이곳 사람들은 당신이 미국에서 만나는 그런 사람들이 아니다. 내가 지난 11개월 동안 사귄 친구는 굉장히 훌륭하다. 당신이 한국인과 같이 사진을 찍는다면, 한국인의 밝은 미소와 평화스런 표정을 나타내는 것은 타고난 재능이며, 정말로 그것은 사랑스럽다.

내 개인적인 경우로서, 내가 그 우울하고 오래된 엘 파소에 살고 있다면, 나에게 어떤 삶이 지속되고 있을지 상상이 안 되는 것같이, 이곳의 모든 것을 설명하기는 어렵다. 내 삶을 회상하며, 지금 나는 아름다운 한국을 즐기는 것을 나의 새로운 인생의 시작이라고 말하고 싶다.

당신은 부산에 여행을 가 보셨나요? 고층건물, 아름다운 해변, 그리고 세계 각지에서 온 사랑스러운 외국인들은 당신이 거기에 영원히 살고 싶은 마음을 들게 한다. 서울은 어떻습니까? 한국의 로스앤젤레스 같지요! 한국인을 위한 디즈니랜드 같은 롯데월드라는 놀라운 곳이 있죠. 그리고 매우 붐빈다고 얘기했지요? 오산에 가 보셨나요? 그곳서의 쇼핑은 믿기지 않을 정도로 대단합니다. 매 코너마다 나 같은 라틴계 사람을 황홀경에 빠지게 하는 놀랍고도 진정한 멕시코 식당이 많이 있죠. 그럼 내가 사는 대구는 어떨까요? 시내에는 첨단 유행 상가들이 즐비하고, 맛있는 식당, 그리고 사람들 중앙에 있는 무대에서 공연하는 것이 놀랍다. 또한 오리 호수라고 불리는 굉장한 수성 못이 있는데 이곳에서는 오리 보트를

탈 수 있고 바로 근처에 축제 마당이 있으며, 실제 비행기로 꾸민 식당에서 아름다운 석양을 즐기면서 아이스크림을 즐긴다.

나는 한국에 있으면서 여러 곳을 여행해 보았는데 한 번도 후회한 적이 없다. 그리고 내가 살았던 예전의 생활로 절대로 되돌아 가보고 싶은 마음도 없다. 이제 한국에서 내가 졸업한다는 것을 기정사실로 알고 있는 상황에서, 이런 생각은 1학년 신입생의 굳은 얼굴을 가진 소녀의 마음과 조금도 다르지 않다. 한국에서의 생활은 매일매일 나를 위해 일어나길 기다리는 알 수 없는 모험 같다. 우리 어떤 식당에서 먹을까? 당신은 오늘 무엇을 하길 원해요? 그것은 축복이다.

물론 가끔 거대한 미국을 그리워할 때가 있지만 이곳은 큰 세계이며 아직도 경험할 것이 많이 있다. 많은 사람들이 이러한 탐험을 할 기회를 갖는 것은 아니다. 그리고 여기에 진정한 스페인 음식이 많지는 않지만, 나는 최고의 스페인 음식을 만들고 싶은 욕망이 있다. 내가 처음 한국에 도착해서 한국 소녀 세 명을 만나게 되었다. 그녀들은 나에게 스페인어를 할 수 있냐고 물어서 내가 네라고 대답하자마자, 그녀들은 나에게 스페인어로 말하기 시작했는데, 그것은 정말 놀라운 일이었다. 세 명의 외국 소녀가 나보다 더 나은 스페인어를 말하는 것을 보고, 내가 예전에 얼마나 좁은 마음의 소유자였는지를 알지 못하는 상태에서 내 눈과 마음이 세상 밖으로 나왔다.

모든 사람들이 지금도 일본으로 가려는 꿈을 가지고 있을까? 나는 한국에 올 때 이러한 일본과 같은 놀라운 여행 목적지에서 경험을 하리라곤 결코 생각해 보지 못했다. 모든 것이 너무 역동적이다. 아직도 아시아를 더 탐험해야 한다. 내가 경험한 모험들 모두가 상당한 가치가 있었다. 나는 여기에서의 생활은 마치 차창 밖으로 머리를 내밀고 손을 뻗어서, 불어 오는 바람에 흩날리는 머리카락을 느끼는 것 같은 아름다운 순간들 같다. 그리고 도시의 불빛과 카페로 들어가는 한국인을 보면서, 나는 말

없이 이곳이 얼마나 엄청난 곳인지 생각해 본다. 여기서의 2 년이 끝난 후에, 내가 어디에 있든, 나는 실제로 "내가 정말 한국에서 산 적이 있었던가?" 회상해 볼 때, 한국에 대하여 나쁜 느낌이 드는 것을 절대 상상할 수 없다.

나는 이 이야기를 나의가족과 친구 또는, 우연히 만나서 아름다운 대한민국에서의 나의 모험에 관심을 추구하고자 하는 누군가에게 전달할 것이다. 이 세상에는 이런 형태의 순간들과 바꿀 수 있는 어떤 돈도 없다. 이것은 단지 시작에 불과하고 끝이 아니다. 나는 다음 목적지가 어디가 될지 궁금하다. 어쩌면 하와이가 될지 누가 알겠는가? 독일? 어디를 가든 눈을 크게 뜨고 카메라는 내 오른편에, 아마 이름 모를 음식은 내 왼편에 있을 것이라 확신한다.

"No Title"

Michela Guilfoyle

I have lived in Korea for four years. I came as an eager fourteen year old, hungry for new experiences and cultures and leave now as a young woman of eighteen about to step out into the world on her own, still as eager and hungry for new things to experience abet a little more satisfied in my desire as I prepare to leave.

I was born traveling. From the very first day I was born my life seemed destined for nothing else. I was born into a family of immigrants recently arrived to America they traveled miles and upon reaching their new destination they joined the Air Force. They traveled east to west coast, Japan, Germany, to here in Korea. They had kids they traveled and they had kids and thus I was born, traveling before my life had even begun.

But traveling is only part of the journey the other part is the experiences you have along the way. In the journey that is life, Korea is only a single step but like the words of the famous proverb by Chinese philosopher Lao Tzu, 'The journey of a thousand miles begins with a single step.' I have traveled all over the world, I have been to three different continents, twenty seven countries, and lived eleven years abroad , and in all that time I have never experienced a place like Korea.

For many Korea is nothing but a footnote in history, home of a forgotten war, a far way country half way across the world. A speck on the global scene save for the hostile actions of its northern neighbor and home of the company producing the latest technological devices. But for me Korea is home at least for ten months for the past four years, spending me summers abroad in the world before returning back for another school year to begin. But this summer will be different I wont be coming back, come August my family will return on that fourteen hour flight from Atlanta to Seoul and I will remain behind. My life has always been different and in Korea it is no different.

I was born into a military family, grew up in a military communities, my father was in the military, but I am not a military kid at least not anymore. I live in Daegu, South Korea the daughter of a Dodea teacher in an Army community of less than 5,000 people. At most times I feel like an observer to life here, I am a civilian kid, I come from Air Force stock, and I am used to staying in one place for a relatively long time. I don't seem to quite fit into the scene here and that's okay.

As a result in the four years I have lived here I have experienced and learned things I couldn't have anywhere else in the world. The longer I stayed here I realized my not fitting in wasn't a disadvantage but an advantage. As a civilian I am in Korea indefinitely, opposed to the majority of the people who are here for a year at max two before their tour of duty is over and they are up and packing heading for their next posting. This extra time has allowed me to explore and experience the real Korea, the one that is ignored underneath all the usual tourist traps and sights. Wherever I have gone and lived my parents have lived local, taken up the customs, language, food and lifestyle of the area, Korea is no exception. I live off post in an all Korean neighborhood, on the weekends I walk down the street to my favorite restaurant and order take out in Korean, or simply stop the corner store and buy a treat savoring it as walk home along the riverfront.

On holidays I take trips; hiking the local mountains, standing in front of a thousand year old statue of Buddha offering a traditional prayer for luck, even once visiting a POW camp long ago forgotten to the rest of the world. I have seen the thousands of year old rich culture and people of this country unfold in front of my very eyes through my experiences here.

I have learned much and still learn everyday something new about the country I am proud to call my home. Korea has also provided me a gateway into Asia, a whole new world for me to explore. Since my arrival I have traveled to Japan, China, Hong Kong, Singapore, and Cambodia. In my travels here in Korea it has allowed me to meet people from exotic as Jordan to California. Each new person I meet here brings and adds a new dynamic to the life I have made here in Korea adding to the melting pot of cultures that preside here.

I have seen people come and go, only fifteen people out of my class over the four years I have been here where here when I first arrived to Korea. I have become a seasoned veteran to the community here included among the ranks of the kids who have spent their entire lives in Korea and nowhere else. Four years is more like a decade when it comes to living in Korea, it can get lonely separated by miles and oceans from our homes and loved ones. Some of us don't see family and friends for years, the journey back home to expensive or far to travel in the limited time they have. Whatever the reason may be Korea has become the home away from home for many of us including myself. For that very reason even as I move on to university and pursuing my own life , the life I have in Korea will remain one of the most influential and important stops in my life. As quoted by Oliver Wendell Holmes, Sr., "Where we love is home – home that our feet may leave, but not our hearts."

"무제"

미켈라 길포일

나는 한국에 4년째 살고 있다. 14살 때 새로운 경험과 문화에 대한 갈증과 동경을 가진 상태로 한국에 왔다. 지금 아직도 18세의 소녀로 내가 출발을 준비하는 이 순간, 나는 나의 욕망을 더 충족시켜 줄 새로운 경험을 원하고 갈망하면서 나 자신만의 세계 속으로 출발하려고 한다.

나는 여행하는 도중에 태어났다. 태어난 첫 날부터 내 인생의 운명은 결정되어 있는 것 같았다. 나는 최근에 수만 마일을 비행하여 미국으로 이민한 이민자의 가족으로 태어났다. 부모님은 목적지에 도착하자 바로 미 공군에 입대하였다. 그리고 부모님은 미국의 서쪽 해안에서 동쪽으로 그리고 일본, 독일, 여기 한국에 까지 왔다. 부모님은 아이들과 함께 여행했으며 여행 중에 아이를 가졌다. 그렇게 나는 태어났고, 내 인생이 시작되기도 전에 나는 여행 중이었다.

여행은 인생 여성의 일부일 뿐이고, 다른 부분은 당신이 겪어 온 경험이다. 인생의 여정에서 그 유명한 중국 철학자 노자의 '천리 길도 한 걸음부터'라는 속담처럼 한국은 바로 첫 걸음이다. 나는 세계를 두루두루

다니면서, 세 개의 대륙, 27개 나라를 여행했다. 해외에서 11년을 살고 있지만, 그 동안에 나는 한국과 같은 나라를 경험한 적은 없었다.

역사적으로 한국은 많은 사람들에게 단지 잊혀진 전쟁의 나라 수식어가 붙어 있는데, 지구 반 바퀴를 돌아야 가는 머나먼 나라다. 세계 무대에서 한국은 북한과 적대적인 상태에 있으며 최첨단 기기를 생산하는 본고장이라고 알려져 있다. 하지만 한국은 지난 4년 동안 적어도 10개월은 나의 고향이다. 왜냐하면 새로운 학기가 시작되어 한국으로 되돌아오기 전에 나는 해외에서 여름을 보냈기 때문이다. 그러나 이번 여름은 내가 돌아오지 않을 것이기에 다를 것이다. 오는 8월에 나의 가족은 애틀랜타에서 14시간 비행해서 서울로 돌아오고, 나만 남겨놓을 것이기 때문이다. 내 생활은 언제나 특이했는데, 한국에서도 역시 마찬가지였다.

나는 군인 가정에서 태어났고, 군인 사회에서 자랐으며, 아버지는 군에 있었지만, 나는 이제는 완전희 군인 아이가 아니다. 나는 대한민국 대구에 5천 명 가까이 되는 육군 부대에 있는 도디 선생님의 딸로서 살고 있다. 나는 여기서 항상 옵저버 같은 삶을 살고 있다고 느끼고 있다. 공군에 뿌리를 둔 민간인의 딸로서, 상대적으로 오랜 시간 동안 한 장소에 머무르는 데 익숙해 있다. 내가 한국에 아주 잘 맞는 것 같지는 않지만 그래도 괜찮다.

4년을 결산해 보면, 나는 여기 살면서 세상 어느 곳에서도 배울 수 없는 것을 배우고 경험하였다. 내가 이곳에 오래 머물면서 불편함을 이겨내지 못했던 것이 오히려 장점이 되었다는 것을 깨달았다. 나는 무기한 한국에 사는 민간인처럼, 이곳에서 최대 1년에서 2년만에 근무를 마치고 다음 근무지로 향하기 위해 이삿짐을 꾸리는 대부분의 사람들과는 달랐다. 이곳의 여분의 시간은 나에게 일반적인 관광 상술들과 명소에 가려 무시되었던 실제의 한국 모습을 탐구하고 경험할 수 있게 해주었다. 내가 어디를 가거나 살든지, 나의 부모님은 지역 관습과 언어, 음식을 받아들였으며 그 지역의 생활 방식에 맞추어 사셨다. 한국의 생활도 예외는 아니었다.

나는 부대 밖에서 한국 이웃들과 어울려 살았다. 주말에는 길을 걸어 내려가 내가 좋아하는 식당에 가서 한국어로 음식을 주문해서 갖고 나오거나, 또는 모퉁이에 있는 가게에 들러 먹을 것을 사서 음미하며 강변을 따라 걸으면서 집으로 걸어왔다.

휴일에는 여행을 했다. 많은 신도들이 행운을 빌며 천 년이 된 부처님 동상 앞에서 기도 드리는 산에 등산을 하거나, 심지어 후대의 세상 사람들이 벌써 다 잊어버린 포로수용소에도 여행을 갔었다. 나는 이곳에서 내 경험을 통해서 눈앞에 펼쳐진 수 천 년 된 풍부한 문화 유적과 이 나라 사람들을 보았다.

나는 많은 것을 배웠고, 아직도 매일 내가 자랑스럽게 내 고향이라고 부르는 이 나라의 새로운 많은 것을 배우고 있다. 한국은 나에게 아시아로 통하는 관문이었으며 전반적으로 내가 세계를 탐험하게 해 주었다. 내가 이곳에 도착한 이래, 나는 일본, 중국, 홍콩, 싱가포르, 그리고 캄보디아를 여행하였다. 나는 이곳 한국에서 다른 나라로 여행하면서, 요르단에서 캘리포니아에 이르기까지 환상적인 사람들을 만날 수 있었다. 내가 만나는 여러 새로운 사람은 여기 한국에서 살아가는 데 새로운 동력을 가져다 주고 이곳을 통할하는 혼합 문화를 나에게 추가시켜 주었다.

나는 사람들이 오고 가는 것을 보아 왔다. 내가 처음 한국에 온 이래 4년 동안 우리 반에는 딱 15명이 남아 있다. 한국이나 다른 어느 곳에서 살다 온 아이들을 포함해서도 나는 여기 애들 사회에서 노련한 베테랑 되었다.

한국에서의 4년 생활은 마치 10년 같은데, 우리의 고향과 사랑하는 사람들로부터 수만 마일 바다 건너 떨어져 있어 외로울 수 있다. 우리 중 일부는 몇 년 동안 가족과 친구를 보지 못하고 있다. 고향으로의 여행은 걸리는 시간에 비해 항공료가 너무 비싸고, 여행하기도 너무 먼 곳이다. 나를 포함한 우리 중 많은 사람들에게 이유가 무엇이든 간에, 한국은 바로 우리 집 같은 곳이다. 내가 대학을 가고 내 인생의 어떤 것을 추구하는 동안에도, 한국에서의 내 삶은 내 인생에서 가장 영향력 있고 중요한 정류장 중 하나로 영원히 남아 있을 것이다. 올리버 웬델 홈즈 시니어가 말한 것처럼 "우리가 사랑하는 곳이 집이다. 우리의 몸이 떠나 있어도 마음만 떠나지 않는다면" 말이다.

Bubble Tea

Mylissa Maclin

Three years ago I made the long move from Alaska to Daegu, South Korea. Within these three years I have gained some of the most memorable experiences of my life. One of the first things I did when I moved to Korea was climb Apsan Mountain, it was humid, hot, but the view was beautiful. During the next couple of years I traveled the rest of Korea; one of my favorite places that I visited was Busan. In Busan I saw the ocean, a Korean Sprite commercial being filmed, and saw a sand art competition. Busan was a breath of fresh air and it was nice to see a more costal side of Korea. Although I have been to many of the major cities in Korea, I have also traveled to many of the smaller cities as well.

I visited Gyeongju for the spring cherry blossom festival and went to Tongyeon to stay at a Korean Pension. While traveling to Tongyeon I was introduced to the 'squatting toilet' at a Korean bus terminal. Needless to say that was an interesting experience. Going to places in Korea that are not main cities allowed me to truly experience Korean culture and it allowed me to explore the 'holes in the wall' of Korea. By being in Korea I was always surrounded by Korean food. I love Korean food but I have had some shocking experiences while tasting different foods. When I had moved to Korea I had no knowledge of Koreans love for squid, and not thinking anything of it I saw this 'onion ring' and took a bite, needless to say I was surprised to find out that I had bitten into a 'squid ring'. I don't mind eating squid so it was not a bad surprised, but I have had some not so pleasant food mix-ups.

For example Koreans also love radishes. While living in the states I have never eaten a radish, so when we ordered pizza we received a mini box of what looked like cut pears. I thought it was quite odd for Koreans to serve pears with pizza, but I pushed the thought aside and popped a 'pear' in my mouth, after I did that I had realized what a big mistake I had made and that what I had just eaten was not in fact a pear. After that experience I have never eaten another radish and I learned what a white Korean radish actually tastes like. These two experiences were the most memorable out of all of the food that I have tried, one good and the other not very pleasant.

I live near BonDeok Market so I have the opportunity to explore Korean market life, the culture, and food that it offers. Because I live by the market I used it to my advantage and took pictures of market life for my AP Studio Art 2D portfolio. While living in Daegu I was also given the opportunity to shoot photos for Stars and Stripes. I participated all of junior year by taking photographs of almost all high school sports as well as cover Girls Basketball Far East that was held in Daegu. I have also taken some pictures of the banana spiders that live in Korea; I did not know Daegu would have such big spiders and now every time I walk by a bush with spider webs I become more aware of my environment out of fear of encountering a banana spider.

When I am not taking pictures of Korea I am down town. I have been introduced to many popular culture norms in Korea such as norebang (karaoke), unlimited coffee shops, and taxis everywhere. Korea loves karaoke and singing, there are karaoke rooms all over Korea and people are always singing down town. For 2014 winter I was down town and I heard a group of

Koreans singing Feliz Navidad, it was really interesting and quite good.

This shows how open Korea is to other cultures and languages which I thought was nice. Korea is also known for coffee, I have never seen so many coffee shops all clustered together in one area. This was confusing to me because in the United States shops try and be the only shop to sell their product in an area. Korea does not follow this general rule, all the coffee shops are in one area, all the wedding shops are in another, ect., so I found that very interesting but also convenient as well because it allowed me to have different options to choose from all in one area.

Korea has taxis left and right but during my junior year I was hit by a taxi off post, luckily I was not seriously injured. This experience has made me more aware of where my body is compared to cars. Korea is relatively safe but the traffic and drivers here can be dangerous, so I have learned to be more aware of them for the fact that I do not wish to get hurt.

I have had an interesting life in Korea and without all of these experience I would not be who I am today. Korea has been a huge influence in my life, from the fashion, to the food, to the language. I currently speak minimal Korean at home with my family and friends and I eat Korean food when I have the chance as well. I also adore ajumma pants; ajumma pants are thin very loud and colorful harem pants that you see most old Korean women wearing.

With everything that has happened to me in the past three years I would have to say the biggest thing I have taken from Korea would have to be bubble tea. Bubble tea is tea with tapioca pearls, bubble tea shops are found all over Korea and is now one of my favorite drinks. I adore bubble tea and I am happy that I had the opportunity to travel to Korea in order to experience what bubble tea is and the many different options available. Korea is a great place and there is much to be taken from Korea. The culture is different than American culture but there is so much a person can take and learn from Korea so I am thankful that I am able to become more culturally aware of other countries.

버블 티

밀리샤 맥클린

　3년 전 나는 앨래스카로부터 대한민국 대구로 긴 시간에 걸쳐서 이동을 했다. 지난 3년 동안 나는 내 인생에서 가장 기억할 만한 몇 가지 경험을 얻었다. 내가 한국으로 이사했을 때 처음으로 했던 것 중의 하나는 앞산을 등반하는 것이었는데, 날씨는 습하고 더웠지만, 보이는 전망은 아름다웠다. 다음 2년 동안 나는 한국의 다른 곳을 여행하였다; 내가 좋아하는 곳 중 하나는 부산이다. 부산에서 나는 바다를 보았고, 이곳은 한국 요정이 촬영된 장소로, 모래축제도 보았다. 부산은 신선한 공기로 숨 쉴 수 있었고, 한국의 많은 측면을 볼 수 있는 좋은 곳이었다. 나는 한국의 많은 다른 대도시를 다녀 보았을 뿐만 아니라, 작은 도시들도 가 보았다.

　나는 경주 봄 벚꽃 축제에 가 보았으며 통녕에 가서 민박집에서도 숙박하였다. 통녕을 여행할 때 버스 터미널에서 나는 쪼그리고 앉아서 사용하는 변기를 사용해 보았다. 말할 것도 없이 재미있는 경험이었다. 한국의 주요 도시가 아닌 곳에서 나는 진정한 한국문화를 '벽에 있는 구멍'

을 통해서 경험하고 탐험할 수 있었다. 한국에 있으면서 나는 항상 한국 음식에 포위되었다. 한국 음식을 사랑하지만 여러 음식을 먹는 동안 충격적인 경험들도 있었다. 한국에 왔을 때 나는 한국인의 오징어 사랑에 대 한 아무런 지식 없어서, 아무런 생각도 하지 않고 그냥 '양파 링'이라고 생각하고는 한 입 물었었다. 그때 나는 끔찍하게도 내가 '동그란 오징어 몸체'를 씹은 것을 알고 무척 놀랐었다. 오징어를 먹는 것이야 상관하지 않기 때문에 그렇게 나쁘게 놀란 것은 아니지만 한국 음식에 대한 그리 유쾌하지 않은 경험을 한 것이다.

예를 들어 한국인은 무를 무척 좋아한다. 미국에 사는 동안 나는 무를 먹어 본 적이 없다, 그래서 우리가 피자를 주문했을 때 배를 자른 것 같은 작은 봉지를 받았다. 한국사람들이 피자에 배를 함께 주는 것이 아주 이상하다고 생각했지만, 그런 생각을 뒤로 하고 배를 입안에 넣었다. 그리고 바로 나는 뭔가 잘못 되었구나 했으며 실제로 먹은 것이 배가 아니라는 것을 깨달았다. 그리고 나서는 더 이상 무를 먹지 않았고, 하얀색 한국 무가 실제 어떤 맛이 나는지 알게 되었다. 이런 두 가지 경험이 내가 먹어 본 모든 한국 음식 중에서 하나는 좋은 것이고, 다른 것은 그리 유쾌하지 않은 것으로 가장 기억에 남는다.

나는 봉덕시장 근처에 살고 있다. 그래서 한국 시장 생활과 문화, 그리고 시장에서 파는 음식을 경험할 수 있는 기회가 있다. 시장 근처에 살고 있기 때문에 그 이점을 잘 활용하였다. 나는 내 AP 스튜디오 예술 2D 포트폴리오에 올리기 위해 시장의 모습들을 촬영했다. 대구에 거주하는 동안 나는 성조지에 게재하는 사진 촬영을 할 기회도 가졌다. 대구에서 개최된 극동 여자 농구의 취재는 물론, 모든 고등학교 스포츠의 사진을 촬영하는데 나의 고등학교 2학년 거의 모든 시간을 보냈다. 나는 한국에 살고 있는 호랑거미의 사진도 몇 장 찍었다. 대구에 그렇게 큰 거미가 살고 있는지 몰랐고, 그리고 거미줄이 있는 숲속을 지날 때 마다 호랑거미와 마주칠 수 있다는 두려움으로 주변 환경에 더 신경을 쓰고 있다.

사진촬영을 하지 않을 때는 시내로 간다. 나는 한국의 많은 대중문화를 접하게 되었는데 즉 노래방, 무한리필 커피 전문점 그리고 어디에나 있는 택시들이다. 한국사람들은 노래방에서 노래를 하는 것을 사랑하고, 노래방은 한국 전 지역에 있고 항상 도심에 있는 노래방에서 노래를 부른다. 2014년 겨울, 나는 시내에서 어떤 사람들이 펠리스 나비다(메리크리스마스)를 부르는 것을 들었는데 정말 재미 있었고 너무 좋았다.

나는 이런것이 한국이 다른 문화나 언어에 얼마나 개방적인가를 보여주는 것이라 아주 좋게 생각한다. 커피는 한국에 잘 알려져 있는데, 커피 전문점이 한 지역에 이렇게 너무 많이 몰려 있는 것을 본 적이 없다. 미국에서는 한 지역 상가에서 그들의 제품을 판매하는 유일한 가게이기 때문에 나를 혼란에 빠뜨린다. 한국은 이런 일반적인 규칙을 따르지 않는다. 모든 커피 전문점이 한 지역에 모여 있으며, 모든 결혼식 관련 상점도 마찬가지다, 그러나 나는 이것이 매우 흥미롭고 또한 편리할 뿐만 아니라, 한 지역 여러 상점에서 선택의 폭이 넓다는 것을 알게 되었다.

한국에는 택시를 좌우로 탄다. 내가 2학년 때 부대 밖에서 택시에 치었지만, 다행히도 심한 부상을 입지는 않았다. 이 경험이 내가 차를 기준으로 어느 곳에 있는 것이 더 안전한지를 잘 알게 해 주었다. 한국은 상대적으로 교통이 안전하지만 운전자들은 위험할 수도 있다. 그래서 내가 다치지 않으려면 그들을 더 잘 알고 있어야 한다는 것을 배웠다.

나는 한국에서 재미있게 살고 있으며 이러한 모든 경험 없이는 오늘의 내가 있을 수 없을 것이다. 한국은 패션부터 음식, 언어에 이르기까지 나의 인생에 큰 영향을 미치고 있다. 나는 현재 집에서 가족과 친구들과 간단한 한국어로 이야기를 나누고 있으며, 기회가 있을 때마다 한국 음식을 먹는다. 나는 아줌마 바지를 정말 좋아한다. 아줌마 바지는 얇고 매우 크고 화려한 색상인데, 연세가 든 대부분의 한국 여성이 입은 것을 볼 수 있다.

지난 3년 동안 한국에서 나에게 일어 난 일 중에서 가장 기억에 남는 것은 버블 티라고 말할 수 있다. 버블 티는 타피오카 열매로 만드는데 버블 티를 파는 가게가 한국에 널려 있으며, 내가 지금 좋아하는 음료 중 하나다. 나는 버블 티를 무척 좋아한다. 그리고 나는 버블 티는 물론이고 가능한 많은 다른 것을 경험하기 위해 한국을 여행할 기회를 가진 것에 행복하다. 한국은 아주 대단한 곳이며 한국에서 얻은 것이 많다. 미국과 문화는 다르지만 너무나 많은 사람이 한국에서 얻고 배울 것이 많다. 그래서 문화적으로 더 많은 나라들을 알게 될 수 있는 것에 감사한다.

My Life in Korea

Taylor Myatt

It has been twelve years since I came to Korea, and at times I was definitely ready to move back to the United States, but I have enjoyed every moment of being overseas. When I first landed here, I couldn't speak any Korean. I could barely speak anyways since I was only 5 years old when I moved here. I have since become fairly good at Korean, along with having made friends with many new Korean and international people from both my school and other schools. I can sincerely say that spending my entire childhood in Korea is the best thing that could have happened to me, and it makes me feel unique because not a lot of people can say that they've had the opportunities I've had.

From the moment I landed at Incheon International Airport I felt excitement build up within me, and as we drove toward Seoul I was impressed by pretty much everything, especially the 63 building (the golden building with 63 floors). I was just excited to be in another country for the first time in my life. My first week in Korea, my parents were determined to travel all over Korea and find the different things it had to offer. The first place we went was to the Korean Folk Village. I walked around the village looking at the statues and huts that Koreans lived in. I was confused and turn off by the fact that Koreans actually slept on little mats on the floor.

On our way leaving the folk village was extremely crowded. That was the first time I had ever been bumped and pushed in all different directions by a huge group of people. It frightened me to another level especially because I was shoved away from my family. I starting crying because of how afraid I was and I was immediately ready to return back to the United States after that experience, but then an old Korean lady walked up to me, hugged me, and gave me her earrings to make me stop crying. She took me back to my family and I decided that maybe I did want to stay in Korea after all.

Our next stop was at Noryangjin Fish Market, the biggest and only fish market I had ever been to. There was a wide range of fish and sea food, such as octopus, eel, shrimp, and crab. I wanted to take the entire fish market home with me, but of course, my parents wouldn't let me. That night after our day's adventure, I was finally able to have Korean food for the first time. My first meal was bulgogi and rice with yakimandu and peach water. I was absolutely in love with this meal.

On my first Sunday, my family and I attended 3 different churches. The church was a lot more different than the church I attended in the states. I didn't enjoy it at first because I was tired of everyone staring at my hair and trying to touch it, but when I found out that they served my favorite meal after the service ended, I decided to endure that stares and touching to get something to eat.

After service since my dad had been in Korea two years longer than me, we went to his Korean friend's house and ate dinner with his family. They would teach us Korean and we would teach them English. The Korean family even took us to plays like 'The Lion King' and 'Nanta'. The plays were in Korean but the family would just explain what was going on. Now that I look back at those moments I realize how helpful and kind Korean's are as people.

Now that I'm a teenager and I look back on my adventures in Korea, it makes me so very grateful that my parents brought me here at a young age and kept me here. When I was younger I didn't want to be in Korea, but now that I'm old, I can see why my parents kept me here my whole life. I understand that being in Korea gives me so many more opportunities than I would get in the states. What I understand more than anything now is that they were protecting me from the things that occur in the states. They were protecting me from becoming a statistic. Though I could still be exposed to society overseas, I think they realized it wouldn't be as likely.

My parents wanted me to get the full experience of being overseas. Being in Korea has done so much for me that I know will help me in my future. It has exposed me to diversity and has helped me to be confident when I need to adapt to certain situations. I have been given opportunities such as going to Japan for sports tournaments. On top of that, being in a small community has allowed me to be considered a part of a family.

I'm leaving Korea soon to go to Michigan State University for college. I'm excited to go back to the United States and start my life as an adult. However, I'm also very saddened at the fact that I will probably never return to Korea. I'll miss the freedom and safeness that Korea gives. I'll miss the amazing food like beef and leaf, bulgogi, kimbap, and yakimandu. I'll even miss getting bumped while walking around in downtown Daegu while shopping. I'll miss the way Koreans stare at me and touch my hair in curiosity. I'll miss it because I grew up in Korea. This is where I found who I was as a person and who I wanted to be in my future. This is my home and it'll always be.

한국에서의 내 삶

테일러 마얏

한국에 온 지 벌써 12년이 지났다. 그때는 확실히 다시 미국으로 돌아가고 싶었었다. 그러나 나는 해외에서 사는 매 순간을 즐겨 왔다. 내가 한국에 첫 발을 디뎠을 때, 나는 전혀 한국어를 할 줄 몰랐다. 내가 5살에 왔기 때문에 그때는 겨우 말을 할 수준이었다. 이후 나는 우리 학교와 다른 학교에서 많은 새로운 한국 및 외국 사람들과 친구가 되면서 한국에 상당히 익숙해지게 되었다. 나는 한국에서 내 어린 시절 전체를 보낸 것이 나에게 일어날 수 있었던 것 중에서 가장 좋은 것이라고 진심으로 말할 수 있다. 그리고 내가 경험한 그런 추억들은 많은 사람들이 가질 기회가 없기 때문에 나에게 더 특별한 느낌이 들었다.

나는 인천국제공항에 착륙하는 순간부터 내면에 쌓이는 흥분을 느꼈고, 서울을 향해 갈 때 거의 모든 것, 특히 63빌딩(63층 황금색 건물)을 보고 감동을 받았다. 내 인생에 처음으로 다른 나라에 있다는 것이 그냥 기뻤다. 한국에 온 후 첫 주에 부모님은 한국 이곳저곳을 여행하기로 결심하고, 보아야 할 여러 곳을 찾아 보았다. 우리가 처음 간 곳은 한국 민속촌이다. 나는 장승이 보이고 한국인이 살았던 허름한 조그만 집이 있는 마을 주위를 둘러보았다. 나는 한국인이 실제로 방 바닥에서 작은 매트에 잤다는 사실에 혼란스러웠고 곧 실망했다.

민속촌에서 우리가 돌아오는 길은 매우 혼잡하였다. 나는 처음으로 많은 사람들과 부딪히고 여러 방향으로 밀려 나가는 경험을 겪었다. 특히 나는 사람들에게 떠밀려 가족과 멀리 떨어져 버렸기때문에 공포에 떨기도 했다. 나는 너무 두려워서 울기 시작했고, 그런 경험 후에는 즉시 미국으로 돌아가고 싶은 마음이 들기도 했었다. 그때 어떤 한국 아줌마가 나에게 걸어 와서 안아주고, 내가 울음을 멈출 수 있도록 그녀의 귀걸이를 나에게 걸어 주었다. 그녀는 나를 가족에게 다시 데려갔고, 그것이 어쩌면 나를 한국에 다시 살고 싶다는 결정을 하게 된 것 같다.

우리는 다음 장소로 노량진 수산시장에 갔었는데 그곳은 이제까지 내가 보았던 시장 중에서 가장 큰 생선시장이었다. 그곳에는 문어, 장어, 새우, 게 등 다양한 물고기와 수산물이 있었다. 나는 생선 전체를 집으로 가지고 가고 싶었지만 부모님은 물론 허락하지 않았다. 우리의 모험 후에 그날 밤 처음으로 나는 한국 음식을 먹었다. 내 첫 번째 식사는 불고기와 밥 그리고 군만두와 복숭아 쥬스였다. 난 정말로 완벽하게 이 음식과 사랑에 빠져 버렸다.

한국에 온 지 첫 번째 일요일에 나는 가족과 함께 세 곳의 다른 교회에 참석했다. 그 교회는 내가 미국에서 다녔던 교회와는 판이하게 달랐다. 나는 사람들이 내 머리를 빤히 쳐다보고 만지는 것에 피곤했기 때문에 처음에는 마음이 내키지 않았다. 그러나 예배가 끝난 후, 그 사람들이 내가 가장 좋아하는 식사를 제공하는 것을 알았을 때, 나는 맛있는 먹을거리를 얻기 위하여 빤히 쳐다보고 만지는 불편을 참기로 결심했다.

아버지가 나보다 한국에 2년을 더 사셨기 때문에 예배 후 우리는 아빠의 한국 친구 집에 가서 그 가족과 함께 저녁을 먹었다. 그들은 나에게 한국어를 가르쳐 주었고 나는 그들에게 영어를 가르쳐 주었다. 그 한국 가족은 '라이온 킹'과 '난타' 같은 공연에 우리를 데리고 갔다. 공연은 한국어로 진행되었지만, 그 가족이 어떻게 진행되고 있는지 잘 설명해 주었다. 지금 그 순간을 다시 회상해 보면, 그 한국사람들이 얼마나 친절하고 도움이 되었는지 깨닫게 된다.

지금 십대 나이로 한국에서 나의 모험을 다시 돌이켜 보면 부모님께서 나를 어린 나이에 여기로 데려와 살게 한 것에 정말 감사한다. 내가 아주 어렸을 때는 한국에 살고 싶지 않았는데 지금 나이가 들어보니, 부모님이 왜 나를 여기에 살게 했는지 알 수 있을 것 같다. 나는 미국에 살면서 얻는 것보다 한국에 사는 것이 나에게 더 많은 기회가 제공된다는 것을 알고 있다. 무엇보다 지금 내가 더 이해하고 있는 것은, 부모님께서 미국에서 발생하는 각종 사건들로부터 나를 보호하고 있다는 것이다. 부모님은 내가 하나의 통계자료가 되는 것으로부터 나를 보호했다. 비록 지금도 해외에 나와 있지만 부모님이 그런 통계자료가 실현되지 않을 것이라는 것을 깨달았다고 생각한다.

부모님은 내가 해외에서 충분한 경험을 하기를 원하고 있다. 나는 한국에서 경험했던 것들이 미래에 나에게 많은 도움이 될 것이라는 것을 알고 있다. 나는 여러가지 다양한 것을 접하며 경험해 보았다. 내가 특정 상황에 적응하기 위해 필요할 때 이러한 경험들은 나에게 자신감을 심어 주는 데 도움이 될 것이다. 스포츠 대회에 나가기 위해 일본에 가는 것 같은 기회도 나에게 주어졌었다. 무엇보다도 작은 지역사회에 있다는 것이 나에게 가족의 일원으로 간주하도록 허락했다.

나는 미국 미시간 주립대학에 가기 위해 한국을 곧 떠날 예정이다. 미국에 다시 돌아가는 것과 성인으로서 내 인생을 시작한다는 것에 흥분되어 있지만, 아마도 한국에 다시는 돌아오지 못할 것이라는 사실에 매우 상심하고 있다. 한국이 주는 자유와 안전을 그리워할 것이다. 쇠고기와 야채 불고기, 김밥, 군만두 같은 놀라운 음식을 그리워할 것이다. 쇼핑하면서 대구 도심지를 걸어다니며 사람들과 부딪힌 것 조차도 그리울 것이다. 난 호기심에 한국인들이 날 응시하고 내 머리를 쓰다듬는 방식도 그리울 것이다. 나는 한국에서 자랐기 때문에 이곳을 그리워할 것이다. 이곳 한국은 내가 어떤 사람인지, 미래에 나는 어떤 사람이 되고 싶은지를 발견한 곳이다. 이곳은 내 고향이고, 나는 영원히 이곳을 그리워할 것이다.

A Clear View

Sonya Lindsey

It's 4:45 and Seoul Express Bus Terminal is packed. Dawn has yet to shake night awake and already people are lined up shoulder to shoulder, shivering, their breath visible in the air. Several different groups, heading for different adventures, arrange themselves in clusters that look to be according to dress. Some well dressed older women with short licorice colored perms, candy colored jackets, and coordinating lipstick smile and compare pictures of grandchildren. Fashion savvy hikers left their city colors behind, exchanging blacks and greys for grander fluorescent rainbow schemes. Packs in pinks, yellows, and greens are loaded with everything needed to get a couple dozen people to the top of Mount Everest. And leaning against the wall with their bicycles are those with helmets strapped securely under their chins, standing over their bikes, looking at maps while taking the last few drags off a cigarette.

My mom and I are with the perms. We're excited to be going off on a weekend trip to PyeongChang to meet a Priest who my mom describes as 'the Tom Cruise for Catholics'. (If this is true, Tom Cruise has really lost the younger demographic.) Off on our own, it seems that differences in opinion and blistering arguments are a thing of the past, we are headed off together and stand waiting for the bus arm in arm.

My mom left Korea in the 60's and didn't return for over thirty years. She came back after my family was stationed in Seoul and we settled into an apartment on base. I don't know much about my mom's childhood. She met my dad in the United States, but I don't know how she got there. These details are locked deep within her, behind a door that no one has managed to breach. At some point we all agreed to her policy of hushed secrecy. There were fragments of stories that circulated around while I was in high school, but the truth was so vague and transitory that I gave up pursuing it.

Once in the US, she fully immersed herself in the American way of life. We spoke English, and I had my share of Hamburger Helper meals and Hot Pockets. I thought Korean food was putting kimchee on top of spaghetti. But there were reminders of our Korean heritage in the kitchen. We didn't buy rice in boxes; we bought it in 20 pound bags. Soy sauce in gallon tins and bags of crimson colored ground pepper sat in the freezer next to the Lean Cuisines.

Knowing that my mom grew up in Seoul, I was eager to move to Korea. Although I grew up in the United States and am an American, my mom's homeland was always a source of wonder. I felt that I had inherited memories and carry within me pieces and parts of this land, and these people. While new, somehow it all felt vaguely familiar.

Returning after thirty years, my mom was finding Korea new and different too. Often, when someone said something, we would look at each other for translation until she realized that she's the only one who speaks Korean between us. 'Too many new words', she'd say, explaining, 'they talk too fast'. And we would keep walking. Even the street foods were unfamiliar, my family venturing farther into Korean cuisine than my mom. 'I don't know, Sonya', she'd say warily as I bit into something red or chewy. She always watched with uncertainty as my six year old son blew on a pancake dripping with honey and sesame seeds so hot it could melt the skin off your hand.

Even the buses have a unique and Korean character. We board and settle in our seats. I look around at the mirrored balls and the velvet interior of the bus and all I can think is, God I love this country.

Everything is a disco party in-progress. Things that might happen without fanfare in the US, get dancing girls in spandex and fur-topped leg warmers promoting a 'Grand Open', whether it is a neighborhood stationary store or a new car dealership. It is never too early or too late for karaoke. Since it's likely our bus driver was out among the neon and bars the night before, we didn't question his decision to leave the lights and music off. Instead, we sat quietly looking out at the changing landscape.

If you never leave Seoul, you might not appreciate how rugged the country is overall. But mountains cover 75% of the land here, and they are breathtaking. Within thirty minutes, buildings and pavement give way to mountains. Their impressive peaks reach into the clouds and color dominates the landscape as summer stretches into fall. I watch the golden light rising over green fields and fog lifting from the lakes and rivers. I feel some unknown weight escaping my body and sense the shifting and reshaping of dreams and expectations.

The bus winds its way through a few small towns and eventually opens its doors and we climb out. The road up to the church is steep and I notice that my mom's new shoes are rubbing blisters on her heels. But overwhelmed with anticipation, she doesn't even notice.

While in Virginia, my mom had watched every lecture and sermon of Father Kim's. She has all of his books and never stopped to imagine the possibility that one day she would meet him. And now, here we are, in the church he built, hours from the first seminar.

"I pictured something different" she said, looking at the paint peeling from the walls, dust collecting along the edges of the room. "Let's go see what the rooms are like". We turn the key and open the door. "Wow, mom. We are getting the real deal here. Living like monks!" I say, looking around at what you might euphemistically call an 'austere' room. "Do you want to go back home?" She said, crestfallen. "We can stay for just one lecture and take the bus home tonight." "What? And leave all this? Don't be crazy," I joke. We laughed and put our bags down. "Not even a pillow", she says, "I'm sorry, Sonya." I see the disappointment etched in her face, she notices the disbelief in mine. Looking up at the single naked bulb dangling from an extension cord stapled to the ceiling, there is nothing to do but laugh some more.

We've got some time before the first lecture, so we decide to follow a trail that winds upward behind the church. At the top of the trail the pine canopy opens up, revealing steep granite peaks and river valleys spreading out in all directions. Fields of golden rice sway idyllically below, while a couple farmers crouch with bundles of red peppers collected in at their feet. Neat rows of pepper plants line the side of their house. At the base of the mountain a clear stream runs over smooth rocks that look as delicious as butterscotch. I picture my kids playing in the sand at the edge, skipping smooth rocks across the water.

My mom heads back to the church, slowed down by blisters that can no longer be ignored. I sit on a rock, lost in the sensory extravagance of nature. Here we are, both foreigners in her homeland. Feeling different, but connected. Connected to the land, the people, the food, and each other. Since she got to Korea, we both seem to have forgotten the fights and tears of adolescence, struck by an amnesia that erased our 24-year struggle to get along. Here on this rock, in this country, all the times when we argued, cried, screamed, or ignored each other-for days sometimes- seem distant, as ethereal as the fog rising from the river this morning. Those incidents seem small as I look out over the vast landscape. Was it really just a few years earlier that she emptied my room out onto the front lawn, via a window, one item at a time?

I like knowing that my feet are touching the ground of her childhood and adolescence. Looking into the wrinkled faces of grandparents on the street I often wonder what her grandparents were like. What stories were buried in this earth? What did her mom think about when she looked across a field of rice or went out to pick peppers that were screaming red and ready to light a dish on fire? Without asking these questions, I felt their answers in the air, each exhalation releasing me into the present and every new breath filling me with peace.

Two days after arriving at the church, we took pictures with Father Kim and hugged our new friends good-bye on the worn steps of that old church. It's funny that I don't remember seeing the cobwebs or the dirt after that first day, although I am sure it was all still there. But we left with our hearts and spirits dusted off and renewed. I still have questions about her past and we have more fights and misunderstandings ahead. But there is an unbreakable unity between us.

This trip, this bus ride, this church; it all seems to have stored love and understanding, like an inheritance, that we have claimed. And my mom's new friends gave each of us a tube of bright pink lipstick, which we put on before boarding the bus back to Seoul.

탁 트인 미래

소냐 린제이

　새벽 4시 45분 서울 고속버스 터미널은 붐비고 있었다. 새벽이 막 어둠에서 깨어나려 하고 있었다. 사람들은 어깨를 맞대고 몸을 떨면서 하얀 입김을 공중에 내뿜으면서 벌써 긴 줄을 서고 있었다. 입고 있는 옷들로 보아 각각 다른 행선지로 가는 여러 그룹들끼리 옹기종기 모여 있는 것 같았다. 옷을 잘 입은 나이 드신 여자 분은 노란색 파마머리에 다양한 색상의 상의를 입고 있었고, 입가의 미소로 보아 손자 사진을 들여다보고 있었다. 패션 감각이 뛰어난 등산객들은 뒤에 있는 우중충한 회색과 검정색의 도시를 뒤로 하고, 멋진 형광색의 무지갯빛 계획을 가지고 떠나고 있었다. 분홍, 노랑, 녹색 등산배낭들은 수십 명의 사람들이 에베레스트 산 정상에 갈 수 있을 만큼의 물건들로 가득 차 있었다. 턱까지 안전하게 조여 맨 줄무늬의 헬멧을 쓴 사람들이 자전거를 가지고 벽에 기대 있는 사람들도 있었으며, 어떤 사람은 자전거 위에서 지도를 보면서 마지막 몇 모금의 담배를 빨고 있었다.
　엄마와 나는 파마머리를 하고 있었다. 우리는 주말에 엄마가 '가톨릭 교회의 탐 크루즈'라고 부르는 신부님을 만나기 위해서 평창으로 가면서 흥분되어 있었다. (엄마 말이 사실이라면 탐 크루즈는 실제로 따르는 젊은 팬들을 잃어버렸을 것이다.) 우리 자신을 떠나서, 의견이나 치열한 토론에서의 차이는 과거사가 되어 우리의 머리를 떠났고, 우리는 팔짱을 끼고 함께 줄을 서서 버스를 기다리고 있었다.

엄마는 60년대에 한국을 떠났고 30년 이상 한국에 오지 않았다. 엄마는 우리 가족이 서울에 부임하고 부대 내 아파트에 정착하고 나서야 한국으로 돌아왔다. 나는 엄마의 어린시절을 잘 알지 못한다. 엄마는 아빠를 미국에서 만났다. 그러나 엄마가 어떻게 미국에 갔는지는 모른다. 이런 자세한 내용이 엄마의 비밀 속에 감춰져 있는데 그 누구도 그 비밀을 캐려고 하지 않았다. 어떤 점에서는 우리가 엄마의 조용한 비밀 간직에 동의한 것이다.

미국에 있을 때 엄마는 미국 생활에 푹 빠져 있었다. 우리는 영어로 대화를 나누었으며, 나는 햄버거나 핫 파켓 같은 음식을 먹었다. 나는 김치를 스파게티 위에 얹어놓고 먹는 음식으로 생각했었다. 그러나 부엌에는 우리 한국을 생각나게 하는 것들이 있었다. 우리는 박스로 쌀을 사지 않았고 20파운드 봉지로 쌀을 사 먹었다. 간장통과 붉은 진홍색의 고춧가루가 냉장고 안의 붉은 살코기 옆에 놓여 있었다.

엄마가 서울에서 자란 것으로 알고 있었기에, 나는 한국으로 전근되기를 원했다. 비록 내가 미국인으로 미국에서 자랐지만, 엄마의 모국은 언제나 호기심의 원천이었다. 나는 많은 기억들을 물려받았고, 한국과 한국인의 일부분이 내 몸속에 지니고 있다고 느끼고 있다. 새롭지만 어떤 면에서 희미하게 친밀함을 느끼고 있었다.

30년 만에 돌아와 보니, 엄마는 한국이 매우 새롭고 또한 다르다는 것을 알게 되었다. 어떤 사람이 어떤 말을 할 때 가끔, 우리는 엄마가 우리 둘 중에서 온전한 한국말을 할 줄 안다는 사실을 인식할 때까지 이를 통역하기 위해서 서로를 쳐다보게 될 때가 있다. '너무나 새로운 단어가 많아, 그리고 너무 빨리 말해' 엄마는 이렇게 설명했다. 그리고 우리는 계속 걸었다. 거리의 음식들도 모두 낯설어서 엄마보다 우리 가족이 한국음식 탐방을 계속했다. 내가 붉은색이나 충분히 씹을 필요가 있는 음식을 한번 입에 넣었을 때 엄마는 '쏘냐, 난 모르겠는데' 라고 신중히 말했다. 항상 엄마는 나의 여섯 살 난 아들이 뜨거운 호떡을 입으로 불면서 속 내용물인 꿀과 참깨가 흘러내려 손의 피부를 벗겨 내릴 것 같은 것을 먹을 때도 반신반의하면서 쳐다보고 있었다.

버스도 한국은 독특하고 한국적 특성을 갖고 있었다. 우리는 버스에 탑승했고 자리에 앉았다. 나는 둥근 거울로 주위를 살펴보았다. 버스의 부드러운 내장재, 그리고 내가 생각한 것은 하나님이 이 나라를 사랑한다는 것이다.

모든 것은 마치 디스코 파티 같았다. 동네 문방구든 자동차 대리점이든, 미국에서는 전혀 요란 떨 일이 아닌데 여자들은 옷에 털 달린 반 스타킹을 신고 개업을 홍보하였다. 노래방에서 노래를 부르는 데는 너무 빠르거나 늦게 할 수가 없다. 버스 운전사가 전날 밤에 네온사인이 있는 주점에서 나온 것처럼 보였기에 우리는 조명과 음악을 끈 그의 결정에 아무런 의문도 갖지 않았다. 대신에 우리는 지나가는 풍경을 조용히 앉아서 보고 있었다.

서울을 떠나지 않는다면, 이 나라가 얼마나 바위가 많은지 이해할 수 없다. 국토의 75%를 산이 차지하고 있으며, 이 산들은 숨이 멎을 만큼 멋있다. 인상적인 산봉우리는 구름을 향해 뻗어 나가 있고, 그 색상은 여름에서 가을로 갈 때 주위 경관을 압도한다. 나는 녹색의 전답에서 올라가는 황금색 빛과 호수와 강에서 올라가는 안개를 보았다. 나는 알지 못하는 무언가가 내 몸속에서 빠져나가는 것과 변화하고 새롭게 형성되는 꿈과 기대를 느낄 수 있었다.

작은 소도시를 지나면서 버스여행은 끝이 났고 드디어 버스 문이 열렸고 버스에서 내렸다. 성당으로 가는 길은 험했고 엄마의 새 신발이 뒤꿈치와 부닥치면서 물집이 생겨나는 것을 보았다. 그러나 엄마는 기대감에 압도되어서 전혀 인식도 못하고 있었다.

버지니아에 사실 때, 엄마는 김신부님의 모든 강의와 설교를 들었다. 엄마는 김신부님이 쓴 책을 갖고 있으며, 그분을 언젠가 다시 만나리라는 기대감을 절대 포기하지 않았다. 이제 우리는 그가 지은 성당에 왔고, 수 시간 후에는 첫 세미나가 있을 것이다.

엄마는 벽에 페인트가 벗겨지고, 방구석에 먼지 덩어리가 굴러다니는 것을 보면서 "내가 상상한 것과 다른데." 라고 말했다. "들어가서 방들이 어떻게 생겼는지 한 번 보자." 우리는 손잡이를 돌려서 방안으로 들어갔다. "와, 엄마, 우리가 실제를 보고 있어, 수도사 같은 삶을!" 나는 검소하고 절제된 방이라고 완곡하게 표현할 수 있는 방을 둘러보면서 말했다. 엄마는 풀죽은 모습으로 말했다. "너 집에 도로 가고 싶지 않니? 우리는 한 강의만 참석하고 오늘밤 버스로 집에 갈 수 있어." "뭐라고? 이 모든 것을 놔두고? 미쳤어." 나는 농담으로 말했다. 우리는 웃으면서 짐들을 내려놓았다. "베개조차도 없네. 미안해, 소냐." 나는 엄마의 얼굴에 나타난 실망감을 볼 수 있었고, 엄마는 내 맘 속의 불신을 알아차렸다. 천장에 고정된 전선 연장 코드에 연결되어서 걸려 있는 백열등을 바라보면서 우리는 그냥 웃을 수밖에 없었다.

첫 강의 전에 우리는 시간 여유가 좀 있었다. 그래서 우리는 성당 뒤산 위로 올라가는 소로를 산책하기로 했다. 소로 맨 위에는 소나무 덮개 모양의 차양이 열려 있었는데, 험한 화강암 봉우리와 전 방향으로 흘러내리는 강 계곡이 펼쳐져 있었다. 발 아래 빨간 고추를 수확하기 위해 농부들이 허리를 구부리고 있었고, 황금색의 벼가 흔들거리고 있었다. 그들 집 옆에는 일정한 간격으로 고추가 가지런히 심어져 있었다. 산 아래에서는 맑은 시냇물이 부드러운 바위를 따라서 흘러가고 있었는데, 바위가 황갈색 사탕처럼 아주 맛있게 보였다. 나는 물을 건너기 위해서 바위를 건너뛰면서 모래와 시냇가에서 놀고 있는 아이들의 사진을 찍었다.

엄마는 뒤꿈치 물집을 더 이상 참기 어려워 치료하기 위해 성당으로 갔다. 나는 바위에 앉아서 감각적인 자연의 사치에 푹 빠져 버렸다. 우리는 엄마의 모국에 둘 다 외국인으로 와 있다. 다르게 느끼지만, 그러나 이 땅과 사람들과 음식 그리고 서로가 연결된 느낌이 들었다.

엄마가 한국으로 돌아온 이래, 우리는 잘 지내기 위해서 24년간의 다툼을 지워 버려 기억상실 상태로 사춘기 때의 싸움과 눈물을 잊어버린 것처럼 보였다. 여기 이 나라의 바위 위에서, 우리가 가끔 여러 날 동안 서로 논쟁을 벌이고 울고 소리치거나 무시하고 했던 모든 시간들이 멀리만 느껴지고, 오늘 아침 강에서 일어난 안개처럼 가볍게 느껴지고 있다. 내가 거대한 자연을 보니 이러한 사건들은 아주 사소하게 보인다. 엄마가 내 방에 있던 모든 물건들을 창밖의 앞마당으로 하나씩 내던진 게 고작 몇 년밖에 안 됐단 말인가?

나는 내 발이 엄마의 어린시절과 사춘기에 살았던 땅에 닿고 있다는 사실이 좋았다. 거리에서 할머니 할아버지들의 주름진 얼굴을 보면서, 나는 가끔 엄마의 조부모님들은 어떤 모습이었을까 의문을 가져 본다. 어떤 이야기가 이 땅에 묻혀 있을까? 할머니는 엄마가 논을 바라보고 선정적인 빨간색 그리고 불 속에서 음식을 빛나게 할 고추를 따러 나갔을 때 무엇을 생각했을까? 이러한 질문을 하지 않았지만, 의문의 발산이 나를 현재로 몰아넣으면서, 매번 새로운 숨결이 나를 평화로 채우는 가운데 나는 하늘로부터 이들에 대한 답변을 느낄 수 있었다.

성당 도착 후 이틀이 지나, 우리는 성당의 낡은 계단에서 김신부님과 사진을 찍고 새로운 친구들과 아쉬운 작별인사를 나누었다. 거미줄이나 먼지들이 확실히 그곳에 있었겠지만, 첫 날 이후, 그것들을 보았다는 것을 기억하지 못한다는 것이 정말 신기했다. 그러나 우리는 먼지가 제거되고 더 새롭게 된 마음과 정신을 가지고 성당을 떠났다. 나는 아직도 엄마의 과거에 의문점을 갖고 있으며, 우리 앞에 더 많은 분쟁과 오해가 있을 것이다. 그러나 우리 사이는 깨질 수 없는 단일체다.

이번 여행, 버스 여행은 우리가 이야기하는 유산 상속 같은 사랑과 이해를 쌓는 것 같았다. 엄마의 새로운 친구가 우리에게 밝은 분홍색 립스틱을 주었는데 서울로 오는 버스에 타기도 전에 벌써 발라 보았다.

Life Encounters - South Korea

1st Lieutenant Adam Wayne Russell

Introduction

I was raised in the hills of East Tennessee, you couldn't ask for a better place to grow up than in the shadows of the ancient Great Smokey Mountains. However, there came a time where I knew I had to get out and encounter the rest of the world. I remember as a kid looking up and seeing planes souring at 30,000 feet overhead and wanting to be on them. It wasn't that I was discontent with where I was, I just knew there was more out there and I wanted to see it, hear it, feel it, taste it and soak in something different.

In the book 'Into the Wild', John Krakauer says 'The very basic core of a man's living spirit is his passion for adventure. The joy of life comes from our encounters with new experiences, and hence there is no greater joy than to have an endlessly changing horizon, for each day to have a new and different sun' (John Krakauer 1996). I came to South Korea with that passion for adventure, having never been to Eastern Asia I was excited to see what it had in store for me.

After ten months I can say that my life encounters here have not been disappointing in any way. South Korea is a beautiful country, which is only eclipsed by the wonderful people who inhabit it. In this essay I will detail some of my life encounters with the land and people of South Korea, and give you a glimpse into my life.

The Land and its Structures

As soon as I stepped off the plane over 7,000 miles from home I noticed the landscape. I had spent the previous three years living on the flat midlands of South Carolina, the level sandy fields and pine forest were very different for me. As I stood on the top of the stairs while disembarking the plane on a clear June afternoon I saw the lush green hills all around me and I felt at home.

One of the most enjoyable aspects of South Korea for me has been interacting with the land. One memorable encounter came on a cool fall day with a misty rain; I was hiking on Mt. Somak. The autumn leaves were giving us one final dazzling display of color before they fell for the winter months. At the base of the trail were some very quaint local restaurants squeezed in between sharp rising hill sides. The path was full of fellow hikers wanting to take in the beauty of a Korean autumn. The early assent has a gentle slope which paralleled a swift mountain stream being infused with the morning's rain. About half way up the mountain stood a Buddhist Temple, the colorfully painted exterior walls gave the hikers an enjoyable site to take in while resting their legs. I made it to the top to find that the fog and rain obscured any sort of view I hoped to be rewarded with. It was on my way back down the mountain when I received my real reward. I amazingly found myself hiking alone on the decent; I took this time to really enjoy the sound of the creek and colors of the surrounding canopy, any native Appalachian would have felt at home there. Then it hit me, lifting from the base of the mountain came the delicious smells from the restaurants below. After a challenging hike I was rewarded with a delicious dish of gamjajeon.

I consider myself a history buff, and the South Korean landscape has no shortage of historical items. One such place where I encountered amazing history at seemingly every turn was during a mid-summer trip to Gyeongju, the ancient capital of the kingdom of Silla. I started my morning on Toham Mountain touring beautiful Bulguska Temple, in my time here in South Korea I have yet to come across a temple I like better. It is imposing, yet it seems to blend into the land around it. On up the mountain came another terrific relic, the Seokguram Grotto looks much like it did in 774 AD thanks to the renovations and preservation efforts of the R.O.K. The mountains do not hold all ancient Silla's treasures though. In the valley I found the impressive Daereungwon Royal Burial Grounds and Cheomseongdae Observatory. Gyeongju is a popular spot for both Korean and foreign tourist. With its historical wonders, plus great lakes and mountain recreation, it is a must see in my opinion!

I might not get the secure and comfortable feeling the woods and mountains of South Korea give me in a huge city like Seoul, but this capital city is filled with rich history alongside the best modern technology has to offer is a life encounter not to be missed. Fortunately for me, Seoul is just an easy bus or train ride up from Songtan. Seoul has perfected the balance of old and new, it has preserved the past while soaring into the future. I can't write about every encounter I have enjoyed in Seoul, but I will touch on some of the highlights for me.

It was a sweltering July day when I came to Gyeongbok Palace. I had been in Korea just over two weeks and was exploring Seoul with one of my best friends from college, it just so happens he is from Korea and was back visiting his parents. Being a close friend he knew how much I liked history, so he made sure I was there in time to see the changing of the Gwanghwamun guards. Their presentation was very impressive, as was the palace as a whole. Despite only having 40% of the buildings that originally inhabited the complex, it gives a very accurate view into how the king and his kingdom functioned during the Joseon Dynasty. What stuck out to me was the detail of the artistry that went into the construction. The wood carvings, paint, and overall architecture were very distinctive and showed a real pride in the craftsmanship. This all came together to make for a spectacular view with Bugaksan Mountain towering in the background. I found it interesting that the location of the center of power in Seoul has changed little over many hundreds of years. Out the back gate of the old king's palace complex you will find the current president's Blue House.

Looking over the city from high on a hill is a structure that didn't exist in ancient times, that is the Seoul Tower. From the observation floor of the 777 foot tower on a crisp and clear winter morning I was able to take in a breathtaking 360 degree view of this marvelous city. While it and the other high rises in Seoul stand in stark contrast to the historical structures below, they all come together in perfect Ying-Yang balance.

No life encounter about a metropolitan city like Seoul is complete without talking about a favorite restaurant in that city. While Seoul has many excellent places to dine, most of which I have yet to try, my favorite this far is Woori-Mandoo in the Insadong shopping district. One cold January day I happened in and ordered a hot bowl of delicious soup that included knife cut noodles and gogi mandoo. It was so good I ordered a side of gogi mandoo to accompany it. The hot meat filled mandoo makes me hungry just thinking about it! After that I went and enjoyed some of the 'King's candy' for dessert which is made freshly by the energetic vendors along the road. The Kkultarae is a traditional court cake made by ripened honey and malt, which was once presented to the king.

The Demilitarized Zone is the last locational encounter I will write about. This area is certainly one of the most powerful and meaningful spots I have visited. Sometimes it has been easy to forget while I'm white water rafting, hiking, touring around Seoul and going about my daily life in South Korea why I, an American citizen, is living here. A trip to the DMZ brings it all back into focus, especially for a military member. When you are ducking through tunnel number three, looking through the binoculars at the 525 foot tall flag pole adorned with a massive North Korean flag, and especially when you look across the Joint Security Area and see the North Korean guards looking back at you, the reason you are really here hits you. The reason I have the opportunity to live in South Korea and get to partake in the life encounters I listed previously and many more is because they need to be protected. I, and 28,500 U.S.F.K. brothers and sisters in arms have that responsibility to attend to every day, along with our R.O.K. military coalition partners. There is something much more precious to look after than the historical structures and gorgeous landscape though, and that is the lives of the South Korean people.

The People

While seeing the land and all the remarkable sites that reside on it have been fantastic, the real treat to getting to live in South Korea for a year has been its getting to know its citizens. I am fortunate to get to live and work among South Koreans every day, and haven't failed to notice their perpetual kindness and generosity. I work with an excellent group of Korean government employees and they do a great job of opening up and welcoming us into their lives. During my time here we have had golf outings, multiple suppers followed by karaoke, cook outs and other fun events. One of these events I was privileged to be invited to was a team fishing trip. A couple gentlemen I work with are part of a bass fishing team, which was kind enough to let us use their equipment, tackle, and knowledge of the local fishing spots. We met early one late summer day and drove out to a small lake; each one of the fishing team members took a member of our group under his wing and helped us along. We celebrated our trip in between fishing holes with a big lunch of grilled bulgogi by the river side, telling stories of the big one that got away. I have heard the phrase, and found it to be true, that "You can't out give a Korean". Their continuous generosity and welcoming spirit is remarkable!

I find modern South Korean culture very electrifying. There seems to be an excitement in the air that anything is possible here, whether it is artistically or business driven. Companies like Hyundai, Kia, LG, and Samsung are not only Korean brands, they are worldwide brands. When I think about how South Korea has grown from a very impoverished nation at the end of the Korean War, to a modern country with a world class transportation and communication infrastructure, I cannot help but to respect all the work they have put into this nation.

You can sense the feeling of accomplishment in the country's elders. The younger generation is taking this opportunity and running with it, advancing South Korea further along every day.

Conclusion

From the beautiful land to the wonderful people, Korea is an amazing country to experience firsthand. It has been a privilege to do my small part in keeping this country free. I hope and pray this peninsula and its inhabitants only know peace and prosperity in the future. I will take the life encounters I have gained from South Korea with me forever.

한국에서 경험한 것들

아담 웨이너 러셀 중위

소개

나는 테네시 동쪽에 있는 고대의 위대한 스모키 산맥 자락에서 태어나 자랐다. 이곳보다 어린시절을 보내기 더 좋은 곳은 없을 것이다. 그러나 이제 이곳을 떠나, 다른 세계를 경험할 시기가 왔다는 것을 알게 되었다. 어렸을 때, 30,000 피트 머리 위로 날아가는 비행기를 바라보면서, 나도 그들과 함께 날아 가고 싶은 욕망이 들었던 것을 기억한다. 그것은 내가 살던 곳에 불만이 있어서가 아니라, 그냥 그곳에서 밖으로 나가보고, 듣고, 느끼며 다른 미지의 세계에 빠지고 싶었기 때문이었다.

'야생 속으로'의 저자, 존 크라카우어는 그의 책에서 '남자의 살아 있는 정신의 아주 기본적인 핵심은 모험에 대한 열정이다. 생활의 기쁨은 새로운 경험을 만나는 데서 온다. 따라서 끝없이 변화하는 지평선을 보면서, 매일 새롭고 다른 태양을 보는 것 이상 더 큰 기쁨은 없다.'고 말하였다. 나는 열정을 가지고 한국에 왔다. 나는 동아시아에 가 본 적이 없었기때문에 나에게 어떤 것이 기다리고 있는지 무척 흥분되었다.

10개월이 지나 보니 내가 경험한 것들에 절대 실망스럽지 않았다고 말할 수 있다. 대한민국은 멋진 사람들이 가득 살고 있는 아름다운 나라다. 이 수필에서 내가 직접 가 보고 만난 아름다운 강토와 한국 사람들에 대해 여러분에게 말하고 싶어, 나의 생활 일부를 소개하고자 한다.

국토의 구성

집으로부터 7,000 마일 이상을 날아와 비행기에서 내렸을 때, 나는 이 나라의 경관을 바로 알아 보았다. 지난 3년 동안 사우스 캐롤라이나 주 중부 평원지역에 거주했었는데, 모래밭과 소나무 숲이 나에게는 매우 달라 보였다. 화창한 6월 오후, 비행기에서 내리려고 준비하는 동안에 나는 계단 위에 서서 주위에 푸르게 우거진 녹색 언덕을 보았을 때 나의 집에 온 듯한 느낌이 들었다.

한국에서 가장 즐거운 것 중 하나는, 이 나라의 강산과 내가 상호교감 작용을 한다는 것이다. 한 가지 기억에 남는 여행은 안개비가 내리는 멋진 가을에 설악산을 등산한 것이다. 가을 단풍은 겨울로 접어 들기 전에 밝고 아름다운 색상을 보여 주었다. 등반이 시작되는 초입에 별나고, 아름다운 현지 식당들이 우뚝 치솟은 산 사이에 들어차 있었다. 등산로는 한국 가을의 아름다움을 만끽하려는 등산객들로 가득했다. 등산로 초입은 경사가 완만한데, 그곳은 아침 비로 인해 빠르게 흐르는 계곡물과 평행선을 이루고 있다. 약 절반쯤 올라갔을 때 절이 있는데, 형형색색의 외부 단청은 잠시 쉬어가는 등반객에게 즐거운 볼거리를 주고 있었다. 정상에 올라갔지만, 안개와 비로 인하여 기대한 전망은 볼 수가 없었다. 그러나 내가 진짜 보상을 받은 것은 다시 산 아래로 내려올 때였다. 놀랍게도 이 멋신 곳을 나 혼자 하이킹을 하고 있는 것을 발견하고 놀랐다. 정말로 어떤 애팔래치아 사람들도 느꼈을 계곡 물 소리와 주변 산의 아름다운 색상을 즐길 수있었다. 그때 산 아래 있는 식당에서 풍겨오는 맛있는 냄새가 내게 코를 찔렀다. 도전적인 등산 후에 나는 맛있는 감자전 요리로 보상을 받았다.

　나는 나 자신을 역사광이라 자부하고 있는데, 정말로 대한민국 강산은 역사적인 면에서 부족한 점이 없다. 한여름에, 나는 신라왕국의 고대 수도인 경주에서 겉보기에도 매번 놀라운 역사적인 장소를 발견하였다. 아름다운 불국사에서 아침 토함산 산행을 시작했는데, 한국에 온 이래 이렇게 아름다운 사찰을 본 적이 없다. 나를 감동시켜 주위와 나는 완전히 혼연일체가 된 것 같았다. 토함산 위에서, 한국 정부의 보존 노력 덕분에 서기 774년에 건립된 훌륭한 유물인 석굴암도 보았다. 산에만 신라의 보물들이 있는 것은 아니다. 나는 강 유역에서도 인상적인 대릉원왕의 능과 첨성대를 보았다. 경주는 한국인과 외국인 관광객에게 인기 있는 장소다. 그것의 역사적인 경이로움과 더불어 큰 호수와 산 휴양지는 꼭 보아야 할 곳이라 추천하고 싶다.

　서울과 같은 대도시는 한국의 숲과 산이 주는 안전하고 편안한 느낌을 줄 수 없다고 생각했었다. 그러나 서울은 풍부한 역사적 유산과 더불어 최첨단 현대 과학기술이 혼합된 곳으로 절대 빼놓을 수 없는 곳이다. 다행히도 송탄에서 서울은 버스나 기차로 쉽게 갈 수 있다. 서울은 옛 것과 새로운 것이 적절히 혼합되어 있고, 미래로 나아가면서도 과거 유산을 잘 보존하고 있다. 나는 내가 서울에서 경험한 모든 것을 다 기술할 수는 없지만, 내가 경험한 특별한 것을 이야기하고자 한다.

　내가 경복궁에 간 것은 무더운 7월이었다. 한국에 온 지 2주밖에 안 되었지만, 대학 친구와 함께 서울 여행을 하게 되었다. 그는 한국사람으로 부모님을 만나 뵙기 위해 한국에 와 있었다. 그는 내가 얼마나 역사를 좋아하는지 잘 알고 있기 때문에 광화문 수문장 교대식을 볼 수 있게 해 주었다. 원래 있던 건물의 40%만 현재 남아 있지만, 그곳은 조선시대에 왕과 나라가 어떻게 운영되었는지를 정확히 보여주고 있었다. 내가 푹 빠진 것은 건축의 세부적 예술성이었다. 나무조각, 단청, 그리고 전반적인 구조가 매우 독특하고 진정한 장인정신의 자부심을 보여 주고 있었다. 이 모든 것이 뒤에 배경으로 우뚝 솟은 북악산과 함께 잘 어울려 장관을 이루고 있었다. 나는 서울에서 권력 중심 위치가 수 백 년에 걸쳐서 약간 변경되었다는 흥미로운 점을 발견했다. 경복궁 뒷문 밖에는 현재 대통령이 있는 청와대가 있다는 것이다.

높은 언덕에서 도시를 보면, 옛날에는 존재하지 않았던 서울타워 구조물이 보인다. 상쾌하고 청명한 겨울 아침에, 777 피트 높이의 타워 전망대에서 나는 360도 돌면서 숨막히게 놀라운 도시 경관을 보고 있다. 여기저기 높이 솟아 있는 건물들이 아래에 있는 역사적 건축물들과 분명한 대조를 이루면서, 음과 양의 완벽한 균형과 조화를 보여 주고 있다.

서울 같은 대도시에서 갖는 삶은 도시의 맛있는 식당 이야기를 빼놓을 수 없다. 서울에는 많은 훌륭한 식당들이 있는데, 지금까지 내가 맛보고, 제일 좋아하는 곳은 인사동에 있는 우리만두 식당이다. 추운 1월 어느날, 우연히 들어가서 고기만두가 있는 따뜻하고 맛있는 칼국수를 주문하였다. 고기만두가 함께 나와서 정말 좋았다. 고기만두국은 생각만 해도 나를 배고프게 만든다. 식사하고 나서 밖으로 나가 거리에서 흥이 넘치는 상인이 즉석에서 바로 만들어 파는 왕사탕을 후식으로 즐겁게 먹었다. 꿀타래는 꿀과 맥아로 만드는데 예전에는 임금님에게 진상되던 전통적으로 왕실에서 먹던 과자다.

비무장 지대는 내가 마지막으로 방문한 곳인데, 이곳에 대해 언급하고자 한다. 이곳은 확실히 내가 방문한 장소 중에서 가장 강력하고 의미 있는 관광명소 중 하나다. 가끔 내가 한국에 살면서 물놀이를 하거나, 등산, 서울 주변을 여행하면서, 내가 미국 시민으로서 왜 여기에 와 있는지를 쉽게 잊곤 한다. DMZ 방문은 모든 것을 다시 원점으로 돌려놓는데, 특히 군인인 경우 더 그렇다. 제3땅굴을 허리를 굽히면서 가 보고, 쌍안

경을 통해서 525피트 높이의 대규모 북한 인공기와 받침대를 보면서, 특히 공동경비구역을 가로질러서 당신을 바라보고 있는 북한 군인을 보았을 때, 당신이 왜 여기에 와 있는지 그 이유를 깨닫게 된다. 한국인들이 더 보호될 필요가 있기에 내가 한국에 살 수 있는 기회를 갖는 것이다. 그리고 전에 많이 언급한 내가 겪었던 경험도 가질 수 있는 것이다. 나와 무장을 한 28,500 주한미군 형제자매들이 한국 육군 연합동료들과 함께 매일 업무를 수행할 책임이 있다. 이곳에는 역사적인 건축물이나 아름다운 강산보다 더 관심을 기울여야 할 무엇인가 있는데 그것은 바로 한국 사람들의 생명과 삶이다.

한국 국민들

내가 한국 땅을 둘러본 모든 장소와 유적지는 환상적이었다. 그러나 한국에서 1년 동안 살면서 느낀 진정한 맛은 내가 한국사람들을 점점 더 알게 되었다는 것이다. 나는 운 좋게도 매일 한국인들 사이에서 살고 근무하면서 한국인들의 끊임없는 친절과 관용을 잘 알게 되었다. 나는 한국정부에서 고용한 뛰어난 한국 근로자들과 함께 근무하였는데, 그들은 열린 마음의 자세로 우리를 환영하면서 훌륭한 업무를 담당하고 있다. 여기서 근무하는 동안, 우리는 외부에서 골프, 저녁 식사와 노래방, 야외 식사 그리고 재미있는 행사를 가졌다. 내가 최고로 대접 받은 행사 중 하나는 낚시여행이었다. 나와 근무하는 몇 사람이 농어낚시 그룹에 속해 있었는데, 그들은 나에게 장비와 낚시도구들을 사용하게 해 주고 낚시 장소에 대한 정보도 주었다. 우리는 어느 늦은 여름 아침 일찍 만나서 작은 호숫가로 낚시를 갔을때, 우리 그룹의 일원들이 각 낚시 팀 구성원에 소속되어서 도와 주었다. 강가의 낚시터 사이에서 불판에 불고기를 구워 먹으면서 그들은 우리의 낚시여행을 축하했고, 놓친 큰 고기를 주제로 즐거운 시간을 가졌다. 그때 나는 "당신은 한국인에게 갚지 않아도 돼요” 하는 말을 들었고, 다시 빈말이 아님을 알았다. 그들의 계속된 아량과 환대는 정말 놀라운 것이었다!

나는 오늘날 한국문화가 매우 열광적임을 알고 있다. 그것이 예술적이든 사업적이든, 여기서는 가능할 것 같은 공감이 들어 흥분된다. 기아, LG, 삼성과 같은 회사들 뿐만아니라 많은 한국 회사들이 세계적인 제품을 생산한다. 한국전쟁이 끝날 무렵 아주 가난한 나라에서 세계 정상급 교통과 통신 인프라를 갖춘 나라로 어떻게 한국이 발전했는지를 생각해 보았을 때, 나는 그들이 이 나라에 쏟아 부은 모든 노력에 경의를 표할 수밖에 없다.

당신은 연세가 든 어른신들에게서 성취감을 느낄 수 있을 것이다. 젊은 세대가 이런 기회를 잘 사용하고 함께 달려간다면 나날이 한국은 더 진보하고 발전할 것이다.

결론

아름다운 강토로부터 훌륭한 국민들까지, 한국은 직접 체험으로 경험하기에 감탄스럽도록 놀라운 나라다. 이 나라가 자유를 유지하는 데, 내가 작은 역할을 할 수 있어 영광스럽다. 한반도와 주민들이 앞으로 오직 평화와 번영만을 누리게 되기를 나는 희망하고 기도할 것이다. 나는 내가 한국에서 얻은 삶을 영원히 마음에 품고 살아갈 것이다.

The Nameless
Korean Fusion Restaurant

Laura Turcios

This story begins with an unplanned trip to Suwon on a colder than usual Korean night in August. Six of us friends dressed in our night time best embark on a friendly adventure in search of some good food and Korean culture. Arriving at the Pyongteak train station we are quick to realize the tickets we just bought read our train departure time is in THREE MINUTES! Rushing through the station in high heels and dresses, we, three girls are trailing our male counterparts. As we run through the station saying 'excuse me' and brushing up against strangers we blend in perfectly with the Koreans who are used to close proximity and almost no boundaries for personal space. We receive no odd stares or annoyed faces from the people we accidently bump shoulders with. Instead, a general understanding washes over their faces as they see the terminal we are heading for.

Grateful for having made our train and grateful for not having offended anyone with our pushy run, we settle into our seats on the floor in the corner of the standing-only cart. The train cart is packed with different ethnicities and different personalities. People who look like us, dressed for a night on the town line the walls and floor. People who have come from work wearing fine suits are relaxing at the mini bar enjoying a frosted can of Cass. There is a crop of young Korean adults sitting at the video games desperately trying to finish the next level before their stop. All of us packed into this train cart very much the same way that sardines are packed into tin cans. We all have somewhere to go and somewhere to be. I am convinced that none of them will be having as much fun as we will be having.

We are alerted to our stop about forty five minutes later, not by the inaudible announcer, but by the illuminated overhead sign flashing Suwon. We pile out of the train brushing shoulders and bumping bodies with everyone else whose destination is Suwon. We navigate our way through the sea of bodies and reunite at the top of the first escalator we come to. What we assumed would be a warm summer night is actually a cool, breezy night none of us dressed appropriately for. Our legs are kissed by the sharp wind as we huddle together planning our first move. We decide that all of the illumination and blinking signs are on the opposite side of the street so we take our stroll underground to cross the busy intersection. The underground cross walk is as busy as above ground. Bustling vendors offer us fried food on kebob sticks. What exactly is underneath all of the fried breading, we are as unsure of as the next American who walks by. We reach one fried seafood stand where the legs of different sea creature are left dangling down outside of the breading. The food resembles a mini octopus intact wearing a helmet of fried dough and I am sure that is exactly what it is. We make our way through vendors selling everything Hello Kitty from cellphone covers and stuffed animals to Hello Kitty comic books and underwear. Resisting the urge to buy some 'needed' Hello Kitty merchandise, we trudge up the immense amount of stairs that will lead us to air and the other side of the street.

Our night has just begun with promising potential to be the Best Night Ever. As the guys stand tall in their sneakers, we girls clutch their arms for balance as we sway in our high heels. The guys resilience to lack of energy is awe inspiring as my heels feel like they are about to snap. I read the other girls' faces and we silently acknowledge each other's pain. The price of looking good in Korea comes at an expense, as walking everywhere is just a part of normal routine. Walking is a requirement to get just about anywhere. Now we know.

Walking through the Ville we take in all of the sights and smells of Korean Suwon. Fried food on kebob sticks, and seafood are the dominant fragrances on our side of the street. I don't think my perfume is even giving off any aroma at this point. We have blended into the smells of Korean street life. Lit up signs claiming to have the best of this and that, entice all who walk by.

A large neon sign in Hongol catches our attention. Although we have no idea what the sign suggests, there are small pictures of food on it and we are hungry. Entering the restaurant we are surprised at how huge of a space is provided. On the outside the place looked small nestled in side by side with other buildings, but as we walked inside it felt like walking into a warehouse, but much more aesthetically pleasing. Huge ceilings sparkled with chandeliers while the décor looked like it was designed by the set production specialist of Al Pacino's 'Scarface.' The walls were mirrored and the floor was covered in black and white checks which matched the zebra print chairs and booths. Faux palm trees dressed up every corner and flashing neon signs hung on the walls. After a brief ten minute wait we are ushered into a booth on the second floor, overlooking the first floor. Music is blaring all around us and we can barely hear our waiter. We study the menu and the prices and see that we are in a place above any of our budgets. Nothing starts below eighty thousand won. We politely but discreetly exit that restaurant.

The next restaurant we go into turns out to actually be a bar which offers only snack foods such as seaweed with honey sauce or fried squid legs and an unidentifiable dipping sauce. We exit this place as well.

We continue what seems like an endless search for food. An hour and a half later, we are still searching. Starving, about half of the group begins to get cranky, while the other half regurgitates every optimistic one-liner ever. "Let's just make the best of it guys." "When will we ever be in Korea again?" "You only live once." Soon, the one liners become as sickening as my appetite.

Looking glum we run into an upbeat and charismatic local guy. He hands us a flyer for a new fusion restaurant and details some of the menu items for us. We take him up on his offer to show us the way. A little ways down the road we turn off into an alley. The light from the familiar street fades and we are greeted by one lone neon sign enlightening the darkened alley.

This place looks a little less tourist friendly but our mouths are watering with the promise of food. Armed with our guide and our discount flyer we enter a concrete hallway and begin our descent into what seems like the basement of the building. The concrete walls encasing the staircase are elaborately painted with colorful fish and multi colored tassels hang from the ceiling. We enter into the restaurant and are engulfed in an ambiance of Asian décor. Fountains with Koi fish emit a soothing sound. A harpist plays traditional Asian music beside one of the fountains. We have just stepped off of a bustling Korean street and into the Holy Grail of Asian serenity.

Because we cannot read the contents of the menu ourselves, the guide sticks around a little bit longer to explain what some of the dishes are. All of the dishes are served fresh. What he means by this is that the menu items are alive and well in the restaurant to start and are then killed and cooked to our likeness and served before us. This is a seafood restaurant with all menu items coming from the sea as fresh catches, so this doesn't seem too far-fetched to us. Our grumbling tummies are telling us to just go for it and give it a try. We discuss prices and again are a little disheartened at these. We cheer up when we discover these are group prices. You pay one price and a course of meals is brought before everyone at the table to sample. As Americans we are used to ordering individual meals, appetizers and drinks. Here in

Korea it is not uncommon to find restaurants that offer group prices, where a pitcher of drink and different entrée's and appetizers are brought to the table for everyone to share and indulge in.

We all decide on a meal which contains octopus and sushi rolls as the main courses. As delicate as the environment of this dining place is, what was brought to our table looked like something you would be forced to eat on an episode of Fear Factor. A medium sized octopus is set in front of us on a platter very much alive and still wiggling with his beady eyes penetrating all of our souls. The waiter explains that the octopus tastes best when allowed to remain fresh until boiling. We watch the waiter gently place the octopus in a large stone pot resting on a burner on our table. We are able to witness how our food is prepared. The octopus writhes and stretches his legs out over the pot, but within a few minutes he slows his wiggling and accepts his fate. The presentation of the octopus is indeed exquisite. Different herbs and Korean vegetables line the platter and create a bed for which the cooked octopus is cushioned upon. Besides his piercing eyes pleading with me, he almost looks appetizing. With no sense of affirmation, we begin to eat. One of the guys cuts the octopus into pieces keeping them arranged on the platter.

We use our chopsticks to pick up octopus and vegetable pieces which we plow into our mouths with a purpose. Our purpose is to quiet our talkative stomachs begging for food. We mix a few different sauces from our table together along with melted butter and lemon juice and generously dip our seafood into the mixture before consuming. Some, of the group are amateurs in the use of chopsticks while some of us have been in Korea apparently long enough to have mastered the skill. Either way we are fed. The octopus is surprisingly delicious as are the smaller dishes brought out to us. Every time we ask a waiter for the name of the restaurant we are presented with a different pronunciation than the last waiter. So this authentically Asian experience of a Korean restaurant remains nameless to us six adventurers.

With appetites satisfied our new mission turns into quenching our thirsts. Our night continues to take us into some of the neatest and most unique places any of us had ever imagined. Our night in Suwon was exactly as a night in a Korean city should be. Filled with exotic foods, music none of us would have the chance to listen to other wise, and so many new people. Roaming around Suwon we found that the general public in Korea is open, genuinely friendly and willing to participate in new adventures. We adopted a few new friends into our circle that night that excitedly followed us around and introduced us to some of their favorite local spots.

We reluctantly gave into our exhaustion and headed back to Suwon station. With less frequency on the main intersection we crossed above ground to the train station. At 3:36 am there were no trains heading in or out of Suwon. We bought our tickets for the earliest train, departing for Pyongteak at 6:10 am. The six of us slinky like folded onto the large stairs of the Suwon station and watched as the sun slowly crept up causing the dawn to begin spreading. Our night in Suwon was over and a new Korean day was edging up to us.

이름 없는 한국 퓨전 레스토랑

로라 터시오스

이 이야기는 날씨가 평소보다 서늘한 8월 어느날 저녁, 특별한 계획도 없이 무작정 수원으로 가는 여행으로부터 시작한다. 밤에 친구 6명이 옷을 차려 입고, 한국의 좋은 음식을 맛보고 문화를 배우려고, 우정 모험 여행을 떠났다. 평택 역에 도착해서 기차표를 사고 보니 출발 시간이 딱 3분 남았다. 굽이 높은 구두에 정장차림의 세 여자가 역 구내를 남자 동료 뒤를 따라 뛰어간다. 역 구내를 뛰면서 낯선 사람들과 스치며 '실례합니다' 하면서, 비좁음과 개인 간 공간 여유가 없는 것에 익숙한 한국 사람들과 완벽하게 어울리며 섞인다. 우리는 우연히 어깨를 부딪힌 사람들 누구로부터도 이상한 시선이나 짜증난 반응을 발견하지 못한다. 대신에 그들은 우리가 향하고 있는 역 방향을 보면서 이해하는 얼굴 모습을 보여 준다.

우리는 허겁지겁 달렸지만 아무도 기분 상하게 하지 않았고 기차를 겨우 탈 수 있었다는데 감사하면서 식당칸 한쪽에 자리를 잡는다. 기차 안은 온갖 인종과 여러 개성의 사람들로 꽉 차 있다. 우리같이 도시의 밤에 어울리는 복장을 한 사람들은 벽에 서 있거나 바닥에 앉아 있다. 좋은 양복을 입고 직장에서 퇴근한 사람이 미니 바에서 시원한 카스 맥주를 마시면서 쉬고 있다. 한국 청년들이 비디오 게임 좌석에 앉아, 게임 종료 전에 다음 단계로 올라가려고 필사적으로 노력하고 있다. 우리 모두도 깡통에 정어리가 잘 포장된 것같이 이 기차간에 모여 있다. 여기 있는 모든 사람들은 어딘가로 이동해서 어딘가로 들어갈 것이다. 나는 그들 중 누구도 우리만큼 재미있는 시간을 갖지는 못할 것이라 확신한다.

우리는 차내 방송이 아니라 머리 위에 있는 반짝이는 표시등을 통해 약 45분 후 수원에 도착한다는 것을 알고 주의를 기울인다. 우리는 혼잡한 기차에서 내려 수원으로 가는 사람들과 어깨를 스치고 몸을 부딪히고 있다. 사람의 바다를 헤치며 우리의 길로 향해 가면서 만나는 첫 번째 에스컬레이터의 상단에서 다시 재결합한다. 우리는 여름밤이 따뜻할 것이라 생각했는데 실제로는 서늘하고 미풍이 불었다. 우리 누구도 적절하게 옷을 입고 있지 않았다. 우리가 함께 첫 번째 장소로 이동하는 것을 계획하고 있을 때, 찬바람이 우리의 다리를 스쳐갔다. 우리는 반짝이는 조명과 광고판이 거리 반대편에 있어, 지하도를 통해 걸어서 번잡한 교차로를 건너기로 결정한다. 지하도로 걷는 것은 지상으로 걷는 것 만큼이나 복잡하다. 떠들썩한 거리 가게에서 케밥 막대기에 튀긴 음식을 팔고 있다. 정확히 빵가루를 묻혀 튀긴 저 속에 무엇이 들어있을까, 옆에 지나가는 미국인만큼이나 우리도 잘 모른다. 우리는 해산물 다리가 빵가루를 묻혀 튀긴 것이 덜렁거리며 매달려 보이는 해산물 야외 가판대에 도착한다. 이 음식은 작은 문어 머리에 밀가루를 묻혀 튀긴 것처럼 보이는데, 나는 그것이 정확하게 무엇인지 알고 있다. 우리는 핸드폰 커버와 헝겊으로 만든 동물 모형 장남 감에서 헬로 키티 만화책 그리고 속옷을 파는 가판대를 지나 목적지로 간다. 다소 필요한 헬로 키티 상품의 구입 충동을 자제하면서, 우리는 바람이 들어오는 거리의 다른 쪽으로 가기 위해 엄청난 양의 계단을 터벅터벅 걸어 올라간다. 생애 최고의 밤을 보낼 것이란 무한한 가능성을 갖고 우리의 밤은 시작되었다.

남자들은 키가 커서 스니커 운동화를 신었기 때문에, 우리 여자들은 하이힐 위에서 균형을 잡기 위해서 남자들의 팔을 움켜 잡는다. 힘이 달리는 남자들의 탄력성은 내 뒷발꿈치가 탁 부러지는 것 같은 두려움이 들게 한다. 내가 다른 여자 친구의 얼굴을 힐끗 쳐다보니, 우리는 서로가 조용히 고통을 인정하고 있다. 좋아 보이는 물건을 찾기 위해서는 비용이 드는데 세상 어디와 마찬가지로 한국에서도 발품을 들이는 것이다. 걷는 것은 어디에서나 적응하는 데 필요하다. 우리는 이제 알고 있는 것이다.

우리는 주위를 걸으면서 눈에 보이는 경치를 죽 보면서 수원의 냄새를 맡는다. 케밥 막대기 위의 튀긴 음식과 해산물은 우리 쪽 거리에서 진한 냄새를 풍기고 있다. 지금 이 시점에서 내 향수는 어떤 향도 발산하고 있다고 생각하지 않는다. 우리의 한국 거리의 삶은 냄새로 뒤섞이고 있다. 반짝이는 불빛은 여기서는 최고라고 주장하고 있으며 지나가는 모든 사람들을 유혹한다.

홍골 식당에 있는 대형 네온사인이 우리의 관심을 잡는다. 광고판이 무엇을 의미하는지 우리는 아무 관심이 없지만, 작은 음식 사진이 있고, 그리고 우리는 일단 배가 고프다. 식당에 들어가자 우리는 식당의 크기에 놀란다. 외부에서 보았을 때 건물과 건물 사이에 자리잡은 아늑하고 작은 식당처럼 보였는데, 우리가 안쪽으로 걸어갔을 때 큰 창고 같은 모습이었고 훨씬 더 예술적으로 예쁘게 만들어져 있다는 느낌이 들었다. 높은 천장에 거대한 샹들리에가 번쩍이고, 장식이 알파치노의 '험상한 얼굴'의 무대 제작 전문가에 의해 설계된 것처럼 보였다. 벽은 거울로 장식되어 있고, 바닥은 얼룩말 무늬의 의자와 좌석 칸막이에 잘 어울리게 흑과 백의 십자 무늬로 장식되어 있었다. 구석구석에 인조 야자수 나무로 장식되어 있고, 벽에도 번쩍이는 네온사인이 걸려 있었다. 약 10분을 대기한 후에, 우리는 1층을 내려다보는 2층 좌석으로 안내되었다. 우리 주위에 음악소리가 요란해서, 우리는 웨이터가 하는 말을 간신히 들을 수 있다. 메뉴와 가격을 들여다보니, 우리 예산 범위 밖의 식당에 와 있는 것을 깨닫는다. 80,000원 이하부터 시작하는 메뉴는 아무 것도 없다. 정중하지만 신중하게 그 식당을 빠져나온다.

우리는 다음 식당에 들어가는데 이곳은 실제로 술집이어서 달콤한 맛을 가미한 김이나, 알 수 없는 소스를 찍어 먹는 튀긴 오징어 다리 같은 것을 놓고 술을 파는 술집이다. 우리는 이곳 역시 빠져 나온다.

우리는 음식점을 찾아 끝 없이 헤매는 것처럼 탐색을 계속한다. 1시간 반 후에도, 우린 여전히 음식점을 찾고 있다. 일행의 반 정도는 배가 고파서 화를 내기 시작하고, 나머지 절반은 모든 것에 대해 긍정적으로 분위기를 잡는다. "우리가 최고의 시간을 만들 수 있어", "언제 우리가 한국에 있으면서 다시 오겠어"? "인생은 한 번뿐이야." 곧 한 동료가 내 욕구만큼이나 기분이 역겨운 상태다.

우리는 기분이 좋지 않은 상태에서 유쾌하고 카리스마 넘치는 사람을 우연히 만난다. 그는 우리에게 새로운 퓨전 레스토랑에 대한 전단을 주면서 일부 메뉴 항목을 자세히 설명한다. 우리는 그의 제의를 받아들이고 그에게 길을 안내하라고 한다. 길을 따라 조금 가다가 골목으로 방향을 틀었다. 익숙한 거리의 불빛은 서서히 사라지고, 우리는 어두운 골목을 비추는 유일한 네온 사인이 우리를 맞았다.

이 식당은 관광객에게는 덜 친숙해 보였지만, 우리 입에서는 약속한 음식에 침이 벌써 솟고 있다. 가이드와 함께 할인 전단을 갖고서, 우리는 콘크리트 복도를 지나서 건물 지하실로 향하는 계단을 내려 가고 있다. 계단을 둘러싸고 있는 콘크리트 벽은 아름다운 물고기의 벽화가 그려져 있고, 천장에는 정교한 수술 장식이 걸려 있다. 우리는 식당에 들어가서 동양적인 실내장식의 분위기에 확 빠져든다. 물 고기 모양의 분수대가 잔잔하고 평온한 소리를 내고 있다. 분수 옆에서 한 하프 연주자가 동양적인 음악을 연주한다. 우리는 그냥 번잡한 거리에서 빠져 나와 동양의 차분한 성배에 빠져 들고 있다.

우리가 메뉴 내용을 읽을 수 없기 때문에 그 가이드는 좀더 오래 같이 있으면서 메뉴 내용을 설명해 주고 있다. 나오는 모든 음식은 모두 신선하다. 여기서 신선하다는 말은 음식 재료가 살아있고, 식당에서 요리할 준비가 된 상태로 우리 앞에서 기호대로 요리되는 것이다. 여기는 모든 음식 재료가 바다로부터 살아 있는 상태로 입고되는 해산물 식당이기에 우리에게 너무 무리해 보이지는 않는다. 배 고파서 요동치는 위장이 그냥 한 번 시도해 보라고 말한다. 우리는 가격 설명을 들으면서 다소 낙담한다. 그러나 그것이 음식 전체 가격인 것을 알고 기분이 좋아진다. 당신은 한 번의 가격을 지불하고 코스 메뉴가 여러분 앞 식탁에 제공되며 식사를 한다. 우리 미국인은 음식, 후식, 음료를 별개로 주문하는 것에 익숙하다. 여기 한국에서는 요리 전체의 가격을 한 번에 지불하고 한 통의 술, 여러 음식과 후식이 모든 사람들이 앉아 있는 식탁에 함께 제공되며, 함께 먹는 식당이 일반적이다.

우리는 낙지가 들어있는 요리와 그리고 초밥을 먹기로 결정한다. 이 식당의 분위기가 미묘한 것같이, 우리의 테이블로 가져온 것이 이상하게 보였는데, 우리가 공포스런 분위기에서 식사를 해야 할 느낌이 든다. 중간 크기의 여전히 활기차게 살아있는 낙지가 우리 앞의 큰 접시에 놓였는데 여전히 반짝이는 눈으로 우리의 모든 영혼을 꿰뚫어 보는 듯한 느낌이다. 종업원은 끓는 물에 신선한 낙지를 넣으면, 낙지가 가장 맛있다고 설명한다. 우리는 종업원이 식탁 불판 위에 놓여 있는 큰 돌냄비에 부드럽게 낙지를 넣는 모습을 본다. 우리는 우리가 먹을 음식이 어떻게 준비되는지 볼 수 있다. 낙지는 몸부림치고 냄비 밖으로 다리를 뻗어보지만, 몇 분안에 몸의 움직임이 둔화되고 그의 숙명을 받아들인다. 낙지가 보여주는 모습이 정말 강렬하다. 각종 한국 야채가 쟁반 위에서 가지런히 놓이고 익힌 낙지를 담아놓을 앞접시를 마련한다. 낙지는 애원의 눈빛을 나에게 보내지만, 낙지는 확실히 맛있어 보인다. 확신은 없었지만 우리는 먹기 시작한다. 친구 중 한 명이 낙지를 작게 조각내어 접시 위에 가지런히 놓는다.

우리는 젓가락을 사용해서 문어와 야채를 입으로 가져간다. 우리의 목적은 배 고프다고 소리내는 위를 조용하게 만드는 것이다. 녹인 버터와 레몬주스를 양념에 함께 섞은 소스를 만들어 해산물을 충분히 찍어 먹는다. 몇 사람은 젓가락 사용이 서투르지만, 우리 중 몇 명은 한국에 오래 근무해서 젓가락 사용이 익숙해 있다. 어쨌든 우리는 충분히 배부르다. 제공된 다른 작은 음식들과 마찬가지로 놀랍게도 낙지는 맛있다. 종업원에게 우리가 있는 이 식당의 이름을 물어볼 때마다 종업원마다 다르게 발음한다. 그래서 진정한 아시아 경험을 한 이 한국 식당의 이름은 우리 6명의 모험가에게 무명으로 남게 된다.

식욕이 만족된 것을 흡족해하며 우리의 새로운 임무는 목마름을 해소하는 것으로 전환한다. 우리의 저녁은 가까운 곳에 있는 우리 누구도 예상하지 못한 독특한 곳에서 계속된다. 수원의 밤은 어느 한국 도시의 밤과 거의 같았고, 이국적인 음식과 우리 누구도 다른 곳에서 들어본 적이 없는 음악과 많은 사람들로 가득 차 있었다. 우리는 수원을 둘러보면서 한국의 보통사람들이 열린 마음을 가졌고, 진정으로 우호적이며, 새로운 모험에 참여할 의사가 있다는 것을 알았다. 우리는 그날 밤에 새로운 친구 몇 명을 알게 되었고, 우리와 함께 즐겁게 다니면서, 우리에게 그들이 좋아하는 장소 몇 곳을 안내해 주었다.

우리는 아쉽지만 피로해서 수원역으로 향했다. 주 교차로가 덜 번잡해서 지상으로 건너 기차역 쪽으로 갔다. 새벽 3시 36분에는 수원역에 도착하거나 출발하는 열차가 없었다. 우리는 6시 10분에 평택으로 가는 가장 빠른 열차표를 샀다. 우리 6명은 남의 시선을 피하는 것처럼 수원 역의 큰 계단에 겹쳐 앉아, 새벽을 보여 주는 해가 서서히 올라오는 모습 을 보았다. 수원에서 우리의 밤은 끝나고, 한국의 새로운 날이 우리를 향 해 조금씩 다가오고 있었다.

A Seoul Odyssey

Courtney G. Mase

"Caution, you have now entered a parking infringement zone," commands my global position satellite guide. He is just a little aggressive for me, but since I have only the sun as my guide, I have complete faith in him. First-time drivers in the bustling megacity of Seoul are easy to find.

These types of people have cramped shoulders, paranoid looks of confusion, and nothing but the best intentions to get from one point to the next. I am one of these overzealous people, creeping along the street in an oversized utility vehicle. Oh, and I dragged along my two young boys. We wanted to take a day trip to the 'spaceship on the hill' as quoted by my five years old. Seoul Tower seems so close. I've got a full tank of gas, a proxy HAL9000 to mount on the dash for guidance and a half-sense of adventure… Let's go.

Two hours later, we are lost and I have a half full Coke bottle of little boy bathroom attacks. Forget the infringement, I am pulling over and we must regroup. I am flustered and hungry and so are the two monsters in the back seat. Seoul Tower still seems so close. We make a dash to the nearest restaurant. The boys and I grab a table with pillow seats and explore the pictures on the menu. "Mommy, I want to eat the cow bones," exclaims my three year old. So I point to the photo and patient waitress smiles and scribbles down the order.

As I look around, we stand out. I have an electrified look with my unkempt, curly hair and my boys have blonde hair and mischievous eyes. Within minutes, the three year old is getting candy from a sweet group of ladies sitting next to us. He loves the candy and they love the attention. My five year old has questions, many questions. "Why does that statue have popcorn on its head?" I assume he is referring to the large, golden Buda shrine in the front of the establishment. "Just in case he gets hungry," I reply. "Where is Nana and PopPop's house from here?" They live in Connecticut. I sigh, "just beyond the spaceship on the hill"

I feel a tap on my shoulder. I look around in hesitance. I recognize the face, although Korean, I have seen him before. "Hey, it's Hyon, I'm in your M.B.A. class on post." I had just started to school once I arrived to Seoul. There were no opportunities for work, hence the back to school idea. I had only been in class two weeks. I was surprised we recognized each other. "I am here with my family and we are having a late lunch. Have you been here before? The galbi is delicious," he asks. I look tired and confused. He poses the idea if we would like to join him and his wife. I am so grateful. They are sitting behind us. I do a quick 180 degree spin on my pillow and pull the boys along with me. Again, within minutes, the boys are charming their way through the new crowd, and the claps of affirmation and candy keep coming.

I take this time to relay the situation to my classmate.

Hyon is a Seoulite. He is older. He tells me he was born around the time of the Korean War. He laughs as he watches my younger son. The three-year-old is bold. He is asking the spectators around the room with a giggle, "Do you have any more candy?" Hyon reminisces. He tells me that when he was growing up, there were many 'GIs' or U.S. soldiers around his home. They were always sharing their food, or should I say meals-ready-to-eat, with the

Koreans. One of the problems with these meals is the large amount of calories per bag. Many times, the Gis wanted to get rid of the chocolate in the meal. Hyon remembers his first English phrase was "Can I have chocolate" to the American soldiers. "The desires of a child never change," I think to myself.

We fill our starving selves with delicious, melt-in-your mouth 'cow bones' but really meat.

Hyon asks if he can guide us to the Seoul Tower. "Seoul Tower is so close," he smiles. I realize how much I have relied on the kindness of strangers in this city. Every trip off the mini-America within the city, I constantly require the help of locals more than I am comfortable asking. However, the desire for help outweighs my tender ego. Again, I am in the same quandary. Hyon extends and I accept. He and his wife live close to the restaurant. He suggests that they drive us to an easy drop off point to see the 'spaceship'. We all pile into my huge vehicle.

My driver, my friend, has no need for the technology map. He turns to me and says, "I am completely operational, and all my circuits are functioning perfectly," a funny reference to the 2001: A Space Odyssey.

Again, I am impressed with the common connections that I have with someone 30 years my senior and from a different country. As he drives, it is effortless and nerve-wracking. I am clinched with white knuckles and stuck between two candy-hyped boys. Hyon tells me that the tower is closed off to traffic, however he knows a stop- off point that he would take us to and wait. Now I am feeling guilty. I don't want to consume any more of this kind family's time. However, he insists and his wife is in love with my three year old son.

We make it to a shady pull off point half-way up the Namsan Mountain. Seoul Tower is so close. We hop out and the boys and I are amazed at the view. The clear, crisp air and bright, blue sky open up our senses. We stand in awe of the beauty of a majestic city while standing in the quiet of this peaceful refuge. "Mommy, I see a furry lizard." He means squirrel but that is too difficult for a five year old to say. I laugh.

All this effort to arrive to our destination and the main attraction is the wild life. Seoul has so many surprises.

Hyon and his wife recommend driving us to the Itaewon area. I am again grateful. I am sure my supercomputer guide machine can get me home from that part of town to Little America. We arrive and I am so gracious for their hospitality. These people gave so much of their day to ensure we were safe and happy. As we parted, I asked him, "It is so amazing how kind you and your wife are." His reply was simple. "It was nothing."

I take the wheel and head back home. I see the lights of the strip. My two sons are fast asleep. Each day I grow more confident of my ability to explore this amazing city.

As HAL 9000 would say, "I know everything hasn't been quite right with me, but I can assure you now, very confidently, that it's going to be all right again. I feel much better now. I really do."

서울 모험 여행

코트니 G. 마세

내 위성 항법장치가 "조심하세요, 당신은 지금 위반 구역에 들어가고 있습니다". 라고 안내한다. 나는 조금 공격적이긴 하지만 나의 길 안내자로서 이 장치를 충분히 신뢰하고 있다. 복잡한 서울에서 처음 운전하는 사람들은 이 장치를 이용하여 목적지를 쉽게 찾을 수 있다.

이런 유형의 사람들은 뭉친 어깨를 가지고 있으며, 혼란스러움에 피해 망상증을 갖고 있는 것처럼 보이지만, 단지 한 장소에서 다음 장소로 이동하겠다는 의도를 갖고 있다. 나는 이런 다소 열정적인 사람들 중 한 명으로, 대형 다목적 차량을 가지고 도로를 따라 운전하는 사람이다. 아, 그리고 나는 두 어린아들을 힘들게 데리고 여행하고 있었다. 5살 된 아들과 '언덕 너머에 있는 우주선'에 하루 여행을 하고 싶었다. 서울타워가 너무 가까이 보인다. 나는 차에 기름을 가득 채우고, 차량 전면 보드에 HAL9000을 장착하고 반 모험 삼아 출발… 자 가보자.

2시간 후에 우리는 길을 잃어버렸고, 콜라를 반 병이나 마신 아들이 화장실을 가자고 칭얼거리고 있다. 교통위반하는 것은 일단 무시하고,

나는 차를 대고 재정비를 해야 한다. 혼란스럽고 배도 고픈데 그리고 뒷좌석에는 두 괴물이 앉아 있다. 서울타워는 여전히 너무 가까이 보인다. 가장 가까운 식당으로 달려간다. 아들과 나는 자리를 잡고 메뉴에 있는 그림을 살펴본다. "엄마, 나는 암소갈비를 먹고 싶어" 3살 된 아들이 외친다. 그래서 나는 사진을 가리키고, 참을성 있는 종업원은 미소 지으며 주문을 받아 적는다.

　주위를 둘러보니, 우리는 밖에 나와 있는 것이다. 나는 빗질 안 한 듯한 단정치 못한 곱슬머리를 하고 있고, 내 두 아들은 금발에 장난스런 눈매를 갖고 있다. 조금 있다 보니 3살 된 아들이 옆에 앉아 있는 예쁜 아가씨들로부터 사탕을 얻어 왔다. 아들은 사탕을 좋아하고 그 아가씨들은 친절을 사랑하는가 보다. 내 5살 된 아들은 질문을 많이 한다. "왜 저 동상 머리 위에 팝콘이 있어"? 나는 아들이 업소 앞에 세워져 있는 금색의 대형 부처님 상을 보고 묻는 것이라 생각한다. "부처님이 배가 고플 경우를 대비하기 위해서지" 내가 답변한다. "여기에서 할머니와 할아버지 집은 어디로 가야 돼?" 그들은 코네티컷 주에 살고 있다. 나는 한숨이 나온다. "그냥 언덕 위, 우주선 넘어."

　누군가 내 어깨를 두드리는 것을 느껴 주저하며 주위를 둘러 본다. 얼굴을 알아 보았는데, 내가 전에 본 한국사람이다. "이 봐, 나야 현, 부대에서 M.B.A. 같은 반." 나는 서울에 도착하자마자 학교에 바로 등록해 다니기 시작했다. 일을 할 수 있는 기회가 없었기에 학교 공부를 할 생각을 했다. 나는 단지 2주일 만 수업에 참석했었는데, 그런데도 우리가 서로를 알아 보았다는 사실에 무척 놀랐다. "나는 가족과 함께 여기 와서 늦은 점심을 먹고 있어. 전에 여기 온 적이 있어? 갈비는 어때." 그가 물었다. 나는 피곤하고 혼란스러워졌다. 그는 우리가 그와 그의 아내와 함께 동석할 것을 제안한다. 나는 너무 감사하다. 그들은 우리 옆에 앉았다. 난 머리를 180도 돌려 내 두 아들을 잡아당긴다. 또 다시 몇 분 있다가 두 아들은 새로운 사람들 속에서 유쾌하게 다니고 기분 좋게 박수를 받으며 사탕을 계속 받아 온다.

나는 이 기회를 이용해 우리 반 친구에게 이 상황을 알려주려고 한다.

현은 서울 사람으로서 나이가 좀 있다. 그는 한국전쟁 무렵에 출생했다고 한다. 나의 어린아들을 쳐다 보면서 그가 웃는다. 3살이지만 용감하다. 그가 킥킥 웃으면서 방안에 있는 사람들에게 "사탕 더 있나요?" 라고 묻는다. 현은 즐겁게 회상한다. 그가 자랄 때 그의 집 주위에 많은 미국 군인들이 있었다고 한다. 미국 군인은 항상 그들의 음식을 나누어 먹었는데, 한국말로 전투식량이다. 이 식량의 문제 중 하나는 한 봉지 당 열량이 많다는 것이다. 미군들은 여러 번 전투식량에서 초콜릿을 빼기를 원했다. 현은 그가 미국 군인들에게 한 첫 마디는 "초콜릿 주세요"라고 한 것을 기억한다. "아이들의 욕망은 절대 변하지 않는다" 나 자신을 생각해 본다

우리는 '암소 뼈' 실제는 맛있는 고기로 허기를 채운다.

현이 자기가 서울타워에 우리를 안내해도 좋겠냐고 묻는다. "서울타워는 매우 가까이 있어요", 그가 미소 지으며 말한다. 이 도시에서 낯선 사람의 친절에 얼마나 의존해야 하는지를 나는 알고 있다. 이 도시에 있는 작은 미국을 떠나는 매번 여행마다 내가 편안하게 묻는 것보다 끊임없이 현지인의 도움을 필요로 한다. 그러나 도움에 대한 욕망이 나의 허약한 자아보다 크다. 나는 다시 같은 궁지에 빠졌다. 현이 제안하고, 나는 동의한다. 그와 그의 아내는 식당 가까이 살고 있다. 그는 운전을 해서 우리가 '우주선'을 보기 쉬운 곳에 차를 주차시키자고 제안한다. 우리는 큰 차에 짐을 때려 넣었다.

운전사인 내 친구는 차량 항법장치가 필요 없다. 그는 나에 게 돌아서서 말한다. "나는 충분히 그리고 내 모든 회로가 완벽하게 작동하고 있어요." 2001 스페이스 오디세이(HAL9000)는 재미있는 참고가 될 것이다.

다시 말하지만, 나는 다른 나라에서 나이가 30년이나 많은 사람과 인연을 맺은 것에 감동하고 있다. 그는 힘들이지 않고 자연스럽게 운전하고 있다. 나는 흰 손가락의 관절 부위를 꽉 잡고, 사탕을 좋아하는 두 아들 사이에 끼어 앉아 있었다. 서울타워는 차량 통행이 금지되어 있지만, 그는 정차하고 대기할 곳을 알고 있다고 말한다. 난 지금 죄를 짓는 느낌이다. 이 친절한 가족의 시간을 더 이상 뺏는 것을 원하지 않았다. 그러나 그와 그의 아내는 나의 3살 된 아들을 사랑한다고 강조한다.

우리는 남산을 올라가는 도중 은밀한 지점에 차를 주차시킨다. 서울타워는 정말 가까이에 있다. 우리는 차 밖으로 나왔고, 아들과 나는 그 주변 광경에 놀라울 따름이다. 산뜻한 공기와 밝고 파란 하늘이 우리의 감각을 열었다. 우리는 이 평화로운 피난처의 조용한 곳에 서서 장엄한 도시의 아름다운 경의로움에 빠져 있다. "엄마, 나 도마뱀을 보았어." 그것은 다람쥐를 말하는 것이지만 5살 된 아들에게는 그 단어가 너무 어려웠을 것이다 .나는 웃음이 나왔다.

이곳에 오기까지의 모든 노력과 주된 목적은 야외생활이다. 서울이 이렇게 많은 것을 갖고 있는 것에 놀랍다.

현과 그의 아내는 우리를 이태원까지 운전해 주겠다고 한다. 나는 다시 감사를 표한다. 내 슈퍼 컴퓨터 항법장치가 나를 작은 미국에 있는 집까지 데려다 줄 것을 확신한다. 우리가 도착하고, 나는 그들의 환대로 인해 너무나 유쾌하다. 이 사람들은 우리의 안전과 행복을 위해 그들의 많은 시간을 할애해 주었다. 우리가 헤어질 때 "당신과 당신의 아내의 놀라운 친절에 너무 감사했습니다." 하고 말했더니, 그의 대답은 간단했다. "별것 아녜요."

내가 운전을 하고 집으로 향했다. 나는 희미한 불빛을 본다. 두 아들은 잠들어 있다. 나는 매일 이 놀라운 도시를 탐색하려는 자신감이 자라는 것을 느낀다.

HAL9000이 말한다. "난 모든 것이 나에게 완전히 맞지는 않다는 것을 압니다. 그러나 당신께 다시 괜찮아질 것임을 자신있게 확신시켜 드립니다. 나는 지금 기분이 더 좋습니다. 그리고 정말 그렇습니다."

Life in Korea

Julee Rodgers
5th Grade, Osan American Elementary School

How can I, a little American girl, speak Korean fluently like Koreans? Living in Korea is the very reason for this happening. My mom is Korean and my dad is American. I have been surrounded with multi-cultures. My mom always says that I am very lucky to have both cultures. In 2007 we moved to Korea, I could start Korean life. Since then, I have been experiencing and enjoying my Korean life, by watching, tasting, feeling, smelling, hearing something Korean.

Considering the geography, there are a lot of mountains, about 70% of Korea. That's why we can see mountains all around us. If you hike mountains in Korea, we can almost see temples, where I saw Buddha monks, statues, bunnies, traditionally designed and colored old buildings, lotus flowers, and people bowing and praying to Golden big Buddha statue. When I saw them for the first time, I thought they looked so cool and weird at the same time. Now I feel that they are very special things with fresh air and mountain spirit after my mom explained to me a lot of stories of making a big role in keeping Korea from Japan's invasion.

Korea has nine 'Dos' which means provinces while America has 50 'States': Kangwon-do, Kungki-do, ChungChung Nam-do, ChungChung Buk-do, KyungSang Buk-do, KyungSang Nam-do, Julla Buk-do, Julla Nam-do, and Jeju-do. I have been travelling all nine Dos and I am telling you about the places I have been to. First, in Kangwon-do I have been to YongPyung, Sungwoo, Hi-1, Alpensia and other ski resorts for my family's favorite hobby. At Alpensia, my twin cousins and I went to the biggest mirror maze in Korea as well as skied there. In the coming 2018, Winter Olympic is being held in PyungChang, around the Alpensia and YongPyong resorts. My favorite one is SungWoo resort because I had the best memories with my frinds and family doing ski tricks.

The place I live in Kyungki-do, where there are many bug cities such as Seoul and Incheon. The most impressive place is Nami Island, Jazz Festival being held every year. I had fun there with riding the electrical bikes and making crafts. Guess what took us to Nami Island? Due to wonderful public transportation in Korea, we took a train, a double deck one called ITX ChungChun-line. It was very clean and convenient to travel to the northern east of Korea.

ChungChung Nam-do is one of my favorites because I have a lot of good memories with my church and violin friends. I went to AnMyun0do for the church retreat in June, where I played at the beach with my friends, playing tag and finding starfish and crabs at the peaceful west coast. Muchang-po is on the west coast where we have the winter violin camp. For the five day camp, we practice violin and go to a swimming pool like a spa. At the swimming pool, there is a place we can go outside in the warm water. Outside sometimes it snows, so the snowflakes touch the water and melt, like the snowflakes melting in our mouths. In the early morning, we can see the ocean tide opening up and making a path to another small island. The Mud Festival also attracts a lot of foreign tourists. ChungChung Buk-do has Mt. Sokri, where we have the summer violin camp. Like the winter camp, we played the violin all day, and sometimes played fun stuffs like riding four wheel bikes, hiking to Jikji temple with a huge Buddha statue and other interesting architectures. Last time I met a female monk at a tea café with no hair who was nice to me. She said it was joyful to watch my mom and me talking all the way walking there.

Kyungsang Buk-do is where my mom's hometown is, Taegu. We go to Taegu every year to see our relatives. We always get together for special occasions such as ChuSoek, Chinese New Year, or birthday parties. Taegu has a good amusement park, Woobang Land where I rode a rollercoaster and a bike.

Pusan is in Kyunsang Nam-do. One summer, we had a great family trip to Pusan beach, called Kwanghan-ri. Except for my dad and me, everybody enjoyed eating raw fish, not even cooked. This is a funny story I am going to tell you. My family was going to take a family picture on the beach, but a Russian baby cam in the picture which made her look like one of our family members.

At Julla Buk-do, we went to Slow City which is a folk village with restaurants, old houses, and accommodations. There we got to see poor and rich houses. We even saw a traditional bathroom I couldn't even use because It looked so scary.

I went to Jindo in Julla Nam-do to celebrate Admmiral Lee, Soon Shin which defeated Japanese with his Turtle Battle Ships. There we watched a show and stayed in a motel.

I still remember that night's news said there is something, like Loch Ness monster, in Chunji of Mt.Bakdu, North Korea. My friends and I were very scared because we were not old enough to understand it. When I went to Jeju-do, I am nor even one year, so I don't remember much.

Korean passion in education is compared to that of Jewish people. Do you know Hakwon? Hakwon is an academy for students to learn subjects after school. There are English, math, Korean, science, music, art, martial art or something else. Korean children's life is so busy with Hakwon. They come home late and study a lot even at home. Like other Korean moms, my mom gave me chances to learn many things: violin, piano, Chinese, abacus, dance, ballet, drum, pottery, martial arts, art, etc. Then she made me choose what I liked, so I have been focusing on playing the violin for three years. When I went to Hakwon first, I didn't like other lids staring at me and talking about me. My mom told me that Korea consists of just one nation that is why they are not used to someone who looks different. When I see kids like me carrying a big backpack to a Hakwon, I wonder that is what they want or their mom wants. As a result, I think a Hakwon is very helpful to learn more but is not good with parent's force.

Korean has a close relationship with their family.

This is a story my mom always told me when I was little. Long time ago, there were two farmer brothers who considered each other all the time. Older one was married while younger was not. They farmed rice and equally shared it after harvest. The older one wanted to give his brother more because he thought ne needed more. However, he knew his brother wouldn't take his good offer. His younger brother always thought his brother needs more because of his children. The older brother decided to give him more, and carried his rice to his brother's at midnight. On the next day, he found the same amount of rice still left. He wondered why, but kept doing this for his brother every night. It was very strange to see the same amount left all the time. One full moon night, he was walking toward him, carrying something. The bright full moon showed both of them, and what was happening. The younger brother did the same thing for his older. They did the same thing for each other and the amount of rice was not reduced. They hugged each other with joy under the full moon. This story shows an example of siblings' love. I have seen my mom and her siblings caring and helping each other. Whenever she visits her family, she tries to do something nice for them, so do they. She told me that my cousins are siblings to me because I am the only child. I think and believe so.

My favorite Korean food is abalone porridge. I am very picky to eat a new dish. That is why my mom always told me "this is your grandmother's favorite". Whenever I hear about my grandma, I want to try something. In this way, I started tasting abalone porridge to be my favorite. It tastes like grandma soup. My dad's favorite is KyoChon Chicken, marinated with sweet sauce. It doesn't take half a hour to get this chicken delivered. It is very delicious and quick. At that moment dad's favorite chicken is delivered, he never forgets to say "I love Korea".

Kimchi is the most famous Korean food, too spicy to even taste it, but even Korean babies can eat it. One of my friends started eating Kimchi at her two or three years of age, due to her mom's Kimchi story. The story was that eating Kimchi made fire in her mouth. My curious friend ate Kimchi and drank ten cups of water, to see Kimchi fire from her mouth, like a dragon. Finally she could eat Kimchi soon. Can you believe there are more than one hundred kinds of Kimchi?

I like Korean TV shows a lot. The first drama I liked is 'Four boys prettier that Flowers', about four handsome guys' life. Now, I enjoy watching a show 'Goddess at Work', about a lady's life who works perfectly at her work even though her job is only a three month contracted one. As long as she does her work perfectly, even her boss can't control her life. My Korean uncle, who works for a big company, said that he was not supposed to leave his work if his boss didn't. It sounded strange, but now I can understand it in this drama. 'Gag Concert' on Sunday night is a very funny show. 'Animal Farm' shows real stories about animals. 'Star King' is very funny and touching. An orphan teenager's successful life story was made into a movie, called 'Paparazzi'.

Like I said, I am bi-lingual. The person who made me speak Korean well is not my mom. It was my best friend. When I met her first, we were six years old. I couldn't speak Korean, while she couldn't speak English. We just played and played together, and talked our language. Soon we entered the same school and spent a lot of time in playing even after school. Now, both of us are bi-lingual. Making friends is the best way in learning a foreign language. It took a couple of years for me to speak Korean. Once you can speak Korean first, it takes a couple of weeks to read and write Korea.

Life in Korea is a good and fun experience because there are many old and new cultures together, To me, Korea is a very comfortable and peaceful place to live while North Koreans live in the other side. I hope you have a great time in Korea, as much as I do.

한국에서의 삶

줄리 로저스

오산 아메리칸 초등학교 5학년

미국 소녀인 내가 어떻게 한국인처럼 유창하게 한국어를 말할 수 있을까요? 그 근본적인 이유는 내가 한국에 살고 있기 때문입니다. 엄마는 한국인, 아버지는 미국인입니다. 나는 이중 문화 속에 살고 있습니다. 엄마는 항상 내가 두 가지 문화를 접할 수 있어 행운이라고 말합니다. 2007년에, 우리는 한국으로 와서 한국생활을 시작하였습니다. 이후로 나는 한국을 보고, 듣고, 맛보고, 느끼고, 정취를 맡으며 한국생활을 경험하며 즐기고 있습니다.

한국은 지형학적으로 보면 약 70%는 산으로 구성되어 있습니다. 그래서 우리는 주위에 많은 산들을 볼 수 있습니다. 한국에서 산을 등산하는 경우 우리는 대부분 사찰을 볼 수 있는데, 그곳에서 나는 승려, 불상, 다람쥐나 토끼, 전통적으로 건축된 오래된 색상의 건물과, 연꽃, 그리고 황금색 큰 불상 앞에서 절하며 기도하는 사람들을 보았습니다. 내가 그들을 처음 보았을 때, 나에게 그들은 멋진 동시에 이상하게 보였습니다. 엄마가 나에게 그 불상들이 한국을 일본의 침략으로부터 지키는 데 큰 역할을 했다는 설명을 들은 후, 이제 나는 신선한 공기와 산의 정기를 가진 특별한 것으로 느끼고 있습니다.

한국에는 미국의 50개 주와 같은 9개의 지방자치 단체가 있습니다. 강원도, 경기도, 충청남도, 충청북도, 경상북도, 경상남도, 전라북도, 전라남도 그리고 제주도 등 총 9개 도가 있습니다. 나는 9개 도 모두를 여행을 했었는데, 내가 가 본 곳에 대해 이야기하고자 합니다. 첫째, 강원도에 있는 용평, 성우, 하이원, 알펜시아와 다른 스키장에 갔다 왔는데, 스키가 우리 가족이 제일 좋아하는 취미생활입니다. 내 쌍둥이 사촌과 나는 알펜시아에서 스키도 타고, 한국에서 가장 큰 거울 미러가 있는 곳에도 가 보았습니다 오는 2018년 동계올림픽이 평창에서 개최되는데, 주위에 알펜시아 그리고 용평 리조트 스키장이 있습니다. 내가 제일 좋아하는 스키장은 성우 리조트입니다. 왜냐하면 그곳은 내 친구와 가족들이 스키 묘기를 뽐낸 좋은 추억이 깃든 곳이기 때문입니다.

나는 경기도에 살고 있고, 주위에는 서울, 인천 같은 대도시들이 있습니다. 가장 인상적인 장소는 남이섬인데, 매년 재즈 페스티벌이 개최되고 있습니다. 거기서 전기 자전거도 타고 공예품을 만들면서 즐거운 시간을 가졌습니다. 우리가 무엇을 타고 남이섬에 갔을까요? 한국은 훌륭한 대중교통 시설을 갖고 있어서, 우리는 청춘ITX라 불리는 2층으로 된 기차를 타고 갔습니다. 기차는 여행하기에 매우 깨끗하고 편리했으며, 한국 동북 지역으로 가는 열차입니다.

충청남도는 내가 교회 친구와 바이올린 친구들과 함께 좋은 추억을 많이 쌓은 곳이기 때문에 좋아하는 장소 중 한 곳입니다. 나는 6월에 교회에서 여름 수련회를 하러 무창포 해수욕장에 갔었는데 서해안의 평화로운 해변에서 내 친구와 술래잡기 놀이도 하고 불가사리와 게도 잡았습니다. 무창포는 서해안에 있는데 거기서 우리는 겨울 바이올린 캠프에 참가했습니다. 합숙하는 5일 동안, 우리는 바이올린 연습을 하고 스파 같은 수영장도 갔었습니다. 수영장에서 우리는 따뜻한 물이 있는 야외로 나갈 수 있게 되어 있습니다. 가끔 밖에 눈이 오기도 하는데, 그래서 우리 입에서 눈송이가 바로 녹는 것처럼, 눈송이가 따뜻한 물에 닿으면 바로 녹습니다. 이른 아침에 우리는 썰물 때에 바다가 개방되어 다른 작은 섬으로 나 있는 길을 볼 수 있습니다. 머드(진흙) 축제는 또한 많은 외국 관광객을 유혹합니다.

충청북도에는 속리산이 있는데, 이곳에서 우리의 여름 바이올린 캠프가 열립니다. 겨울 캠프처럼, 우리는 하루 종일 바이올린을 연습하고, 때때로 사륜 자전거 같은 것을 타기도 하고, 거대한 불상과 흥미 있는 건축물이 있는 직지사를 가는 등 즐거운 시간을 가졌습니다. 지난 번에 찻집에서 머리카락이 하나도 없는 여성 스님을 만났는데, 나에게 아주 잘 대해 주었습니다. 스님은 엄마와 나를 만나 절에까지 가는 동안 즐거운 대화를 나누었다고 말했습니다.

경상북도는 엄마의 고향인 대구가 있는 곳입니다. 우리는 매년 친척들을 보기 위해 대구에 갑니다. 우리는 항상 추석, 설날, 또는 생일 같은 특별한 경우에 함께 자리를 합니다. 대구에는 우방랜드 같은 좋은 놀이공원이 있는데 이곳에서 롤러코스터와 자전거를 탔습니다.

부산은 경상남도에 있습니다. 어느 여름날, 우리는 부산에 있는 광한리 해수욕장으로 대가족 여행을 했습니다. 아빠와 나를 빼고서 모두들 익히지 않은 즉 생선회를 즐겨 먹었습니다. 여러분에게 재미있는 이야기를 하고자 합니다. 우리 가족은 해변에서 가족 사진을 찍으려 하고 있었는데, 이때 러시아 아기가 우리 사진에 찍혀서 마치 아기가 우리 가족 일원인 것처럼 되어 버렸습니다.

전라북도에서 우리는 슬로우 씨티에 갔었는데 그곳은 식당과 전통 한옥 그리고 숙박시설이 있는 민속 마을이었습니다. 거기서 우리는 가난한 사람이 사는 집과 부자들이 사는 집을 볼 수 있었습니다. 우리는 전통 옛

날 화장실을 보았는데 너무 무섭게 보여서 난 겁이 나 사용할 수 없었습니다.

나는 전라남도 진도에 가서 일본군을 무찌른 이순신 장군에게 참배를 하고 거북선도 보았습니다. 거기서 우리는 쇼를 보고 한 모텔에서 숙박했습니다.

나는 아직도 북한에 있는 백두산 천지에 네스호의 괴물 같은 뭔가가 있다는 밤 뉴스를 기억하고 있습니다. 내 친구와 나는 그것을 이해하기에는 아직 어렸기에 매우 두려워했습니다. 제주도는 내가 한 살도 안 되어 가서 많은 기억이 없습니다.

교육에 대한 한국인의 열정은 유대인과도 잘 비교됩니다. 여러분은 학원을 알고 있습니까? 학원은 학생들이 방과 후 과목을 배우는 교습소입니다. 과목에는 영어, 수학, 한국어, 과학, 음악, 미술, 무술 등이 있습니다. 한국 어린이 일상은 학원으로 인해 너무 바쁩니다. 그들은 집에 늦게 오며 집에 와서도 늦게까지 공부합니다. 다른 한국 엄마처럼 우리 엄마는 나에게 많은 것을 배울 기회를 주었습니다: 바이올린, 피아노, 중국어, 주산, 춤, 발레, 드럼, 도자기, 무술, 예술, 등등. 그런 다음 엄마는 내가 좋아하는 것을 선택하게 하고, 나는 3년 동안 바이올린 연습에 집중하고 있습니다. 내가 처음 학원에 갔을 때, 나는 다른 아이들이 날 쳐다보고 나에 대해 이야기하는 것을 좋아하지 않았습니다. 우리 엄마는 한국은 단일민족으로 구성되어 있기 때문에, 자신들과 다르게 생긴 사람에게 익숙하지 않다고 말씀해 주셨습니다. 나와 같은 어린아이가 큰 가방을 메고 학원 가는 것을 볼 때, 나는 그들이 원해서 학원에 가는지 엄마가 원해서 학원에 가는지가 궁금했었습니다. 결과적으로 나는 학원이 배우는 데 매우 유용한 곳이지만, 부모가 강제적으로 시키는 것은 바람직하지 않다고 생각합니다.

한국인들은 가족 간에 긴밀한 유대관계를 유지합니다.

다음 이야기는 내가 어렸을 때, 엄마가 항상 말해 준 것입니다. 옛날에 서로를 항상 아끼는 두 농부 형제가 살았습니다. 형은 결혼을 했고 동생은 하지 않았습니다. 그들은 벼를 심고 수확한 후에, 그것을 동등하게 나누었습니다. 형은 동생이 더 필요하다고 생각하기에 동생에게 더 주고 싶었습니다. 그러나 그는 동생이 그의 좋은 의도를 받지 않을 것을 알고 있었습니다. 동생은 형이 아이들 때문에 더 필요할 것이라 항상 생각했습니다. 형은 동생에게 더 주기를 결정하고 한밤중에 동생 집으로 쌀을 가져 갔습니다. 다음날 형은 같은 양의 쌀이 쌓여 있는 것을 발견했습니다. 형은 이상하게 생각하면서 매일 저녁마다 동생 집으로 쌀을 가지고 갔습니다. 형은 항상 똑 같은 양의 쌀이 쌓여 있는 것을 보고 매우 이상하다고 생각했습니다. 어느 보름달이 환하게 비추는 밤에 형은 쌀을 짊어지고 동생 집으로 가고 있었습니다. 보름달은 두 형제에게 무엇이 일어나고 있는지를 보여 주었습니다. 그의 동생도 형을 위해서 똑같은 행동을 하고 있었습니다. 두 형제는 서로를 위해 똑같이 하고 있어서 쌀의 양이 줄어들지 않은 것이었습니다. 형제는 보름달 아래서 서로를 껴안았습니다. 이것이 형제간의 정을 보여 주는 좋은 모범사례입니다.

나는 엄마와 형제들이 서로 주고받으며 돕는 것을 잘 보고 있습니다. 친척집을 방문할 때마다 엄마는 그들을 위해서 뭔가 좋은 것을 하려고 애쓰고 있으며, 친척들도 똑같습니다. 엄마는 내가 외동이기에 사촌들이 내 친 형제자매라고 말합니다. 나도 그렇게 생각합니다.

내가 좋아하는 한국음식은 전복죽입니다. 나는 새로운 음식을 먹을 때 매우 까다롭습니다. 그 때문에 엄마는 "이것이 네 할머니가 제일 좋아하는 것이야"라고 항상 말해 주었습니다. 할머니 말을 들을 때마다 나는 뭔가를 시도해 보고 싶은 마음이 들었습니다. 이렇게 해서 나는 전복죽을 먹게 되었고, 지금은 제일 좋아하는 음식이 되었습니다. 그것은 할머니가 만든 수프 맛이 납니다. 아빠가 좋아하는 음식은 달콤한 소스에 버무린 교촌 치킨입니다. 이것을 배달시키는 데 반 시간도 걸리지 않습니다. 그것은 아주 맛이 좋고 빠르게 배달됩니다. 좋아하는 치킨이 배달될 때마다, 아빠는 "나는 한국을 사랑해"라는 말을 잊지 않고 합니다.

김치는 최고로 유명한 한국음식인데, 너무 매워서 잘 먹을 수 없지만, 한국 아기들은 잘 먹을 수 있습니다. 내 친구 중 하나는, 두세 살 때 그녀의 엄마가 들려 준 김치 이야기 때문에, 김치를 먹기 시작 했습니다. 김치를 먹으면 입 안에서 불이 나온다는 이야기입니다. 호기심 많은 내 친구는 김치를 먹고 용처럼 그녀의 입에서 불이 나올까봐 물을 열 컵을 마셨다는 것입니다. 드디어 그 애는 곧 김치를 먹을 수 있게 되었습니다. 여러분은 김치 종류가 100개 이상이나 된다면 믿을 수 있겠는지요?

나는 한국 텔레비전 쇼를 매우 좋아합니다. 내가 좋아한 첫 번째 드라마는 '남자는 꽃보다 아름다워'인데 잘 생긴 네 명의 남자에 관한 이야기입니다. 나는 지금 '직장의 여신'이라는 드라마를 보고 있는데, 여주인공이 직장에서 비록 3개월짜리 계약직이지만 업무를 완벽하게 처리한다는 내용입니다. 그녀가 업무를 완벽하게 처리하는 한, 그녀의 상사라도 그녀의 인생을 통제할 수 없습니다. 대기업에 다니는 나의 한국 삼촌은 직장에서 그를 나가라고 하기 전까지는 직장을 떠나지 않을 것이라고 말했습니다. 이상하게 들릴 수 있지만, 지금은 내가 이 드라마 속에서 그것을 이해할 수 있었습니다. 일요일 밤의 '개그 콘서트'는 아주 재미있는 쇼 프로그램입니다. '동물 농장'은 동물에 대한 진짜 이야기를 보여줍니다. '스타 킹'은 아주 재미있고 감동적인 프로그램입니다. 한 십대 고아의 성공적인 인생 이야기가 '파파라치' 라는 영화로 만들어졌습니다.

내가 말했듯이 나는 두 나라 말을 할 줄 압니다. 내가 한국어를 잘 하게끔 만든 사람은 엄마가 아니고 나의 가장 친한 친구입니다. 내가 친구를 처음 만났을 때 우리는 여섯 살이었습니다. 나는 한국말을 하지 못했고 친구도 영어를 말하지 못했습니다. 우리는 그냥 함께 놀았고, 자기나라 말로 이야기했습니다. 곧 우리는 같은 학교에 입학했고, 많은 시간을 같이 보냈으며 방과 후에도 함께 놀았습니다. 지금 우리는 둘 다 두 나라 말을 합니다. 친구를 만드는 것이 외국어를 배우는 최상의 방법입니다. 내가 한국어를 말하는 데 몇 년이 걸렸습니다. 한번 여러분이 한국어를 처음 말하기 시작하면, 한국어를 읽고 쓰는 데 단지 몇 주면 가능합니다.

한국에서 생활하면서, 나는 이 나라의 오래된 전통과 새로운 문화에 잘 적응해 아주 좋고 재미있는 경험을 하고 있습니다. 북한이 다른 편에 있긴 하지만, 나에게 한국은 살기 좋은 평안하고 평화로운 곳입니다. 나는 여러분이 한국에서 가능한 한 즐거운 시간을 많이 갖기를 희망합니다.

The traditional Korean drum

Jamie B. Liu

12th Grade, Seoul American High School

All I wanted was a carton of eggs. I should have known there was going to be some complication right when my mom asked me to buy some. When I was ready to pay, I walked up to the counter and listened as the clerk asked me a question, but the words coming out of his mouth were foreign to me. I just nodded my head and smiled. The clerk stared at my Korean face with confusion, but then punched some numbers into a calculator and pushed it in my direction. Relieved, I gave him the amount of money showing on the screen and slightly bowed before running back to my apartment.

Out of all the other places I have lived, I consider Seoul, South Korea, as my home. Half of my body is filled with Korean blood after all, while the other half comes from my Chinese father. But despite my ethnicity and surroundings, never once have I looked in a mirror and thought that I was Asian. My younger years in America led me to believe that I was a Westerner like the majority of my classmates, but my reflection would say otherwise. In America, I speak the same tongue but do not share the same skin tone. In Korea, I blend in but cannot communicate fluently. I have become so used to being different and feeling left out due to appearance and language barriers, but my diverse family and group of friends here in Korea have helped me realize that I am not alone.

I like to think of my world as a big bowl of bibimbab, my favorite Korean dish. The sticky and moist rice represents the tight bond we all share and the variety of vegetables represents how different from each other we really are. But once we are mixed together along with a spoonful of spicy sauce to add flavor, we all make up the best combination. Although we share the same blood, my extended family is a huge mix of so many cultures. During family reunions, my brain becomes overwhelmed from the sounds of people conversing in different languages: Korean, Japanese, English, and even Hindi! My school located on USAG-Yongsan also includes students whose families come from all over the world, and becoming friends with them while learning about their traditions is an opportunity that is not available to everyone.

Many students who move here from the States or from a different army base do not take advantage of going out and exploring the exciting city of Seoul, South Korea and instead limit their surroundings to the Yongsan army base which is basically a mini America. Some people just do not give South Korea a chance, but I strongly believe that if they just tried to go out and see how much Seoul really does offer, they would not be disappointed. Wanting to learn more about the small peninsula I have been living on for more than half of my life, I started to take traditional Korean drum lessons during my freshman year of high school, and it is one of the best experiences I have had while living here and something I will cherish for the rest of my life.

When my mom first asked early in the morning one day if I was interested in learning how to play the traditional Korean drum, I thought I had been dreaming. Why would I want to learn how to play the drum? Was she just sleep talking? I finally got home from school and learned that my mom actually meant what she said earlier that day. One of her close friend's sons was already taking the class, and after hearing how he loved it and watching the elementary team perform with their powerful beats, I had my mom sign me up for lessons.

I can only imagine how different my life would have been if I had said 'no' to the opportunity that was given to me four years ago. Not only have I learned more about both Korean culture and music, but I have also made many new friends who I have surprisingly grown close to despite the frustrating language barrier. My teammates, ranging from middle school to high school students, were at first confused when they saw my Korean face and heard the broken sentences I spoke in their native tongue. Other than myself, there are three other foreign members on the team, and fortunately, the slight communication problem does not have any effect on our musical performances.

Whether we are just practicing in our comfortable practice room among the busy streets of Seoul or performing at City Hall in front of a huge audience, I have always felt more relaxed and stress-free after putting all my energy into beating the drum. Each member in the team has his or her own one-sided, standing drum, or buk, that differs in size depending on the player's height. A series of ropes surrounds the drum and can be adjusted to make it either tighter or looser for the tone. The Kkwaenggwari, a little gong made of copper, and Jangu, a smaller two-sided drum, are other Korean instruments used to add more excitement when we perform.

Drum lessons are all I daydream about while sitting in class, and when that Saturday does come when we finally meet for only two hours, I wish I could stay longer. My experience from being on the Korea drum team has expanded my knowledge of Korea and has taught me to not be afraid of trying something new.

Sometimes I forget my ethnicity. I have learned a lot more Korean over the years I have lived in Seoul, but thanks to Korea's diverse population, I have also learned bits of other languages. Moving back and forth between the States and overseas due to my father's military job has helped me keep an open mind on life, and the past ten years I have lived in Seoul has helped shaped me into the person I am today. I learn something new every day, and I hope I will be able to travel the world and experience as many different cultures as I can. I also hope to become a teacher and introduce foreign languages to children. The world was meant to be explored, and I was raised to be someone who always accepts a challenge, but I will never forget all the wonderful memories and friends I have made here in Korea and am proud to call it my home.

한국 전통 북

제이미 B. 리우
서울 아메리칸 고등학교 3학년

내가 사고 싶은 것은 달걀 한 판이었다. 엄마가 나에게 몇 가지 사오라고 했을 때, 나는 여러가지 복잡한 일이 있을 거라는 것을 알았어야 했다. 계산하려고 카운터로 가서 점원이 나에게 말하는 것을 들었는데, 점원이 하는 말이 나에게는 외국어로 들렸다. 나는 그저 머리를 끄덕이고 미소 지었다. 점원은 혼란스런 모습으로 한국인처럼 생긴 나의 얼굴을 보면서 계산기에 숫자를 입력시키고 내 앞으로 내밀었다. 다소 안심이 되어서 화면에 나타난 금액을 보고 그만큼의 돈을 지불하고, 고개를 숙여 살짝 인사하고 아파트로 돌아왔다.

나는 지금껏 살아 온 모든 곳 중에서 서울을 내 고향으로 생각한다. 내 몸의 반은 결국 한국인의 피로 구성되어 있고, 나머지 반은 중국인 아버지로부터 받은 것이다. 그러나 내 인종과 배경에도 불구하고, 거울에 비친 내 모습을 보면서 내가 아시아 사람이라고 생각하지 않았다. 미국에서 어린시절을 보내면서, 나는 내가 대부분의 반 친구들과 같은 서양사람이라 믿고 있었지만, 거울에 비친 내 모습은 다르다고 말하고 있었다.

미국에서 나는 같은 언어를 말하고 있었지만 같은 피부색을 공유한 것은 아니었다. 한국에서 나는 잘 어울리기는 하지만 유창하게 대화를 나누지 못한다. 외모와 언어의 장벽으로 인해 생김새와 느낌은 다르다는 것에 익숙해져서 살고 있지만, 나의 다양한 가족과 이곳 한국 친구들이 내가 혼자가 아니라고 느끼도록 도움을 주고 있다.

나는 내가 제일 좋아하는 한국 요리 비빔밥의 큰 그릇처럼 나의 세계를 생각하는 것을 좋아한다. 끈적끈적하고 촉촉한 쌀은 우리 모두가 공유할 단단한 결속력을 나타내고, 다양한 야채는 실제 우리가 다른 사람과 어떻게 다른지를 잘 표현하고 있다. 하지만 일단 우리가 맛을 더하기 위해 매운 양념을 한 숟가락 추가하여 혼합하면, 우리는 모두 최상의 조합을 구성하는 것이다. 우리가 같은 피를 공유하지만, 범위가 넓은 나의 가족은 너무나 다양한 문화로 구성된 거대한 혼합체다. 가족 초청 행사 기간 중에 나의 뇌는 다른 언어로 대화하는 사람들의 소리에서 압도되어 버린다: 한국어, 일본어, 영어, 그리고 심지어 힌디어까지! 미 육군 용산기지에 위치한 우리 학교의 가족은 세계 각국에서 온 학생들을 포함하고 있다. 이곳에서 우리는 친구들의 전통을 공부하면서 친구가 되어 가는데, 이런 것은 누구에게나 주어지는 기회가 아니다.

미국이나 다른 육군기지에서 이곳으로 온 많은 학생들은 외부로 나가서 흥미로운 도시 서울을 탐험하는 장점을 활용하지 않고, 대신 작은 미국이라 불리는 용산 육군기지 주위로 활동 범위를 제한하여 생활한다. 어떤 사람은 한국이 그냥 기회를 주지 않는다고 하는데, 그렇지만 난 강력하게 그들이 그냥 밖으로 나가서 서울이 얼마나 많은 즐길거리를 제공하는지를 본다면, 그들은 절대 실망하지 않을 것이라고 믿는다.

나는 내 인생의 절반 이상을 지금 살고 있는 작은 한반도에 대해 배우기를 원하는 마음을 갖고, 고등학교 1학년 때 한국의 전통 북을 배우기 시작했다. 이것은 내가 여기에 살고 있으면서 쌓은 최고 경험 중 하나로,

앞으로도 계속해서 이를 소중히 간직할 것이다.

어느날 아침 일찍 엄마가 나에게 전통 한국 북을 배우는 것에 관심이 있냐고 물었을 때, 나는 내가 꿈을 꾸고 있다고 생각했다. 내가 왜 북을 배워야 하지? 엄마가 잠결에 말하는 건가? 마침내 내가 학교에 갔다 집에 와서 실제로 엄마가 그날 일찍 말한 의미를 알게 되었다. 엄마의 절친한 친구의 아들 중 한 명이 이미 수업을 듣고 있었는데, 나는 그가 그것을 얼마나 사랑하고 있는지를 들은 후에, 또한 힘차게 북을 치는 초등학교 팀의 공연을 보고 난 후에, 엄마에게 수업에 넣어 달라고 요청했다.

4년 전 나에게 주어진 기회에 내가 '아니오'라고 했다면, 내 인생이 어떻게 달라졌을지 상상이 안 간다. 나는 한국의 문화와 음악을 배웠을 뿐만 아니라, 실망스런 언어 장벽에도 불구하고, 놀랍게도 어른이 되어갈수록 더 가까운 많은 새로운 친구를 만들었다. 중학생에서 고등학생에 이르는 내 동료들은 처음에 한국인 얼굴을 한 사람이 서툰 한국말을 하는 것을 보면서 당황했었다. 나 이외의 팀에 다른 외국 회원이 3명 있었는데, 다행히도 약간의 의사소통 문제는 우리의 음악 공연에 어떤 영향도 끼치지 않았다.

우리가 번화한 서울 거리에 있는 편안한 연습실에서 연습을 하거나 또는 서울시청에서 거대한 관객 앞에서 공연을 하든 간에, 내 열정을 북을 치는 데 다 쏟아부은 후에는, 나는 항상 더 편안해지고 스트레스가 다 날아간 느낌이 든다. 팀의 각 구성원은 각 연주자의 키 높이에 따른 각기 다른 북을 갖고 있다. 여러 종류의 끈으로 북을 동여매는데 음색에 따라 더 강하게 또는 약하게 조절할 수 있다. 구리로 만든 작은 꽹과리, 그리고 양쪽 면이 있는 장구는 우리가 연주할 때 더 강한 자극적인 소리를 내기 위해 추가되는 한국 악기다.

학교 수업시간에도 전통 북 교습에 대한 몽상에 젖어 있을 때가 있다. 우리는 토요일에 단 두 시간만 교습에 참가하는데 더 오래 머물 수 있었으면 하는 마음이 있다. 한국 전통 북 팀에서의 내 경험은 한국에 대한 나의 지식을 넓게 확장시키고 있으며, 새로운 것에 대한 어떤 시도도 두려워하지 말라고 가르쳐 주고 있다.

가끔 나는 내 민족성을 잊고 산다. 서울에 살면서 여러 해 동안 한국어를 많이 배웠고, 한국에 다양한 사람들이 살고 있는 덕분에 다른 언어도 조금 배우고 있다. 아버지 직업이 군인이어서 미국과 해외를 왔다갔다하는 생활이 나에게 열린 마음을 갖게 했다. 그리고 내가 서울에서 보낸 지난 10년은 오늘날의 나를 만드는 데 크게 기여하고 있다. 나는 매일 무엇인가 새로운 것을 배우고 있다. 그리고 세계를 여행하고 내가 할 수 있는 한 여러 문화를 경험할 수 있기를 희망한다. 또한, 나는 미래에 선생님이 되어 아이들에게 외국어를 가르쳐 주고 싶다. 세상은 탐험하도록 되어 있고, 나는 항상 도전을 받아들이는 사람으로 자랐다. 하지만 나는 여기 한국에서 만든 모든 멋진 추억과 사귄 친구를 영원히 잊지 못할 것이다. 나는 한국을 내 고향이라고 자랑스럽게 말할 것이다.

Seeing Korea by Swimming, Biking and Running

SSgt Bradley T. Williams
Maintenance Operations Squadron

In April of 2007 I was fortunate enough to arrive to Osan AB, South Korea. I arrived at the young ripe age of 21 years old, ready to party my one year tour away. I came here with the intention of only staying one year, and within the first 60 days I found myself signing to stay for two years. I came here thinking I would do what most individuals do, get four years of college partying done within a short 12 month period. Then I found myself here for 24 months and had even more time to party, well that got old really quick.

December of 2007 came around and I noticed a flyer for a triathlon on base for June of 2008. I had put on some weight and thought this would be a good way to get back into shape just before I was headed home for vacation.

It all began in March of 2008; I started swimming, biking and running. I trained pretty minimally going into my first triathlon but really found a passion for cycling. The thing I liked the most about cycling was the amount of distance you could cover in a short period of time. The great part about this was being in a foreign country and being able to see so much more than just the local bar scene within the 1 mile radius.

Weekend rides would go anywhere from one to six hours and cover anywhere from 15-100 miles. One of the most exciting trips that I embarked upon while here, was departing from Osan AB, heading North and just getting lost. A few hours into the ride we started seeing signs for 'Seoul', we figured why not make a whole day trip out of the ride and make it to Seoul.

As we approached the Han River the Seoul Tower came into view, so that sparked are interest of making it a 'big' day. I don't think there are too many people that can say they rode from Osan AB to the Seoul Tower and back. It was a long 7 hours on the bike and we covered 124 miles, but the amount of the country that we saw that day was amazing.

Unfortunately in April 2009 I left Osan AB and headed to Turkey for 15 months. I left here thinking I would never leave as I planned on getting out of the military. Plans changed and only 10 short months after leaving Osan, I had re-enlisted and orders back to Osan. I came back with a different purpose the second time around, not to get four years of college partying in, but to come back enjoy the place that I found a passion for cycling at by seeing even more of the country by cycling.

I arrived back to Osan in September of 2010. I was able to compete in quite a few races at the end of 2010, one of which was a half marathon where we came with-in 8 miles of the DMZ. I was also able to enjoy the fall weather by riding through the mountains of Misiryeong, running through the valleys of Chuncheon, and along sea in Tongeyong. 2010 laid the foundation for what would be a huge 2011.

2011 started off with one goal in mind, IRONMAN World Championships in Kona, Hawaii. This is the ultimate goal of many triathletes, and it is was my goal for 2011. To get to the IM World Championships you have to qualify at a regular IRONMAN event. Lucky for me, Jeju Island was holding IRONMAN Korea in July, which would give me a good opportunity to qualify for Kona. I laid out a plan to make it to Kona, and to do that meant a lot of training while here in Korea. I had found my way onto a Korean Cycling Team, Team Rapha-Storck out of Seoul. I started training with them on most weekends. The team is made up primarily of Koreans with a few foreigners from the US, Belgium and South Africa. As a team we raced in a 9 day cycling race throughout Korea in April, the Tour de Korea. We covered 900Kms, climbed over 5,000 meters, and absolutely enjoyed every moment of it as a team. It had its highs and lows, but in the end our team finished 2nd Overall and one of our team members finished 2nd place overall.

The Tour de Korea was a huge part of my training for IM Korea. IM Korea was a big race for me as it was my opportunity to qualify for Kona. I was looking forward to the opportunity to travel to Jeju, as I had never been there before but had heard many great things. I was really impressed with island and was able to enjoy the great sights prior to the race. The experience during the race was amazing, the local community really came together for the race and the volunteers were great.

It was a really humid and hot day, which from what I hear is a typical summer day in Jeju. The volunteers made sure to help keep all of us athletes cool my drenching us with cold water at each water stop and it was a huge relief. I ended up having a great day and was able to qualify for the IRON-MAN World Championships.

Leading up to Kona there were a few races here and there that I did throughout Korea. The one race that I will never forget and that holds a special place in my mind is the triathlon out on Ulleung Island. It is by far the best experience that I have had in Korea to date. I traveled out to the port city near Sokcho with two of my good Korean friends. We the boarded a ferry and took the ferry to Ulleung, I believe it was approximately a 3 hour ferry ride.

The interesting part about Ulleung is that it is disputed land between Japan and Korea along with Dokdo Island. I talked with many of my Korean friends and they were very surprised that I traveled there as it is somewhere that a lot of people would like to go but have never made it to. I felt very grateful to not only be able to experience this great island but also to be able to race a triathlon on the island. The best part wasn't the triathlon itself; it was a swim that we took part in later that day. We got on another ferry and traveled out to Dokdo Island and were able to swim between the two islands out there which were approximately 400 meters apart. All of the Koreans that took part in the event were very excited about the experience and I could tell how important and special it was to them, I felt honored to be a part of such a great event.

Without all of the above events I would not have made it to the IM World Championships. It was because of all my time spent in Korea and all of the great training opportunities that I came across that I was able to obtain my goal. I am so grateful that I came to this place expecting to party it away, and by shocking surprise I left here with a passion for an amazing sport. Not only did I leave here, but I returned again, strengthened some great friendships, made some new friendships and most importantly have been able to see even more of this amazing country.

If there is one thing that I wish more people could do while here on the typical one year tour, would be to escape the one mile radius which seems to trap so many individuals into the stereotypical Korean tour. I try my best to help individuals see more than just the bar scene, but I am only one person, but I am one person that could possibly impact someone's life like that small flyer about a triathlon impacted my life.

3종경기에서 본 한국

브래들리 T. 윌리엄스 하사
주한 미공군 정비지원단

2007년 4월, 대한민국 오산 공군기지에 도착한 나는 확실히 행운아였다. 나는 21세의 젊은 약관의 나이에 1년 근무를 위해 한국에 도착하였다. 그냥 1년만 근무할 의도로 여기 왔었는데, 첫 60일 이내에 2년 연장 근무에 서명하였다. 나는 대부분의 군인과 같은 생각을 하고 왔는데, 4년의 학사일정을 짧은 1년 내에 마치는 것이었다. 그리고 24개월 동안 여기에 더 있고, 학사일정에 좀 더 많은 시간을 보낼 것이며, 그러면 좀 더 일찍 늙게 될 것이라 생각했다.

2007년 12월 어느날, 나는 2008년 6월 기지에서 거행될 3종 경기에 대한 광고 홍보물을 보게 되었다. 고향으로 돌아가기 전 근무기간 동안 체중도 줄이고 멋있는 몸매를 만드는 데 아주 좋은 방안이라 생각했다.

모든 것은 2008년 3월부터 시작되었다. 나는 수영, 자전거 타기와 달리기를 시작했다. 첫 3종 경기에 참가하기 위해 최소한의 적절한 훈련을 시작하였는데, 사이클링에 대한 나의 열정을 발견할 수 있었다. 내가 자전거 타기에서 가장 좋았던 것은, 보통 예상보다 더 많은 거리를 갈 수가 있었다는 것이다. 정말로 좋았던 것은 부대 주위 1마일 이내 있는 술집을 벗어나, 더 많이 외국의 현지 풍물들을 볼 수 있게 된 것이었다.

주말 동안 나는 1시간에서 6시간 안에 자전거로 15~100마일에 거리에 있는 어디라도 갈 수 있었다. 내가 여기 있는 동안에 다녀 본 가장 흥미로운 여행 중 하나는, 오산 공군기지에서 출발해 북쪽으로 갔었는데 그만 길을 잃어버린 것이다. 우리는 몇 시간 자전거를 타고 가다 보니 '서울' 이정표가 보이기 시작했는데, 하루종일 자전거 탄 김에 한번 서울로 가 보자 하는 생각이 들었다.

우리가 한강에 접근함에 따라 서울타워가 보이기 시작했고, 호기심이 더욱 더 일어났는데 정말 대단한 날이 되었다. 나는 공군 오산기지에서 서울타워까지 하루에 자전거를 타고 왕복할 수 있는 사람은 많다고 생각하지 않는다. 자전거로 7시간 긴 여정으로 124마일을 달렸는데, 그날은 정말 대단한 하루였다.

아쉽게도 나는 2009년 4월 오산 공군기지를 떠나서 15개월 동안 터키에서 근무했다. 나는 군대에서 내가 계획한 것을 얻지 않고서는 절대 군을 떠나지 않으리라 생각하면서 한국을 떠났다. 오산기지를 떠난 지 10개월 만에 나의 계획은 변경되었고, 나는 재 복무신청을 하였고, 다시 오산기지 근무를 신청하였다. 나는 다른 목적으로 두 번째 한국으로 다시 오게 되었다. 4년제 대학 학점을 따는 목적이 아니라, 나의 자전거 타는 열정을 발견한 한국에서 자전거를 타면서 한국의 좀 더 많은 것을 보고 즐기기 위해서 다시 온 것이다.

2010년 9월에 다시 오산에 도착했다. 2010년 말, DMZ내에서 거행된 8마일 하프 마라톤 경기에 몇 번 참가하였다. 가을에는 미시령 고개의 산길을 자전거로 달리고, 춘천 계곡을 달리며 그리고 통영의 바닷가에서 수영하며 즐길 수 있었다. 2010년의 경험들은 2011년의 단단한 토대가 되었다.

나는 2011년 하와이 코나에서 거행되는 세계철인선수권대회에 마음의 목표를 두고 시작했다. 이 대회는 많은 3종경기 선수의 궁극적인 목표이며, 2011년의 내 목표이기도 하였다. 세계 철인3종경기에 참석하기 위해서는 지역 철인 경기에서 참가자격을 획득해야 한다. 나는 운이 좋게도 제주도에서 철인3종경기가 계획되어 있어 좋은 기회가 되었다. 나는 그것에 계획을 맞추어 훈련을 많이 하기로 작정을 하였다. 그리고 한국 사이클 팀 Rapha Storck에 가입해서 내 길을 발견했다. 대부분 주말을 그들과 함께 훈련했다. 팀 구성원은 주로 한국인이며 미국, 벨기에, 남아프리카에서 온 외국인으로 이루어져 있었다. 4월에 우리는 함께 '투어 드 코리아'에서 한국 전역을 9일간 자전거 경주를 하였다. 우리는 900km를 달렸으며, 5,000 미터 이상의 산을 달렸으며, 팀으로서 진정으로 모든 순간을 즐겼다. 좋은 성적도 내고 부진한 때도 있었지만, 마지막에 우리 팀은 전체 2위를 달성하였고, 우리 팀 멤버 중 한 명이 개인전 2위로 경기를 마쳤다.

　'투어 드 코리아'는 한국 철인3종경기에 대비한 아주 중요한 훈련이었다. 한국 철인3종경기는 나의 자격을 인증받을 수 있는 아주 큰 경기다. 나는 제주도에 전에 가보지 않았지만, 제주도에 대해 좋은 정보를 많이 들어서 꼭 가보고 싶은 마음이 들었다. 제주도를 가 보았을 때 정말 감동받았고, 경기 전에 좋은 장소를 여행하면서 즐길 수 있었다. 경기 도중 놀라운 경험을 할 수 있었는데, 지역 사회가 경기를 적극 후원해 주었고 자원 봉사자의 활동은 대단하였다.

　날씨는 내가 전해 들은 제주의 전형적인 여름 날의 정말 습하고 뜨거운 하루였다. 자원봉사자 분들이 임시휴게소에서 선수들이 몸을 식힐 수 있도록 찬물을 확 부어 주있는데 징밀 구세주 같았나. 나는 좋은 하루를 잘 마치고, 철인3종경기 세계선수권대회에 나갈 수 있는 자격을 받을 수 있었다.

한국 전역에서 진행된 여러 경기에 나는 몇몇 경주에 참가하였다. 내가 결코 잊지 못하는 경기는 특별한 장소인 울릉도에서 거행한 3종경기였다. 그 경기는 그때까지 내가 한국에 온 이래 최고의 경험이었다. 나의 좋은 한국 친구 두 사람과 함께 속초 근처 항구도시에서 출발하였다. 우리는 여객선을 타고 울릉도에 갔다. 약 3시간 동안 여객선을 타고 갔다.

울릉도에 관한 재미있는 이야기 중, 독도가 한국과 일본 사이에 있는 분쟁의 땅이라는 것이었다. 내가 많은 한국 친구와 얘기할 때 그들은 내가 그곳을 여행했다는 데 매우 놀랐었는데, 그곳은 많은 사람들이 가고는 싶지만 가보지 못한 곳이기 때문이다. 나는 위대한 섬을 경험했을 뿐만 아니라, 섬에서 3종 경기를 했다는 것에 매우 감사하고 있다. 가장 좋았던 점은 3종경기 그 자체가 아니고, 경기 후 그날 나중에 수영을 한 것이었다. 우리는 다른 여객선을 타고 독도로 가서 약 400미터 떨어져 있는 동도와 서도 두 섬 사이를 수영한 것이다. 참가한 모든 사람들은 한국인의 이런 이벤트 경험에 매우 흥분했다. 그리고 나는 이런 행사가 그들에게 얼마나 중요하고 특별하다는 것을 감히 말할 수 있고, 내가 그런 큰 행사의 일부가 된 것에 영광을 느꼈다.

앞에서 언급한 행사들이 없었다면 나는 철인3종경기 세계선수권대회에 참가할 수 없었을 것이다. 나는 한국에서 보낸 시간과 내가 받은 좋은 훈련 기회 덕분에 그러한 내 목표를 달성할 수 있었다. 나는 내가 한국에 온 것에 대해 감사하고, 충격적인 사건들과 놀라운 스포츠에 대한 열정을 가지고 한국을 떠났다. 나는 한국을 떠났었지만 다시 돌아왔으며 강한 우정을 만들었다. 더 중요한 것은 이 놀라운 나라를 더 볼 수 있었다는 것이다.

나에게 많은 사람이 통상적인 1년 근무하는 동안 할 수 있는 한 가지를 말하라고 한다면, 한국 근무의 함정인 틀에 박힌 영외 1마일 반경으로부터 벗어나라는 것을 말하고 싶다. 나는 부대원들로 하여금 부대 앞의 술집 광경 그 이상의 것을 보게 만드는 데 최선을 다 해 노력하고 있다. 나는 술집 그 이외의 것을 본 유일한 사람이기 때문이다. 그러나 3종 경기의 작은 홍보지가 나의 인생에 영향을 준 것처럼, 나는 누군가의 인생에 영향을 줄 수 있는 한 사람이 되고자 한다.

Living in Korea

Helena Ratzlaff Bauer

Since we started our overseas tour in August 2010, we have made a great number of positive experiences.

Dongducheon in the Gyeonggi-do province is our current home. Five minutes from our military installation, less than an hour away from Seoul and right next to the 'Soyosan' mountain.

For short trips we always choose exploring its diverse trails or visiting the Sinbuk resort about twenty minutes away by car, a spa of natural spring water with many relaxing facilities for adults and fun pools for children. Thanks to the Korail (Korean railroad system) we are also perfectly connected to the metropolis and our travel expenses to the greatest sightseeing locations total up to 10 or 12 USD for our whole family.

The subway with a detailed map in Korean and English makes it easy to get around and discover Seoul. A great approach towards a greener planet, since taking the subway is a stress free and inexpensive alternative also for folks on their way to work and school every day. The train stations are futuristically designed, kept clean and relatively safe. An achievement the Korean government can be proud of.

The peninsula is surrounded by exotic holiday destinations like Thailand, Indonesian islands, but also China and Japan, so it is generally a good point to go on vacation from.

South Korea offers plenty of possibilities for cultural exchange and entertainment. From exhibitions of contemporary arts on, over exciting shows of martial arts masters jumping meters up in the air or magician cooks chopping up confetti of food. Meetings of all kinds take place around Seoul, there are nonprofit organizations like the Royal Asia Society, lecturing about Korea's history and arranging tours throughout the country or the Seoul International Women's Association, open to all nationalities. A very helpful social group like 'Meet up Korea' helps foreigners staying connected and building confidence in the largest city of the OECD (Organization for economic Co-operation and Development). Yearly celebrations like the Drum or the Cherry Blossom Festival are unique events worth seeing full of unforgettable pictures.

The symbiosis of tradition and innovative lifestyle is a fascinating aspect inviting for a splash in the exciting sea of the best secret kept in Asia.

Korean custom ceremonies are as interesting and colorful as their cuisine. The wisdom of herbal medicine and preparation methods of certain foods is worth gold and has been passed on for hundreds of years. With an open mind, an adventurous spirit and a portion of fortitude, you can enjoy the local dishes with all senses. It is true, you could read a dozen of books about Kimchi and how it is made, but until you try it yourself you will not have an idea of what it tastes like. The vitamin content of the fermented cabbage dish surprisingly increases as it ages.

Bulgogi is very thinly sliced beef in gravy and preferred by most of my friends used to the Western way of cooking. There are also all kinds of restaurants like pizzerias and steakhouses serving European and American food. Diverse bakery franchisers bring that kind of French flair with the lightness of being and the scent of freshly baked baguette and Arabica coffee into the busy streets downtown.

The assortment of vegetables and dark leafy greens at the local markets and supermarkets is rich and a sheer pleasure to integrate in our menu. Every day our table is centered with a composition of different kinds of lettuce, which looks like a big bouquet from a fancy flower shop, but is of course edible and full of nutrients. The selection is amazing and I must admit we did not have this ritual back home. Most of the foods we consume are raw as they are, including seafood, so I am very happy to have my trusted sellers whom I purchase my fish and oysters of good and fresh quality from. Especially if shopping for seasonal produce it is quite affordable to live on a healthy diet including lots of fresh ingredients.

Indeed, the majority of the population you see in public are lean and fit. I could have never imagined the river walk just down the road, would be so crowded at six o'clock on a Saturday morning. You will see people running, biking and using the exercise equipment build in at most parks and alleys.

Our passion for hiking we share with the local population completely, since we sort of stumbled upon the mountain 'Yongmasan' on our way to the Children's Grand Park, another kind of national treasure. The grand park contains a zoo, beautifully arranged gardens, an amusement park and a huge playground and much more and is our second best location for weekend leisure. To the 'san's' (mountains), we were hooked from the first trip. Our children four and five years of age figured out quickly the purpose of going all the way up, as we reached the peek and sat down to rest, tipsy from the fresh air, gazing upon the soul opening width of the landscape. Also the feeling of triumph after putting in so much of your own effort made us fall in love with the mountains, just like the friendliness of the people which we are surrounded with no matter where we go. Adorable how mothers always advise their kids to share, of course our children end up receiving all kind of goodies from young and old, when we travel. This might seem silly to the reader, however I think it reflects the character of the collective thinking besides the marketing oriented world of better, faster, richer. The practice of giving and sharing provides the feeling of abundance, emphasizing that there is enough for everybody and what we give comes back multiplied. This kind of social intelligence develops with the population density of 487 heads per square kilometer, more than 10 times the global average.

A true story to that subject we made our family anecdote and every time we remember, everybody smiles. After ordering ice cream at a local café, we watched three young people serving us. One held the cone, the other operated the ice cream machine and the third one received the payment. "Did you know the unemployment rate in South Korea decreased to about three percent currently?" my husband asked holding his thumbs up. Yes, jokes aside you will see students on their way to school on the weekends and yes diligence distinguishes these people's character.

The family bonds are very strong in the Korean society I have noticed, while interacting with native friends. This is an important point that makes this country very attractive. An almost inborn instinct is the respect for the elders, a good example to follow.

The kindness and the accuracy are Korea's trademark and there is a clear parallel in the way people dress. Elegant business looks mixed with bohemian inspired fashion are dominating. The airy garments in the currently very popular 'Lolita' styles flatter the incredibly petite young ladies, while young men tend follow the 'Dandy' trend, which gives casual wear a handsome touch.

Last but not least, I didn't get pass the traditional clothing in the Nubi - quilted version, with its simple and aesthetic kind it has captured me most. A sewing method done to join two layers of fabric often with filling usually cotton, used to produce warmer clothing or decorative items. The art of slowness and work of relaxation, while the Nubijang - master quilter has to give all of his or her attention to the stitching, is delicate and therefore quite astonishing. For my part just the right object to start a small collection of.

All in all I am very grateful for the opportunity to have gained the knowledge and collected precious memories during our stay. I would always want to come back to greet one more sunrise in the 'Country of the Morning Calm'.

한국에서의 생활

헬레나 라쯔랄프 바우어

우리는 2010년 8월 해외 근무를 시작한 이후 많은 긍정적인 좋은 경험을 하고 있다.

우리 집은 경기도 동두천에 있다. 우리 부대로부터 5분 거리에 바로 소요산이 있고, 서울로부터는 한 시간 미만의 거리에 있다.

단거리 여행으로 우리는 항상 다양하게 난 길을 찾아다니거나, 차로 약 20분 거리에 있는 신북 온천에 가는데 이곳은 어른과 아이들을 위한 다양한 시설들이 구비되어 있는 천연 온천장이다. 도시 철도가 대도시와 완벽하게 연결되어 있어 유명 관광지에 가는 데 우리 가족여행 경비로 10~12달러면 충분하다.

지하철에는 한국어와 영어로 표시된 상세한 지도가 있어 서울 모든 곳을 쉽게 가 볼 수 있다. 지하철을 이용하면 편안하고 저렴한 대안 교통수단으로서 많은 사람이 매일 출근하고 학교에 등교할 때 이용한다. 기차역은 미래 지향적으로 설계되어 있고, 깨끗하며 상대적으로 안전하다. 이런 것은 한국 정부가 자랑할 만 한 것들이다.

한반도는 인도네시아, 타이와 같은 이국적이고 멋진 휴양지, 그리고 중국 및 일본에 의해 둘러싸여 있어 일반적으로 휴가 여행을 떠나기에 좋은 위치에 있다.

한국에서는 충분한 문화 교류 및 여흥을 즐길 수 있다. 현대예술을 보는 것에서부터 수 미터 공중을 나는 흥미진진한 태권도 묘기나 다양한 식재료를 가지고 만드는 요리 프로그램까지 다양하다. 여러 종류의 모임은 주로 서울에서 이루어지는데 한국 역사에 대해 교육하고, 전국 여행도 주선하는 로얄 아시아 재단 같은 비영리 조직이나 서울국제여성협회 같은 곳이 있는데, 모든 국적의 외국 사람들에게 문호가 개방되어 있다. '한국 만남' 같은 매우 유용한 사회연결 단체가 OECD(경제협력개발기구)의 큰 도시에 체류하는 외국인들에게 신뢰를 쌓고 인연을 맺게 해주는 데 도움을 주고 있다. 도서축제 또는 벚꽃축제 같은 연간 행사는 볼 가치가 있는 독특한 행사로서, 이런 이벤트들은 잊을 수 없는 추억거리다.

전통과 혁신적인 생활 스타일의 공존은 아시아 최고의 비밀을 간직한 감동적인 바다에서 물이 튀는 것 같은 강한 매력을 발산한다.

한국 관습 의식은 한식만큼이나 재미있고 다양하다. 한방 의학의 지혜 및 특정 음식의 준비하는 과정은 금메달감이며 수백 년 동안 지혜가 이어져 왔다. 열린 마음과 모험 정신, 불굴의 의지를 갖고 있으면 모든 감각으로 현지 요리를 즐길 수 있다. 김치를 어떻게 만드는가 하는 책을 많이 읽더라도, 스스로가 김치를 먹기 전까지는 그 맛이 어떤지를 알 수 없는 것이 사실이다. 발효시킨 배추김치에서 비타민은 놀랍게도 시간이 갈수록 증가한다.

불고기는 쇠고기를 아주 얇게 썰어 간장 양념에 버무리고, 불판 위에서 익히는 요리로 내 친구들 대부분이 아주 좋아한다. 또한 유럽과 미국식 음식을 제공하는 피자집이나 스테이크 식당이 많이 있다. 다양한 빵

집에서 가벼운 입맛의 프랑스 감각의 빵을 팔고, 갓 구운 바케트 빵과 아라비카 커피의 신선한 향기가 번화한 거리에 퍼져서 사람들을 매료시킨다.

야채와 재래시장 및 슈퍼마켓에서 파는 진한 녹색 잎이 많은 채소는 풍성하여 우리의 식단을 짜는 데 완벽한 기쁨을 주고 있다. 우리의 식탁은 매일 멋진 꽃가게로부터 온 큰 꽃다발처럼 생긴 여러 종류의 식용 상추가 올라오는데 그 자체가 영양분 덩어리다. 참 놀랍고, 이런 것이 미국에는 없다는 것을 나는 인정한다. 우리가 소비하는 식품의 대부분은 해산물을 포함해서 신선하고, 신뢰할 수 있는 가게에서 좋은 품질의 생선과 신선한 굴을 살 수 있어 나는 행복하다. 특히 계절 농산물을 구매하는 경우에 건강 다이어트에 다량의 신선한 재료를 저렴하게 살 수 있다.

실제로 공공장소에서 대부분 사람들의 체형이 날씬하고 아주 바른 것을 볼 수 있다. 토요일 아침 6시 강변 산책로에 사람들로 엄청 붐빈다는 것을 결코 상상해보지도 못했다. 사람들이 자전거를 타거나 혹은 대부분의 공원과 골목길에 설치된 운동 장비를 사용하는 사람들을 당신은 볼 수 있을 것이다.

일종의 국보급인 어린이대공원에 가려다 근처 용마산에 갔다 온 이래, 나는 현지인들과 등산 열정을 함께 나누고 있다. 어린이대공원은 동물원을 포함해서 아름다운 정원이 있으며, 놀이공원과 거대한 운동장 그리고 주말 여가 활동을 할 수 있는 우리에게 두 번째 최고의 장소다. 우리는 첫 번째 산행부터 등산에 푹 빠져들었다. 네 살과 다섯 살인 내 아이들은 우리 산행의 목적을 바로 알아차렸으며, 산 정상에 도착해 앉아 쉬면서 신선한 공기를 마시면서, 탁 트인 영혼으로 아름다운 전망을 바라보았다. 또한, 많은 노력을 들인 후에 느끼는 승리감은 우리로 하여금 산을 사랑하게 만들었고, 어디에 가든지 우리의 많은 사람들의 친절이 우리를 산에 빠지게 하였다. 어머니가 자식들에게 나누는 조언이 항상 사랑스럽듯, 우리 아이가 등산할 때, 주위 남녀노소 사람들로부터 여러 좋은 말과 격려를 듣기도 했다. 여러분에게 어리석게 보일 수도 있겠지만, 그러나 더 낮게, 더 빠르게, 더 풍요로움을 추구하는 황금만능 세상에서, 나는 이런 것이 풍요로운 집단적 사고를 반영하고 있다고 생각한다. 주고 나누는 행위야말로 감성을 풍부하게 하고, 모든 사람을 풍요롭게 하며 그리고 되로 주고 말로 받는 것이다. 이러한 사회적 지능이야말로 인구밀도가 세계 평균보다 10배 더 많은 1평방 킬로미터 당 487명의 이나라 대한민국을 발전시킨 것이다.

우리 가족 일화의 진실한 이야기를 기억해 낼 때마다, 모든 사람들을 미소 짓게 한다. 동네 카페에서 아이스크림을 주문한 후, 우리는 그 곳에서 일하는 젊은 세 사람을 관찰해 보았다. 한 명은 콘을 꺼내들고, 다른 사람은 아이스크림 기계를 작동시키고, 세 번째 사람은 대금을 받고 있었다.

"당신, 현재 한국의 실업률이 약 3%로 감소한 것을 알아?" 내 남편이 그의 엄지손가락을 치켜 세우며 물었다. 그렇다, 당신은 주말에 학생들이 학교에 가는 것을 볼 수 있는데, 근면이 이 사람들을 구별하는 특징이다.

내가 보기에 한국 사회는 가족 유대가 매우 강하며, 고향 친구와 긴밀히 정을 나누는 사회다. 이런 것이 이 나라를 매우 매력적이게 만드는 중요한 점이다. 거의 선천적 본능으로 나이 든 사람에 대해 존경심을 표하는 것은 배워야 할 좋은 예절이다.

친절과 정확성은 한국의 대표적 상표이며, 그리고 사람들 옷 입는 것에도 명확한 방식이 있다. 보헤미안 스타일의 패션에서 영감을 얻은 우아한 비즈니스 옷차림이 주류를 이루고 있다. 현재 유행은 통풍이 잘 되는 '로리타' 스타일 의상이 체격이 작은 세련된 젊은 숙녀에게 인기가 있고, 젊은 남성들은 멋을 부린 캐주얼 스타일이 '멋쟁이' 복장 추세다.

마지막으로 하나만 더 이야기하면, 간단하지만 나를 미적 감각으로 가장 사로잡은 누비로 만든 전통 복장인데 나는 입어보지 못했다. 바느질 방법은 2개의 직물 사이에 면을 넣고 바느질로 촘촘히 꿰매는데, 따뜻한 옷이나 장식보를 만드는 데 사용한다. 느림의 예술로 여가를 활용하여 누비는 사람이 모든 신경을 집중해서 바느질을 해야 하는데, 그 제품이 무척 섬세하고 놀라울 정도로 아름답다. 지금부터라도 바로 조금씩 수집을 시작해 보고 싶다.

　무엇보다도 우선 한국에 머무르는 동안 귀중한 지식과 소중한 추억을 쌓은 것에 대해 매우 감사하게 생각한다. 나는 항상 '조용한 아침의 나라'에서 한 번 더 일출을 맞이하기 위해 이곳에 다시 오기를 기원하고 있다.

Four decades in Korea

Colonel Kathleen A. Gavle
USAG Daegu

My life in Korea spans nearly four decades, from 1976, when I arrived as a middle school student, to 2010 when I returned to Korea as an Army colonel.

Since 1976, my military assignments have included four additional trips of various lengths to Korea. As I reflect on the best things about this final assignment in Daegu, I realize that each prior assignment has left an indelible mark on my life.

My first 'assignment' to Korea was as the dependent of a businessman. My father would be the lead for a three-year modernization project for Seoul National University Hospital. The Phillips family flew to Seoul, Korea in August 1976. Kimpo was the major international airport, and it was hot and steamy with humidity that would become very familiar over many years. We left a country celebrating its Bicentennial to come to a country seemingly in turmoil.

Kim Il Sung, North Korea's leader since its post-World War II founding as a Communist nation, had spent three years a decade earlier engaged in so many provocations that the period 1966-1969 was coined the 'Second Korean War.' Now in August 1976, North Korean Soldiers had hacked two American officers to death in the Demilitarized Zone (DMZ) as they oversaw tree trimming. As a junior high student, I was not then keenly aware of what this provocation meant for the US military forces in Korea, but the photos and posters in the lobby of the Chosun Hotel, our temporary home, remain a vivid memory. I would gain great appreciation for the impacts of North Korean provocations years later as a Soldier.

Although my three years in Korea in the late 1970s didn't bring me into much contact with actual Soldiers, my access to the military community was through my parents' Embassy friends. I came to know several places on Yongsan and have particularly fond memories of South Post Chapel, the Frontier Club, and the Embassy Club.

Curfew, civil defense drills on the 15th of every month, and armed Soldiers in the streets of Seoul were common. Also common were anti-government student protests and riots during school breaks every year. During those three years, I learned about the debate over withdrawing US troops from Korea, a debate I would watch again as an undergraduate, a graduate student, and a Soldier. It was also during those years that I visited the DMZ and Joint Security Area (JSA) for the first time and learned about the third tunnel discovered under the DMZ in 1978.

The Phillips kids attended Seoul Foreign School (SFS) and had friends from all over the world. We met our first friends in the apartment elevator; their dad was from Pakistan and their mom from Scotland. Other friends were from Sweden, Germany, and Korea. We even had a student from Rhodesia, a place hard to locate on a map of today's Africa. In 1978, my best friend was the daughter of the Iranian ambassador to Korea. By November 1979, I was back in the States worrying about her as Iran's revolution and the American hostage crisis raged.

I developed a love of history at SFS with classes about China, Japan,

Korea, Latin America, and Africa. Our ability to travel throughout Asia complemented classroom education, and I have fairly clear memories of the history and culture we experienced. Visiting Taiwan brought home the meaning of President Nixon's trip to China and the delicate balance associated with our diplomacy. We toured Hong Kong when it was still a British colony. Imelda Marcos' shoe collection was not yet infamous when we travelled to the Philippines. A stop in Japan and several days in Singapore rounded out our Asian travels.

Jump ahead to 1988. I had graduated from college and was a lieutenant at my first assignment at Fort Meade, Maryland. Although my company commander and the platoon sergeants were great mentors, I sought a tactical assignment and asked to go to Korea. Before that came through, my commander sent me on a tasking to support Ulchi Focus Lens (UFL), an annual August ritual I would experience five more times. I was part of the US liaison team for the Third Republic of Korea Army (TROKA). The month I spent in Korea introduced me to military plans and the daily workings of the ROK-US Alliance. My favorite memory is one of holding a ROK lieutenant's evening meal hostage to completion of sending a tactical fax to our US headquarters. Upon mission completion, he brought me radish kimchi, still one of my favorite Korean foods.

I spent the rest of 1988 gaining signals intelligence skills and studying the intelligence and operations plans for Korea. In 1989, my transfer finally sent me to the 2nd Infantry Division in Tongduchon, where I led an intelligence production section within the Division G-2.

The tempo of field exercises was relentless for an intelligence officer, but Korea was a great place to serve. I was living and working on the same ground fought over during the Korean War and with significant potential to become a future battlefield. My rucksack was always packed, and the alert siren went off every month. During one such alert, I provided mission briefs for teams from the Long Range Surveillance Detachment (LRSD) and recall being extremely impressed with the detailed intelligence reports they subsequently provided.

I also recall sharing a bottle of Pepsi in lieu of soju with a Korean warrant officer during a partnership event at the Capital Mech Division headquarters. I later served as a platoon leader in direct support of 3rd Brigade, then stationed in the Western Corridor. Those memories involve dragging ground-based collection systems up and down muddy hills along the DMZ through the hot, humid, rainy monsoon season. It was the one time in my career I felt compelled to don the entire wet weather 'gumby' suit.

My first full tour in Korea as a Soldier increased my understanding of plans and planning and filled gaps from my Stateside studies. Kim Il Sung still led North Korea, and I witnessed the beginnings of nuclear activity in Yongbyon, the development of the Koksan Gun, and the economic struggles the nation had after its sponsorship of the 1989 World Youth Games.

Following his trip to China, my father stopped by Seoul, and we returned to Seoul Foreign School for a visit. The campus had expanded and added a British school. A former student-athlete had become a teacher. And I observed that quality of life as a Soldier was a bit easier than as an expatriot not affiliated with the military.

By 1990, the Berlin Wall had fallen, shaking the status quo in Europe. In August, Saddam Hussein invaded Kuwait, triggering Operations DESERT SPRING and STORM. For those of us serving in Korea, the Army's STOP LOSS policy kept the Soldiers we had in place, but operations in Southwest Asia meant I had a system non-mission capable for more than six months because I couldn't get a part.

In 1990, a fourth tunnel discovered along the DMZ indicated Korea was still a dangerous place.

The years 1992 to 1995 were among my most influential. I had completed graduate school by this tour, and I again took note of the force posture changes ongoing since the Carter Administration. I would have three jobs with the 2nd Infantry Division's military intelligence battalion, first as an assistant operations officer, then as the battalion logistics officer. Seven years later, I applied training concepts from this tour to reorient the training of the Marne Division's military intelligence battalion as we redeployed from Bosnia and prepared for operations in Southwest Asia.

A skydiving accident in September 1993 put me in the hospital for three months, but my battalion commander let me return to Korea and eventually take company command. I took command on July 8, 1994, the same day that Kim Il Sung died, and spent a year conducting operations in direct support of the Division's 1st (Iron) Brigade. The brigade's leadership completely embraced its supporting units to build an exceptionally coherent team. From warfighting seminars to brigade social events, we were an integral part of the team. The commander even renamed the brigade's club the 'Iron Brigade Combat Team Club'.

By the fall, North Korea's new leader Kim Jong Il had begun saber-rattling, and my company deployed teams along the DMZ to support JSA operations. In December, my other platoon was working with ROK Army intelligence counterparts along the DMZ when Bobby Hall's Kiowa helicopter strayed into North Korean airspace and was shot down. Throughout that year, I was part of an intelligence battalion leading change in Army tactical intelligence formations and doctrine. Also that year, one of my platoon sergeants instilled in me the magnitude of responsibility our sergeant team leaders had – Soldier welfare, property accountability, equipment readiness, system employment, site security – and set the standard by which I gauged every sergeant for the next eighteen years.

After fifteen years away, a tour in Bosnia and two tours in Iraq, I was excited by the opportunity to return to Korea in 2010.

Other than a tour to Busan with my art class, I had never been this far south.

My perspectives on the strategic environment are more mature. My witness to significant transformation of the US role in Asia and of the Army in Korea since 1976 continues. North Korean provocations continue, and I am again present for the death of a North Korean leader.

Since 1995, Tongduchon and Pusan became Dongducheon and Busan.

Seoul Foreign School will celebrate its 100th anniversary this year, and the former student-athlete turned teacher also leads the Drama Department. My friends now include university professors and their students who represent the next generation of leaders.

My colleagues include the mayor and the governor of areas right outside the gates of our camps; the Korean National Police; several Fire Departments with whom we have mutual support agreements; and ROK Army units in support of base defense operations. I had the privilege of talking with the former US Ambassador during the opening ceremonies of the International Association of Athletics Federations (IAAF) championship games in Daegu. I've also had the privilege of briefing the current Ambassador. And I've had the honor of meeting Korean and US veterans of the Korean War, including Mr. Woo, a Korean Augmentee to the US Army (KATUSA) who served with the 3rd Infantry Division in 1950. Their patriotism, dedication, and generosity to American Soldiers are humbling.

The best part of my assignment as a commander in Daegu, though, is the opportunity to bring my daughter to a country that holds so many memories for me. An 8th grader, my daughter is the same age I was when I first arrived in Korea. She can now appreciate more clearly the stories her grandfather told her and those her mom keeps telling.

She can take the subway to shop in the markets. She knows the culturally appropriate way to greet people of all ages. She saw the mask dance in Andong; toured the DMZ and JSA; attended a UN commemoration in Busan; and had dinner in a Korean home. She's met college students from throughout Daegu and had the chance to open her home and explain her traditions to them. She has even walked the streets of Beijing, bartered in its markets, and seen the remnants of China's imperial history.

Korea has played a pivotal role in the life of this Soldier, and I feel blessed that after three deployments, the Army has now provided my daughter the opportunity to 'deploy' overseas. To learn that the world is bigger than a single neighborhood. To struggle through language barriers and cultural awkwardness, but then adapt with grace to build lasting friendships. To fully appreciate what it means to be an American. I think my father would share my pride in her ambassadorship and my satisfaction that the journey continues with her.

한국에서 40년

캐트린 A. 가블레 대령
USAG 대구

한국에서의 내 인생은 1976년 내가 중학교 학생으로 도착했을 때부터, 2010년 육군 대령으로 한국에 돌아왔을 때까지 거의 40년간이다.

1976년 이래, 나는 한국에서 다양한 기간에 걸쳐서 군 직책 4개를 수행하고 있다. 지금 내가 대구에서의 근무를 최상이라고 생각하듯이, 이전의 근무들도 내 인생에 절대 잊을 수 없는 좋은 추억이 되고 있다.

나는 처음 미국 사업가의 가족으로서 왔다. 아버지는 서울대학교 병원 현대화 3개년 계획에 참여하기 위해 왔다. 1976년 8월에 필립스 가족은 서울로 왔다. 한국의 주 관문이었던 김포 국제공항에 도착해 보니, 그날은 뜨겁고 습도가 많았지만 그런 날씨에 해가 지나감에 따라 점점 익숙하게 되었다. 우리는 건국 200주년을 축하하는 나라를 떠나, 얼핏 보기에도 혼란이 예상되는 나라로 왔다.

김일성은 제2차 세계대전 이후 설립된 공산국가 북한의 지도자로서, 1966년부터 1969까지 3년 동안 너무 많은 도발을 자행하였으며, 이는 '제2의 한국전쟁'이라고 불릴 만했다. 1976년 8월 북한 군인들이 비무장지대에서 벌목을 감독하는 미국장교 두 명을 도끼로 살해하는 만행을 일으켰다. 나는 그때 중학생으로서 이러한 도발이 주한미군에게 어떤 의미를 갖는지 뼈저리게 알지 못했지만, 그러나 우리가 임시로 머물렀던 조선호텔 로비에 붙어있는 관련 사진과 포스터는 내 머릿속에 여전히 생생한 기억으로 남아 있다. 몇 년 후에 군인이 되어서 북한 도발의 만행을 깊이 깨달을 수 있었다.

한국에서 1970년대 후반기 3년 동안 나는 실제로 군인들과 많은 접촉은 없었지만, 그러나 나와 군대사회의 접촉은 부모님의 대사관 친구들을 통해서 이루어졌다. 나는 미 용산기지의 여러 곳을 잘 알게 되었고, 사우스포스트 교회, 프론티어클럽, 그리고 대사관클럽에 대한 좋은추억을 가지고 있다.

야간 통행금지, 매월 15일 민방위훈련과 서울 거리에서 무장군인들을 보는 것은 흔한 일이었다. 또한 반정부 학생 시위는 일반적인 것이었고 매년 학교 휴교 기간 중에 폭력 시위도 많았다. 나는 그 3년 동안 한국에서 미군 철수 논란이 있었다는 것을 알게 되었으며, 대학생, 대학원생과 군인이 되어서 이 철수 논쟁을 다시 볼 수 있었다. 그 3년 동안 또한 나는 비무장지대와 공동경비구역(JSA)을 처음으로 방문했으며, 1978년 비무장지대 아래 건설된 세 번째 땅굴이 발견된 것을 알게 되었다.

필립스 자녀들은 서울 외국인학교에 다녔고, 여기에는 세계 각지에서 온 친구들이 많았다. 우리는 아파트 엘리베이터에서 우리의 첫 친구를 만났는데, 그들의 아빠는 파키스탄 그리고 엄마는 스코틀랜드 출신이었다. 다른 친구들도 스웨덴, 독일, 한국에서 온 학생들이었다. 우리들 중에는 오늘날의 아프리카 지도에서도 찾기 힘든 로데시아라는 나라에서 온 학생도 있었다. 1978년 당시 한국 주재 이란 대사의 딸이 나의 가장 친한 친구였다. 1979년 11월에 이란의 혁명과 미국대사관 인질 사태가 발생해서, 나는 친구를 걱정하면서 미국으로 돌아갔다.

나는 서울 외국인학교에서 중국, 일본, 한국,라틴 아메리카, 아프리카에 대한 수업을 들으면서 역사에 대한 애정을 키웠다. 아시아 여러 나라를 여행을 통하여 교실서 배운 우리의 교육을 보완하였는데, 나는 우리가 경험하였던 역사와 문화를 상당히 분명하게 기억하고 있다. 대만 방문시 나는 닉슨 대통령의 중국 방문의 의미와 우리나라 외교와 관련된 미묘한 균형을 알 수 있었다. 우리는 당시 홍콩이 영국 식민지 시절에 여행을 다녀 왔다. 이멜다 마르코스 여사의 신발 수집 취미가 아직은 그렇게 악명 높지 않은 시기에 필리핀 여행을 다녀왔으며, 일본을 방문했었고, 며칠간 싱가포르에 머무는 것으로 아시아 여행을 끝냈다.

　1988년이 되어서 나는 대학을 졸업했고, 메릴랜드 주, 포트 미드기지에서 소위로 내 첫 임무를 수행하고 있었다. 내 중대장 및 소대 선임하사들은 위대한 나의 스승이었지만, 나는 전술적인 임무를 추구하고 있었기에, 한국으로 전출을 요청했다. 이것이 실현되기 전에, 나의 지휘관은 매년 8월에 거행되는 을지포커스렌즈(UFL) 훈련 지원 임무를 부여하는데 나는 이 훈련에 5회나 참가했다. 나는 미국 연락 팀의 소속으로 한국 육군 제3야전군에서 근무하게 되었다. 내가 한국에서 보낸 기간 동안에 군사계획 및 한미동맹의 일일 군사 활동을 알게 되었다. 제일 기억에 남는 것은 미군 본부로 전술 팩스 전송을 완료한 후 한국군 중위와 함께 한 거의 강제적인 저녁식사다. 임무가 완료되었을 때, 그는 무 김치를 가져다 주었고, 이것은 내가 가장 좋아하는 한국 음식 중 하나가 되었다.

　나는 신호 정보기술을 배우고, 한국에 대한 정보 및 작전계획을 공부하는 데 1988년의 나머지 시간을 보냈다. 1989년 드디어 동두천에 있는 미2사단으로 전근되었으며, 정보참모부에서 정보 생산 팀장으로 근무하게 되었다.

　정보장교로서 야외 훈련의 속도는 가혹할 정도지만 한국은 근무하기에 참 좋은 곳이었다. 나는 한국 전쟁이 일어났던 동일한 장소이며 또한 잠재적 미래의 전장에서 근무했었다. 내 배낭은 항상 꾸려져 있었고, 그리고 비상 사이렌은 매달 울려 퍼졌다. 이러한 비상 경보기간 중에 나는 장거리 정찰 파견대로부터 팀을 위한 브리핑 임무를 받았으며, 그들이 지속적으로 제공한 정보가 아주 상세한 정보여서 무척 깊은 인상을 받은 것으로 기억난다.

수도 기계화사단본부에서 친선 회식을 하면서 한국군 준위와 소주 대신에 펩시콜라를 나누어 마신 것도 기억난다. 나중에 나는 3여단을 직접 지원하는 소대장으로 서부전선에서 근무하였다. DMZ 내에서 덥고 습하고, 비로 질척이는 장마기간 중에 지상 정보 수집 장비를 질퍽거리는 산언덕 아래위로 끌고다닌 기억도 있다. 내 군생활 통틀어 그때 딱 한 번 완전 방수복을 입어야 한다는 필요성을 깨달았다.

군인으로서 나의 첫 번째 근무를 한국에서 하면서 작전계획과 기획에 대한 이해의 폭이 증가되었으며 미국에서 연구한 부족한 부분을 채울 수 있었다. 김일성은 북한을 여전히 지배하고 있었고, 곡산군 영변에서 핵활동의 시작, 그리고 1989년 평양 세계청소년축제의 후유증으로 북한 경제가 고통을 받는 것을 목격했다.

아버지가 중국여행을 마치고 서울에 오셔서, 함께 서울 외국인학교를 방문했다. 학교의 규모는 더 확장되었고, 영국학교가 더 생겨났다. 전에 운동선수였던 학생이 선생님이 되어 있었다. 그리고 군인의 삶의 질이 군과 연관 없었던 일반인이었던 때보다 더 쉽다고 생각되었다.

1990년 베를린 장벽이 무너졌고, 유럽의 기존 체제가 흔들리고 있었다. 그 해 8월 사담 후세인이 쿠웨이트를 침공해서, 사막의 봄 폭풍 작전을 준비 중이었다. 한국에서 근무하고 있는 병력들은 군의 즉각 출동 태세 완비 방침에 따라 대기하였으나, 작전에 참가할 수 없어 서남아시아의 작전은 나에게는 6개월 이상을 부여된 임무 없이 대기하는 것이었다.

1990년 비무장지대에서 제4땅굴이 발견되었는데 한국은 여전히 위험한 곳이라 생각되었다.

1992년부터 1995년까지는 나에게 가장 중요한 기간이었다. 나는 이 근무 기간 중에 대학원을 마칠 수 있었고, 카터 행정부 이후 진행 중인 병력 재배치의 변화를 볼 수 있었다. 나는 미 제2보병사단 군사정보 대대에서 작전장교 보좌관, 대대군수 장교의 업무 등 3가지 보직을 수행하였다. 7년 후 당시 근무부터 나는 해병사단 군사정보 대대를 재교육하기 위한 훈련 개념을 적용하였는데, 그 이유는 우리가 보스니아로부터 재배치되었고 서남아시아에서 작전을 준비하였기 때문이다.

1993년 9월에 발생한 고공 낙하사고로 나는 3개월 동안 병원에 입원해 있었지만, 그러나 대대장은 나를 한국으로 복귀시켜 중대장 보직을 주었다. 김일성이 죽은 그날, 1994년 7월 8일 나는 중대 지휘권을 인수하였고, 1(아이언)여단의 직접 지원하는 작전을 1년간 수행하였다. 여단의 지휘 방침은 일관성 있는 팀을 만들기 위해서 지원 부대를 완벽하게 포용하는 것이었다. 전투 세미나에서 여단 부대 행사에 이르기까지 우리는 팀의 필수 요원이었다. 여단장은 여단 회관 이름을 '아이언전투 여단 클럽'으로 개명하기까지 했다.

가을이 되어 북한의 새로운 지도자 김정일은 무력 도발을 시작했기에, 우리 중대는 JSA(공동경비 구역)작전을 지원하기 위하여 비무장지대를 따라서 팀을 전개하였다. 12월에 나의 다른 소대는 '바비홀의 키오와' 헬리콥터가 북한 영공에 잘못 들어가서 격추당했을 때, 비무장지대에서 대한민국 육군정보부대와 함께 작전을 수행했다. 그 해 내내 나는 육군 전술정보구성과 교리의 변화를 주도하는 정보 대대의 일원이었다. 또한 그 해에, 우리 소대 부사관이 팀 지도자로서 가져야 할 부사관의 책임의 중요성, 사병 복지, 재산 회계 책임, 장비 준비, 장비 운용, 부대 경계의 중요성을 나에게 각인시켜 주었는데, 이것이 그 후 18년 동안 모든 하사관을 평가하는 나의 기준으로 되었다.

15년이 지나서 보스니아에 한 번, 이라크에 두 번의 근무 후, 2010년에 한국에 돌아갈 기회를 갖게 되어 나는 흥분되었다.

　　부산에 미술 수업하러 간 것 이외에는 나는 더 먼 남쪽까지 가 본 적이 없다.

　　전략적 환경에 대한 나의 전망 능력은 더 성숙해졌다. 1976년 이래 아시아에서 미국의 역할과 한국에서 미군 역할의 중요한 변화를 나는 계속 주목해 왔다. 북한의 도발은 계속되고, 다시 북한 지도자가 죽을 때 나는 한국에 있었다.

　　1995년 이후 통두천과 푸산이라 불리던 것이 동두천과 부산으로 바뀌었다.

　　금년이 서울 외국인학교가 개교 100주년을 기념하는 해이며, 그리고 전에 학생선수가 교사가 되었고 또한 예능학부를 이끌고 있다. 지금 내 친구들은 대학교수들을 포함하여 다음 세대를 대표하는 그들의 학생들이다.

　　내 업무 파트너는 시장과 우리 부대 밖 오른편 쪽 구청장, 한국 경찰; 우리와 상호 지원 협정을 맺은 몇몇 소방서, 그리고 부대 방어 작전을 지원하는 육군 부대 등이다. 나는 대구에서 거행된 국제육상연맹 (IAAF) 경기 개회식에서 우리 대사와 대화를 나누는 특혜를 누리기도 했다. 또한 나는 현 대사에게 브리핑할 수 있는 기회를 갖기도 했다. 그리고 나는 1950년 미 제3보병사단에서 육군(카투사)에 근무한 우 선생님을 포함한 한국전쟁의 한국과 미국 참전용사들을 만나는 영광을 누렸다. 그들의 애국심과 헌신과 미국 군인에 관대함에 머리가 숙여졌다.

　　대구에서 지휘관으로 근무하면서 좋은 점은, 많은 추억을 보유한 나라에 내 딸을 데리고 올 수 있었다는 것이다. 중학교 2학년인 내 딸은 내가 처음 한국에 도착했을 때와 같은 나이이다. 내 딸은 지금 할아버지가 자신에게 말했던 것, 그리고 엄마가 계속해서 말했던 것을 더 명확하게 이해할 수 있다.

딸은 이제 지하철을 타고 시장에 쇼핑을 갈 수 있다. 딸은 문화적으로 적절한 방법으로 모든 연령대의 사람들과 인사를 나눌 줄도 안다. 안동에서는 탈춤을 보았다. 내 딸은 비무장지대와 공동경비구역도 방문했다. 부산에 있는 유엔군 기념묘지 기념행사에도 참석했다. 그리고 한국 가정에서 저녁식사도 해 보았고, 대구 전역에서 온 대학생들과 만나 그들을 집으로 초대하여 자신의 전통 방식을 설명하기도 한다. 딸은 베이징의 거리를 걸어다니면서 시장에서 물건을 사기도 했고, 중국 황실의 역사 유물을 관람하기도 했다.

내 군대생활에 한국은 중추적인 역할을 하고 있으며, 그리고 육군이 세 번의 한국 근무와 지금 내 딸에게 한국에서 해외 경험을 주고 있는 것에 대해, 나는 축복을 받았다. 하나의 이웃보다 세계가 더 크다는 것을 배웠고, 언어장벽과 문화적 어색함을 극복하기 위해 도전하였고, 우아한 마음가짐을 바탕으로 영원한 우정을 만들기 위해 노력했으며, 미국인이라는 것이 무엇을 의미하는지 충분히 알 수 있게 되었다. 내 딸의 친선 외교활동에 대한 나의 자부심과, 그리고 내 딸이 계속할 이 여행에 대한 나의 만족감을 나의 아버지도 공감할 것이라고 나는 확신한다.

The Keys to Enjoying the Korea

TSgt Kasey Lee Lynch

Introduction

This being my third tour in Korea, and having enjoyed myself immensely, I am always shocked and dismayed when I hear service members say they don't like Korea. A deeper examination usually reveals they got locked into what I call the 'American Comfort Zone' upon arrival here and never had a good friend bail them out. After six years here, I feel strongly that the real keys to the enjoyment of this country are a rudimentary understanding of the language, ability to navigate the public transport system, and Korean cuisine. Anybody who takes the time to delve into these areas and get out of the 'American Comfort Zone' will undoubtedly enjoy the rich culture Korea has to offer.

Mistake to Avoid: Settling into the 'Comfort Zone'

My first tour to Korea was from 2002-2005. Although I stayed for two-and-a-half years on that tour I was relegated to the 'American Comfort Zone'. Since this was my first time being out of the United States, I was eager to accept any information offered to me that seemed like it was going to help me out. All personnel newly assigned to Korea are bombarded with information from the time they step foot on the airport tarmac. They are told a number of sensational falsehoods such as the alcohol content of soju is un-regulated, the street food vendors reuse wooden sticks from the trash piles, the chicken isn't really chicken, and you will die if you drink any water in the entire country that is not bottled. Fact: These are complete falsehoods.

I am sad to say that I was duped into believing these and many other falsehoods about Korean culture during my first tour here. I was a young kid away from home for the first time and didn't know any better than to listen to those who had more experience.

I spent much of much of my first tour here doing what most scared Americans do; eating only bulgogi, drinking bottled water, fearing soju, shunning kimchi, and being frustrated that the Koreans couldn't speak English. Looking back on that time, I have to say I am very disappointed in my-self. By the time I was ready to leave Korea in the spring of 2005 the list of cultural things that I had done was actually quite embarrassing.

I had taken a few Information Trips & Travel (ITT) trips, eaten only a handful of Korean foods that looked 'safe', and made only one Korean friend who owned a Piano Bar where my rock band played.

Language: The Gateway to Enjoyment

I would have to say my period of Korean enlightenment began during my second stay in Korea in the winter of 2007. I was deployed to Kunsan Air Base. My lodging consisted of what is called a sea-hut. Sea-huts are wooden structures built onto a basic concrete slab with a roor, four walls, and no interior finishing. We slept approximately 20 men in each hut. There was no television, internet, or any other form of entertainment available. Even if entertainment was available, it would most likely disturb one of the other 19 guys that slept in my hut. Needless to say, this lack of entertainment left me craving intellectual stimulation.

I decided to get a beginner's textbook, learn the Korean alphabet, and attempt reading and writing. I found it to be a challenge but not overly difficult. The biggest challenge was that there were 21 consonants and 19 vowels as opposed to our 26 consonants and 5 vowels. I found that after only a few weeks I was writing simple words that contained a few syllables. What was most rewarding though, was when I ventured away from the base a month later and I could actually read signs on buildings, parts of restaurant menus, and street signs.

By the time the 90 days of the deployment was over I could actually read words left to right with fairly good accuracy, although my pronunciation was not always perfect. I can say this was the single biggest turning point in my enjoyment of Korean culture.

I truly feel that being able to read and write Hangul even at a beginner's level opened up doors for me that allowed me to enjoy Korean culture to nearly the fullest extent possible.

By the time I came back for my third tour in 2008 I could walk into a restaurant in the part of town located away from the base, read the restaurant menu, place my order in Hangul, and actually receive what I had ordered. Although I had done all this homework on my own I felt obligated to use this skill to show as many of my American co-workers as possible that there were good times to be had in Korea. I was having so much fun enjoying the culture that it would be selfish not to share with others.

Navigation: The Freedom of Movement

Reading and speaking had also allowed me to 'crack the code' on all forms of public transport in Korea, most notably the subway trains and buses. Most places in Korea offer English maps but when I would find myself in a place that didn't I had no problems looking at the map and ascertaining where I was, where I wanted to go, and how to get there. Navigating to places like Seoul Tower, Cheonggyecheon, Seoul City Hall, Gangnam, and Hongik University on my own was very satisfying and allowed me to enjoy myself that much more. I was also pleasantly surprised to find that a combination of the subway and Korean bus was always cheaper than an ITT trip and I didn't have to deal with a tour guide giving me a canned speech at each point of interest. I was free to experience the sights and sounds of Korea as I saw fit.

Over the course of the last four years I had probably organized and led upwards of eight trips to Seoul Tower for my coworkers. Despite the fact I had been there many times, I got a lot of satisfaction from seeing the smiles on my coworker's faces when we climbed out of the subway at the base of the tower and began climbing the hill with the realization we had done it cheaper than ITT and had rubbed elbows with real Koreans in the process.

I also found as the first few generations of smart phones developed that I could get applications for my phone to help me navigate the bus and subway system more efficiently. The final piece of the puzzle that allowed me to move about the country totally uninhibited was a 3-Dimensional Navigation application for the iPhone called Gogo Navigation.

As previously mentioned, I had become quite comfortable navigating to nearly anywhere in Korea by using a combination of the bus and subway. I had purchased a car a few years earlier, but I seldom drove, due to fear of becoming hopelessly lost. I had also recently purchased an iPhone and based on all the hype in regards to smart phone applications, I was sure there must be a good Korean Navigation application. Oddly enough, I searched for weeks with no luck. I had almost given up when I took a long shot and Googled my problem. After a bit of research, I discovered that some folks at my host nation's communications companies and the folks at Apple Computers did not get along very well. I was less concerned about the communication's feud and more concerned that one of the articles I read mentioned the Gogo Navigation application. I downloaded it immediately, purchased the maps and began using it that day.

The application got horrible reviews by Americans on the internet and I would find out why very quickly. Nearly any location that I tried to search for in English resulted in 'no results found'. Frustrated, I began typing in the names of places that I had already visited in Korean and discovered that Gogo Navigation found them every time without fail. My language ability had unlocked the last piece of the puzzle that really allowed me to journey to any place in Korea that I wanted. I highly recommend this application to anybody. Even if you cannot read Korean, you can have a Korean friend program it for you and it will get you anywhere you want to go.

Cuisine: The Key to Making and Keeping Korean Friends

I found that all along the way of my cultural journey that I enjoyed my experiences immensely. I made many Korean friends and was invited into people's homes for Korean holidays, birthday parties, and attended festivals unique to many areas. I had gotten to eat hundreds of different Korean entrees and the associated side dishes that Korea is so famous for.

I would be lying if I said I took to Korean food like a fish in water. But for anybody afraid to take that leap—I highly recommend it. The thing that really changed my thought pattern was reading in a book somewhere that it takes is approximately seven exposures to a certain taste for the taste buds to begin to tolerate the new taste. I fixed this thought in my mind, and found that in many cases it took far fewer tries than this. At this point, I began to truly enjoy the new foods Korea offered—as long as I sat down at the table with an open mind. I am due to leave Korea this July and I can honestly say I will miss the food more than anything. Korean cuisine is both scrumptious and sophisticated.

There is nothing better on a cold winter day in Korea than meeting your friends outside a restaurant and sitting down to a pot of spicy, bubbling Korean soup with a little soju on the side to warm you all up. On the other hand, walking into a noodle store in the middle of August with beads of sweat on your brow and enjoying a refreshing, ice- cold bowl of bibim nangmyeon (cold noodles) is quite satisfying also.

I also learned to enjoy what many Americans referred to as 'shock cuisine'. These included dishes like live squid, raw steak, steamed silkworms. While this may sound crazy to the average reader, it is my opinion that if you escape Korea without trying some of these once in a lifetime experience you have made a grave mistake.

One of the things I enjoyed the most about Korean dining was the fact that Koreans have a very socially oriented variety of table etiquette. In fact, at the Korean dinner table, being sociable to each other carries equal weight with eating the meal. You will rarely see a Korean person eating alone due to this. Once I had mastered the table etiquette and learned to take pleasure in eating slowly while really focusing on enjoying the company of the people I was with— I felt I had truly experienced another satisfying aspect of Korean culture.

Conclusion

When I leave Korea this summer I will have spent a total of six years here. I can honestly say that, with the exception of my hometown in Montana that Korea is my favorite place on the planet. I have met friends I'll never forget, eaten some of the most marvelous meals of my life, and seen sights that left me simply awestruck. I can only hope that folks can learn from the mistakes I made on my first tour, open their minds, skip settling into the 'American Comfort Zone' and get on the fast track to enjoying Korea. The Land of the Morning Calm truly is a remarkable place.

한국을 즐길 수 있는 것들

캐이시 리 린크 하사

서론

나는 한국에서 세 번째 근무하고 있으며, 매우 즐겁게 지내고 있는데, 동료들이 자기는 한국을 좋아하지 않는다고 말하는 것을 들으면 난 항상 충격 받고 당황하게 된다. 좀 더 깊이 분석을 해 보면, 이런 말을 하는 동료들은 한국에 오자마자 소위 '미군 유흥지역'에만 머무르고, 이들을 이 지역으로부터 벗어나게 해 주는 좋은 친구를 갖고 있지 않기 때문이다. 6년을 여기에 살아 보니, 이 나라를 즐겁게 보내는 열쇠는, 초보적이지만 언어를 약간 이해하고, 대중교통을 이용할 수 있는 능력과 한국음식을 이해하는 것이다. 시간을 내어 이러한 분야를 연구하고, '미군 유흥지역'에서 벗어난다면, 누구나 의심할 여지 없이 한국이 제공하는 풍성한 문화를 즐길 수 있을 것이다.

'유흥지역'에 안주하는 실수를 피하세요.

나의 한국 첫 번째 근무는 2002년부터 2005년이었다. 비록 2년 반을 머물렀지만, 그때가 나의 첫 번째 미국을 벗어난 해외근무였기에, 주로 '미군 유흥지역'에서만 머물렀다. 나는 나에게 주어지는 어떤 정보도 받아들이려고 했고 그 정보들이 나를 도와주는 것처럼 느꼈기 때문이다. 처음 한국에 도착한 모든 군인들은 그들이 공항 활주로에 도착할 때부터 엄청난 정보의 융단 폭격을 받게 된다. 그들은 많은 선정적인 거짓말을 듣게 되는데, 예를 들어 소주의 알코올 함량은 한도가 없다든지, 음식 노점상들은 쓰레기 더미에서 사용한 나무 젓가락을 다시 꺼내 재사용한다든지, 닭고기가 진짜 닭고기가 아니며, 그리고 만약 이 나라에 있는 동안 생수병에 담아있지 않은 물을 마시면 여러분은 죽을 것이라는 것 등이다. 사실: 이것은 완전한 허위 사실이다.

나는 첫 근무 기간 동안 이런 사람들을 믿었고, 한국 문화에 대한 많은 다른 거짓말에 속았었다고 말할 때 슬프다. 어린 나이에 처음으로 고국을 떠나서 나보다 경험이 많은 사람들을 믿는 것밖에는 다른 것은 몰랐기 때문이다.

나는 첫 근무시에는 겁먹은 대부분의 미군들이 하는 행동을 따라하며 시간을 보냈다. 불고기만 먹고, 생수병에 담긴 물만 마시고, 소주를 두려워하고, 김치를 멀리 하고 한국인들이 영어를 말할 수 없다는 것에 좌절했다. 그 당시를 회상해 보면, 나는 나 자신에 대해 매우 실망할 수밖에 없었다. 2005년 봄에, 한국을 떠날 시기가 되었을 때, 내가 겪은 문화적 체험은 매우 실망스러울 정도로 창피한 것들이었다. 나는 여행 정보에 대한 짧은 지식과 안전하게 보이는 한국 음식 몇 종류를 먹어 보았을 뿐이고, 나의 음악 동아리 밴드가 연주했던 장소인 피아노 바를 소유한 한국 친구를 한 명만 알고 있었을 뿐이다.

언어: 즐거움으로 가는 관문
2007년 겨울, 한국에 두 번째 근무기간이 나에겐 한국에 대한 깨달음의 시간이었다. 나는 군산 공군기지에 배치되었다. 내 숙소는 바다 오두막이라고 불려지고 있었다. 바다 오두막은 지붕이 있고 4개의 벽은 콘크리트 구조의 건물로서 실내에 별다른 장식은 없었다. 약 20명의 남자가 각자의 작은 침대에서 잤다. 텔레비전, 인터넷, 어떤 형태의 오락기구도 실내에 없었다. 오락기구가 있었다 하더라도 오두막에서 함께 자는 다른 19명 중 누군가의 잠자리를 방해만 할 뿐이었다. 말할 필요도 없이, 이런 결핍한 오락 환경이 나의 지적 자극을 추구하게 만들었다.

나는 초보자용 교과서를 확보해서 한글을 공부하며, 읽기와 쓰기를 시작했다. 그것은 하나의 도전이었지만 지나치게 어려운 것은 아니라는 것을 나는 알았다. 가장 큰 도전은 영어는 자음이 26개, 모음이 5개인 반면에, 한글은 자음이 21개, 모음은 19개를 공부하는 것이었다. 나는 단지 몇 주 후에 작은 음절로 구성된 간단한 단어들을 쓸 수 있게 되었다. 그렇지만 가장 보람 있었던 것은 한 달 후 내가 기지 밖을 나갔을 때, 표지판의 건물에 있는 광고판이나, 식당의 메뉴와 도로 표지판을 읽을 수 있었다는 것이다.

부대 배치 후 90일쯤 되었을 즈음에, 비록 내 발음이 완벽하지는 않았지만 꽤나 정확하게 왼쪽에서 오른쪽으로 한글 단어를 읽을 수 있게 되었다. 나는 이것이 내가 한국문화를 즐기는 데 있어 가장 큰 전환점이 되었다고 말할 수 있다.

초보자 수준이지만 한글을 읽고 쓰게 된 것이, 내가 가능한 많이 한국문화를 충분히 즐길 수 있도록 나의 문을 연 것이라고 나는 진심으로 느낀다.

내가 세 번째 근무를 하기 위해 2008년에 한국에 왔을 때, 나는 기지에서 멀리 떨어진 동네에 있는 식당에 걸어가서, 식당 메뉴를 읽고, 주문을 하고 실제로 내가 원하는 음식을 먹을 수 있었다. 나는 이 많은 과제를 스스로 했다. 그렇기는 하지만 나는 한국의 많은 좋은 것들을 미국인 동료들에게 가능한 한 많이 보여 주기 위해 이 지식을 활용해야 한다는 의무감을 느꼈다. 나는 한국의 문화를 정말 재미있게 즐기고 있었으므로, 이런 즐거움을 다른 사람들과 공유하지 않는다면, 나의 행동은 이기적인 것이라고 생각한다.

지도 탐색: 자유이동

말하고 읽기는 또한 내가 한국에서 모든 대중교통 수단인 지하철과 버스의 노선표를 이해하고 활용하게 만들어 주었다. 한국에서 대부분 장소에 영어 지도를 비치해 놓는데, 영어 지도가 없는 장소에서도 나는 지도를 보는 데 문제가 없었으므로, 내가 어디에 있고, 어디로 가야 하는지, 어떻게 거기에 가는가를 알 수 있었다. 서울타워나, 청계천, 서울시청, 강남과 홍익대학교 같은 곳을 나 혼자 찾아갈 때 매우 만족스러웠고, 내가 훨씬 더 즐길 수 있어 좋았다. 나는 즐겁게 지하철과 버스를 이용하는 것이 부대 기존 여행 프로그램을 이용하는 것보다 항상 더 저렴한 것을 발견하고 놀랐다. 그리고 여행 중 각지의 관심 장소에서 여행 가이드의 판에 박힌 듯한 설명을 들을 필요가 없어서 좋았다. 나는 보고 싶은 것만 보면서 한국의 경치와 소리를 즐길 정도로 자유로워졌다.

지난 4년 동안 내가 준비해서 내 동료들과 아마도 8번의 서울타워 여행을 인솔했다. 사실 나는 거기에 여러 번 가 보았지만, 우리가 부대 기존 여행 프로그램보다 저렴하면서도 현지 한국인들과 팔꿈치를 부딪히면서 여행하고 있다는 사실을 인식하게 하였다. 그래서 지하철에서 내려 남산을 올라갈 때, 나는 내 동료 얼굴에 나타나는 미소를 보면서 많은 만족을 느꼈다.

처음 신세대 스마트폰이 개발된 것을 알고 나는 좀 더 효율적으로 버스나 지하철 지도 탐색 시스템을 제공하는 앱을 스마트폰에 설치하였다. 나를 제약 받지 않게 하며 한국에서 이동할 수 있게 한 마지막 퍼즐 조각은 아이폰에 사용되는 고고라는 3차원 지도 탐색 응용프로그램이었다.

앞에서 언급했듯이 나는 버스와 지하철을 적절히 사용하여 한국 거의 어디라도 편안하게 갈 수 있게 되었다. 나는 몇 년 전에 차량을 구입했지만, 길을 잃어버릴지도 모른다는 두려움에 거의 운행하지 않았다. 최근에 나는 아이폰을 구입해서 각종 응용프로그램을 깔았는데, 분명히 좋은 한국 지도 탐색 응용프로그램이 있을 것이라 확신한다. 이상하게도 일주일을 찾아보았지만 별 소득이 없었다. 얼마 지나지 않아 나는 거의 포기했고 구글에 내 문제를 문의했다. 약간의 연구 후에, 나는 이곳의 통신회사와 애플 컴퓨터 회사 간에 소통에 문제가 있다는 것을 발견했다. 나는 통신회사들 간의 문제점에는 더 이상 신경을 쓰지 않고, 앞에서 말한 고고 지도 탐색 응용프로그램에 더 관심을 집중하였다. 나는 이 프로그램을 즉시 다운 받고, 지도를 사고 그날 바로 이 프로그램을 사용하기 시작했다.

인터넷에서 그 응용프로그램이 미국인들로부터 끔찍하다는 평을 받고 있었는데, 나는 그 이유를 빠르게 찾았다. 내가 영어로 검색하려는 거의 어떤 위치에서도 '발견할 수 없음'이라는 결과를 보았을 때 좌절하였지만, 나는, 내가 방문했던 장소를 한국어로 입력했을 때, 고고 응용프로그램이 실패 없이 탐색해 내는 것을 발견하였다. 나의 언어 실력이 마지막 퍼즐을 풀어서 진정 한국에서 내가 원했던 어느 곳으로도 여행을 할 수 있게 되었다. 나는 누구에게나 이 응용프로그램을 추천한다. 비록 당신이 한글을 읽을 수 없다 할지라도, 한국인 친구가 이 프로그램을 당신을 위해 설치해 준다면, 당신이 원하는 곳 어디에든 당신을 데려다 줄 것이다.

음식: 한국친구를 만들고 유지하는 열쇠

나는 문화 탐방 내내 내 경험들이 엄청나게 즐거웠다는 것을 발견했다. 나는 한국 친구들을 많이 사귀었는데 한국명절, 생일파티에 가정에 초대받았으며 많은 지역의 독특한 축제에도 참석했다. 나는 많은 다른 종류의 한국 주요리와 한국이 자랑하는 유명한 반찬들을 먹어 보았다.

물 속에 있는 물고기처럼, 내가 한국음식을 먹었다고 말하면 내가 거짓말을 하는 것처럼 들릴 것이다. 그런 도전에 두려움이 있는 사람이 아니라면 나는 강력히 추천한다. 진정으로 나의 사고방식을 바꾼 것은 어떤 책에서 읽은 내용인데, 맛에 신출내기는 그 맛에 거의 7번은 노출되어야 새로운 맛을 알아가기 시작한다는 것이다. 나는 이것을 내 마음속에 명심하고, 많은 경우에 이보다는 훨씬 적은 횟수를 시도하였다. 내가 식탁에 열린 마음을 갖고 앉아 있는 한 이제 나는 진정으로 제공되는 새로운 한국을 즐기게 되었다 .나는 7월에 한국을 떠날 예정으로 되어 있는데, 난 솔직히 어느 것보다 더 한국 음식을 그리워할 것이다. 한국 음식은 아주 맛있고 세련된 최고의 요리다.

한국의 추운 겨울날 외부 식당에서 친구와 만나 한쪽에 앉아 체온을 덥히기 위해 부글부글 끓는 냄비의 매운 안주에 소주를 마시는 것보다 더 좋은 것은 없다. 반면에 8월 중순, 이마에 구슬땀을 흘리며 냉면 식당에 들어가서, 상쾌하고 시원한 비빔냉면을 먹는 것 역시 아주 기분 좋은 일이다.

나는 또한 많은 미국인에게 혐오식품으로 알려진 것을 즐기면서 먹는 법을 배웠다. 이러한 음식은 산 오징어, 육회, 삶은 번데기 같은 것들이다. 대부분 독자 여러분에게는 미친소리로 들릴지 모른다. 그러나 나는 평생에 이러한 음식을 한번 경험해 보지 않고 한국을 떠난다는 것은 당신이 엄청난 실수를 저지르는 것이라 생각한다.

한국의 식사에 관해 내가 제일 좋아하는 사실은 한국인들은 사회직인 다양한 식탁 예절이 있다는 점이다. 사실 사교 목적의 저녁식사에서 서로에게 붙임성 있는 태도를 보이는 것은 음식 먹는 것과 동일한 비중을 두는 것이다. 식탁예절을 완전 숙지하고, 내가 함께 있는 사람들과의 즐거운 교제에 초점을 맞추고 천천히 음식을 먹으면서 즐기라고 배웠을 때, 나는 진정으로 한국문화의 또 다른 만족스런 면을 경험했다고 느꼈다.

결론

내가 이번 여름 한국을 떠나게 되면 나는 이곳에서 총 6년을 생활하게 되는 것이다. 솔직히 내 고향 몬타나 주를 제외하고 한국은 지구상에서 내가 가장 좋아하는 곳이라 말할 수 있다. 나는 절대 잊지 못할 친구들을 만났고, 내 인생에서 대단한 음식을 맛 보았으며 나에게 놀라움을 남기는 광경들을 보았다. 나는 단지 많은 사람들이 내 첫 번째 투어에서 저지른 실수의 교훈을 배워서, 마음의 문을 열고 '미군 유흥지역'에서 안주하는 것을 벗어나, 한국을 즐기는 고속철도에 탑승하기를 바란다. 조용한 아침의 나라는 진정으로 대단한 곳이다.

Border to Border

Abigail E. Coover

Into the East China Sea juts a curve of land with a line drawn across it, and on this line lies a place where borders meet. A soldier stands there, tall and trim, immobile, watching. His face betrays no emotion; he wears dark sunglasses, hiding his eyes. His fists are clenched, not with tension, but with readiness. Across the courtyard, another soldier stands; and he, too, is watching.

This is what often comes to mind when one thinks of Korea, and was one of my first impressions of the country. A trip to the DMZ is great for building perspective, but represents only a piece of the multi-faceted picture that characterizes South Korea. In exploring my surroundings, I found them full of overlapping borders: the past and present, the traditional and the modern, city touching countryside and culture encountering culture. Through all these interconnecting worlds runs a unifying thread of forward momentum, in a colorful atmosphere where life throbs with feverish energy or creeps with restful patience, but never stops moving.

Three months after my arrival, I sat in the back of a van as it jolted over a speed bump on a back-country road, zipping between farm fields towards the mountains ahead. I had joined some friends on a Chapel-sponsored retreat to Daecheon Beach, and the more adventurous of our group chose to spend the warm October afternoon hiking Yeongaksan. Since the summer, I had traveled as far as Busan, danced salsa and bachata in Seoul, studied Hangul at Pyeongtaek University, and learned the proper way to eat bulgogi (apparently the leaf basket is not an elaborate garnish). This particular trip was not for tourism, but to escape for a few days into a refuge of ocean, pine, and campfires. Nevertheless, it would show me more small pieces of Korea to build into the overall picture I had begun to form.

We pulled into a parking area by a reservoir and piled out, two vanloads of military and civilians, plus a young Korean woman named Grace who was a friend of the Hospitality House. A billboard map and recorded voice greeted us at the trail head, reminding me of the over-regulated atmosphere of an Orlando theme park. Raised in south-central Pennsylvania, I'm accustomed to minimal wooden trail markers or paint- blazes on trees; anything more than that seems to detract from the adventure.

The trail, however, did not disappoint. Rising steeply from a shale-covered beginning, it passed a mine shaft entrance and an abandoned stone building before turning rocky near the crest. I like to hike at a quick pace, and as the climb became more strenuous, I broke away from the group and gained some solitude with the sunny woods. It struck me that, in these surroundings, I could be somewhere in the United States rather than halfway around the world. Yet this was not the US, as my trip to the DMZ months before had made clear.

Visiting Panmunjom that day was like stepping into a time bubble, a moment of history held on pause. The events which formed the state of affairs there have long since passed, the players have changed and evolved, yet the status quo remains. Two societies face each other across a point of separation, like siblings sharing a bedroom with a line drawn down the center. Every day ROK soldiers stare across that line, poised in 'ROK Ready' stance. I stood on the steps of the ROK Headquarters and looked to the buildings of the North, feeling as if I had become part of that suspended story. The lingering aura of the past held a ghostly presence, but only underscored the living moment and its sensation of breathless tension. Although the aura faded after we left, its surreal imprint on my mind remained.

The air seemed to thicken with heat as the Yeongaksan trail climbed higher, and I perched on a boulder to rest. The remainder of the group clambered below, just out of sight. To my surprise, the first to catch me was Grace, moving doggedly up the mountain on thin legs that I wouldn't have thought had the strength for it. She stopped to talk for a moment before climbing on, and I drug myself off the warm rock to keep up with her. When we crested the mountain's shoulder, a second sign directed us toward a look-out point. Here the trail rose and fell along the ridgeline, and again Grace surprised me with her ability to match my pace as we took the trail at a loping run. Thinking back, it occurred to me that there was something very Korean about her unassuming tenacity. I suppose this shouldn't be unexpected; if any nation has weathered a difficult history, certainly this country has.

My first trip to Seoul included a visit to the Korean War Memorial, which is really a museum within a memorial. A massive, columned, gray-domed building embraces a wide courtyard inside a park of monuments and military machinery. Wandering the park in the rain, my friends and I encountered a tableau of bronzed statues, built larger-than- life to highlight their detail – straining muscles and haunting faces forming a scene of terror, grief, hunger and mud. The depiction surrounded a towering war monument and included not just soldiers, but civilians, women, and children.

We, the visitors, joined the tableau by forming clever poses to be photographed with the statues, as if unconscious of the eerie spell they cast. Sometimes it's easy to feel disconnected with the distant past; after all, things are different now. Yet the details of the scene - the contours of a vein on a soldier's forearm, the shape of a wailing woman's mouth, the tedious positioning of eyes to achieve the proper expression these seemed to indicate that the artist knew, rather than imagined, what that war had looked like. Whoever envisioned the scene intended to capture a story, and indeed the figures seemed to speak, as if to say, "Look at us…. We have known hardship. We have known struggle. We have taken everything history has thrown at us, and we are still here."

The pathway into the museum led us down a columned corridor of solemn stone slabs, golden, etched writing bearing the names of the dead. The rain spat at me through the columns as I passed each marker, list by list, stone by stone. Inside, we encountered an array of culture and history, life-size 'turtleboat' replicas from centuries- old warfare, a room that invited us to cross the 38th parallel, and a trail that took us through an imitation refugee village. The exhibits impressed me with their degree of realism; they did not treat historical events gently, no matter how bloody.

I was watching a mechanized diorama depicting a historic battle at sea when everything I had seen that day came together, and suddenly I understood the war-consciousness of the Korean people. They lived in constant awareness of an enemy in close proximity, on their doorstep; meanwhile, their daily world moved alongside this awareness, neither ignoring nor emphasizing it. How different my world was from theirs, growing up in a vast country with plenty of room to stretch, where even attacks on our own soil resulted in wars far-distant.

Enroute to the lookout point, Grace and I encountered a Korean family picnicking in a clearing. They invited us to sit and share some Asian pears. Here there was no fear of strangers, because, as Grace said, "On the mountain, everybody is your friend".

I bit into a pear slice, enjoying its cool crispness, and watched the family's children playing on the exercise equipment installed there. A friend of mine later remarked, "Who puts exercise equipment on top of a mountain?

Isn't climbing the mountain exercise enough?" Apparently, not to Koreans.

I've found I enjoy Korea most during excursions like these, when I have the chance to get away from the 'America bubble'. The availability of Western utensils in downtown Songtan perturbs me, particularly when I go to a Korean restaurant and have to hunt for chopsticks.   I'd much rather be thrown headfirst into a culture and have to fend for myself. I had recently moved into my apartment when the landlord invited several of us to dinner at a traditional Korean duck restaurant. Having been not long in Korea, I was still getting used to metal Korean chopsticks, which are far thinner than most Chinese chopsticks. Still, I felt a bit insulted when the waitress brought me a fork at the request of our host. I understood it was a polite gesture intended for my benefit, but I left the fork on the table.

I found a similar blurring of cultural borders during a trip to Busan. I remember sitting in a Korean café at the train station, eating kimchi and yeo-tchaeju, and looking through the windows to the next door Dunkin' Donuts, filled with primarily Western patrons. In Busan, my friends and I ate anchovies and fish-from-the-tank at a street- side seafood restaurant, but our other haunts included Outback Steakhouse and Starbucks. Granted, these establishments had plenty of Korean patrons as well, but I couldn't help feeling disappointed at the diluting effect of global commercialization on the uniqueness of the world's cultures. Maybe this is a necessary side effect of modernization, but a Korean mother expressed to me that, although traditional Korean food is quite healthy, her children would rather have the packaged snacks and fast food made available by Westernization.

As far as the local population's view of us, sentiments seem to range from friendliness to amusement to indifference. I am one among a strange conglomeration of expatriates, from teachers to tour guides to car salesmen, and our numbers seem sufficient to erode curiosity but not preclude stereotyping. I am no longer the novelty that I was in China; here I am just another American schmuck, bumbling my way through the culture. At times I've found myself reduced to a childlike helplessness, forced to call the realtor to ask how to start my gas stove or unlock the bathroom door. They, in turn, respond as if dealing with an exasperating yet pitifully innocent dimwit. On the whole, most Koreans are polite and humble, and some even grateful.

On my first trip to Daecheon, members of my group encountered a Korean man old enough to remember the war. He said to them, "Thank you for being American." In retrospect, it was quite a statement; I've been thanked for 'serving my country', or 'fighting for freedom', but never simply for being American.

Leaving the picnickers behind, Grace and I jogged on until we reached the lookout, where a shoulder of bare rock jutted into the sunlight. The reservoir lay below and snaked between our mountain and the ones opposite, reminding me of a Chinese landscape painting. Soon the others caught up, some finding places to rest on rocks and logs around the point, while others photographed the vista. We, too, formed a joining of borders, from different states and different countries, of varying ages and backgrounds. Our unlikely union would soon diverge in myriad directions as we returned to our activities, obligations, and routines; but today we were just people on a mountain, making use of daylight to form moments worth remembering. That simplicity echoes in the pulse of the society around us.

The scene at Panmunjom may seem frozen in time, but beyond that sphere life continues: in vibrant, fluorescent color, in orderly vegetable garden rows, in traffic jams and subways and cell phones, in smoky night clubs and packed church pews, in the tranquil moment of a pear slice shared on a mountaintop.

For a country that has changed and grown so much, it's heartening to see the present embraced with such energy, and the future sought with such confidence, here on the edge of the Pacific in a place where borders meet.

국경과 국경 사이

아비게일 E. 쿠버

동중국해 옆에 위치한 굽어진 나라의 중간에 한 선이 그어져 있는데, 이 선이 국경선이다. 그곳엔 키가 크고 건장한 군인이 부동자세로 보초를 서고 있다. 얼굴에는 아무런 감정을 드러내지 않고 까만 선글라스로 눈을 가리고 있다. 꽉 움켜쥔 주먹에는 긴장이 아닌 준비성이 느껴진다. 반대편 역시 또 다른 군인이 보초를 서고 있다.

이것은 한국에 대한 일반적인 고정관념이자 나의 첫인상이었다. DMZ 방문은 견문을 넓힐 수 있는 좋은 기회였지만 이러한 고정관념만 확인해 줄 뿐이었다. 그곳에는 많은 경계들로 꽉 차 있었다. 과거와 현재, 전통과 현대, 도시와 시골, 그리고 각기 다른 문화. 이렇게 서로 연결된 세상에서 통일의 줄기가 힘차게 나아가고, 다채로운 분위기 속에서 생명은 쉬지 않고 넘쳐나는 힘으로 두근거리며 평화로운 인내심으로 살금살금 기어간다.

도착한 후 3개월 간은 나는 산을 향해 농장들 사이로 난 시골길을 덜컹거리며 달려가는 흔들리는 밴 트럭의 뒤에 앉아 있는 느낌이었다. 나는 대천 해변에서 거행된 교회 주최 수련회에 친구 몇몇 명과 함께 참가하였고, 좀 더 많은 모험을 위해 따뜻한 10월 오후 영악산을 등산하였다. 나는 여름에 부산으로 여행을 갔었고, 서울에서 살사와 바카라 춤을 추었다. 그리고 평택대학교에서 한글공부를 했고, 불고기 먹는 법을(야채를 담은 바구니가 예쁘지 않았지만) 배웠다. 이 특별한 여행은 단지 관광 여행을 하는 게 아니라, 며칠 동안 바닷가와 소나무가 있는 산속에서 모닥불을 피우며 야영하는 등 안식처에서 쉬는 것이었다. 그럼에도 불구하고 그 여행은 내가 구상하는 전체적 그림의 한국을 구상하기 위한 좀 더 작은 부분의 한국을 나에게 보여 주었다.

우리는 저수지 근처에 차를 주차하고, 두 대의 승합차에서 군인과 민간이 내렸는데, 일행 중에 이름이 그레이스인 한국 젊은 여자도 있었다. 산 입구에서 안내판과 녹음된 안내 방송이 우리 일행에게 인사를 하는데, 나는 이때 올랜도 테마공원의 지나친 규제 분위기가 생각났었다. 나는 펜실베이니아 남쪽 중앙지역에서 자랐기 때문에 작은 나무로 만든 이정표나 나무에 페인트를 이용해 길을 표시하는 것 등 산행에서 주의를 다른 데로 돌리지 않게 하는 것들에 익숙해 있었다.

산길은 그러나 실망스럽지 않았다. 바위로 뒤덮인 곳에서 시작하여 가파르게 올라가면서, 광산 갱도 입구를 통과하고 버려진 석조건물 근처를 지나 바위 많은 정상에 올랐다. 나는 빠른 걸음으로 등산하길 좋아한다. 등산이 점점 격렬해짐에 따라, 나는 일행으로부터 이탈하여 화창한 숲속에서 약간의 고독을 느낄 수 있었다. 세계 반을 돌아온 것이 아니라, 미국 어딘가 같은 주위 환경 속에 있는 듯 나에게 감동이 밀려 왔다. 그러나 몇 개월 전 DMZ 관광은 여기가 미국이 아니라는 것을 이미 분명히 깨닫게 해주었다.

그날 판문점을 방문한 것은 환상의 시간 속으로 들어가 역사가 멈춰진 곳으로 간 느낌이었다. 이런 상황을 만든 사건은 이미 오래 전에 지나갔고, 사건의 주역들은 변화하고 진화하지만, 아직도 현상은 그대로 유지되고 있었다. 두 사회가 마치 형제들이 침실을 중간에 선을 그어 나누는 것같이 분단의 선에서 서로를 마주보고 있었다. 매일 한국군인들이 '한국은 준비태세 완료'로 분단선 너머를 응시하고 있었다. 나는 한국군 지역 건물 계단에 서서 북한 지역 건물을 바라보았는데, 마치 내가 정지된 이야기의 일부가 된 느낌이었다. 과거의 꾸물거리는 분위기가 현재의 희미함을 보여주면서, 살아있는 이 순간과 숨 졸이는 긴장의 느낌을 강조하고 있었다. 비록 이런 분위기는 우리가 떠난 후에 사라지겠지만, 이런 초현실적인 자국은 내 마음에 남아있었다.

영악산을 높이 올라가면 갈수록, 공기의 열기가 후덥지근해져서 나는 쉬기 위해 큰 바위 위에 앉았다. 나머지 일행들은 뒤에서 올라오고 있어서 시야에 보이지 않았는데, 놀랍게도 나를 첫 번째로 따라잡은 사람은 그레이스였다. 나는 그녀의 가느다란 다리에서 어떻게 그런 힘이 나올까 감히 생각하지 못 했는데 끈질기게 위로 올라오고 있었다. 그녀는 올라가기 전에 이야기를 하기 위해 잠시 동안 멈춰 섰고, 나는 그녀를 따라잡기 위해 따듯한 바위에 앉아 쉬는 유혹을 벗어 던졌다. 우리가 산 등성이에 도착했을 때, 두 번째 이정표가 갈 방향을 안내했다. 산길이 능선을 따라 올라갔다가 내려가는데, 우리가 산길에서 달리기를 하는 것처럼 나의 등반 속도와 대등한 그레이스의 능력에 나는 다시 한번 놀랐다. 뒤돌아 생각해 보니 그녀의 겸손한 끈기가 아주 한국적인 것이라는 생각이 들었다. 나는 이것이 뜻밖이 아니라는 상상이 들었다. 어떤 나라가 어려운 역사를 잘 이겨냈다면 그 나라에는 분명 뭔가가 있다는 것이다.

서울로 내 첫 여행에서 나는 전쟁기념관을 방문했는데, 이곳은 정말 영령을 추모하는 박물관이었다. 대규모 둥근 기둥과 회색의 돔형 건물로 되어있고, 공원 내에는 넓은 기념공원이 있고 그곳에 군사 장비를 전시하고 있었다. 빗속에서 공원을 둘러보면서, 내 친구와 나는 청동으로 만든 호국 군인상의 동상을 보았는데, 실제 사람보다 크게 만들어져 긴장된 근육 그리고 공포와 슬픔, 심리적인 표정까지 나타내는 잊을 수 없는 얼굴이 세부적으로 잘 표현되어 있었다. 우뚝 솟은 전쟁기념비 탑을 둘러싸고 있는 이 청동상은 군인뿐만 아니라 민간인, 여자와 아이 등 각계각층의 사람들을 포함하고 있었다.

방문객으로서 우리는 마치 그들이 주는 의미를 의식하지 않는 것같이, 재치있는 자세로 예술 작품에서 사진을 촬영했다. 가끔은 먼 과거와 연결이 끊어졌다는 느낌이 쉽게 들었다. 결국 모든 것이 현재와 다르다. 그 세세한 장면 즉, 군인의 팔뚝에 나타난 정맥의 윤곽, 슬퍼서 통곡하는 여자의 입 모양, 적절한 표현을 보여 주는 지루한 눈매 모양은 작가가 알고 있는 것을 잘 표현하고 있었다. 누군가가 이야기를 갖고 있는 의도된 장면을 그렸다면 마치 "자 우리를 봐… 우리는 고난과 투쟁을 알고 있고, 우리에게 닥쳐온 역사를 모두 잘 대처했으며, 그래서 여전히 우리는 여기 있는 거야"라고 말하는 것처럼 실제로 작품이 보여지고 있었다.

우리는 박물관 통로를 따라 들어갔는데 엄숙하게 석주 회랑 벽면에 전사자의 명단이 노란 동판에 새겨져 있었다. 내가 석주에 각 전사자 명부를 지나갈 때 회랑 사이로 비가 나를 가볍게 때렸다. 안에서 우리는 문화와 역사의 전시물을 보았는데 수세기 전에 사용되었던 실물 크기의 거북선 모형과 38선을 소개하는 방과 모형을 만든 피난민 마을이 있었다. 이런 전시물들이 현실성을 갖고서 나를 감동시켰으며, 역사적 사건이 얼마나 참혹하던 간에 이를 미화하지 않고 있는 그대로를 보여주었다.

나는 내가 그날 보았던 모든 것들이 합해져서 나오는 해상의 역사적 전투장면을 묘사하는 소개 영상을 보았다. 나는 한국사람들의 전쟁의식을 잘 이해하게 되었다. 그들은 가까운 곳, 그들의 문턱에서 적을 부단히 의식하며 살고 있으며, 한편 이런 위협을 무시하지도 강조하지도 않은 상태로 거의 일상생활이 이루어지고 있었다. 뻗어나갈 수 있는 충분한 공간이 많은 커다란 나라에서 자란 나의 세계가 그들과 어떻게 다른 지 놀랐다. 내가 자란 그곳은 심지어 자신의 영토에 대한 공격도 멀리 떨어진 곳에서의 전쟁으로 끝이 나는 결과를 갖는 곳이다.

관람 도중에, 그레이스와 나는 한 공터에서 야외 식사를 하는 한국 가족을 만났다. 그들이 우리를 초대해서 배를 조금 나누어 주어 함께 먹었다. 여기는 낯선 사람들에 대한 두려움이 별로 없는데, 왜냐하면, 그레이스가 "산에서는 모두가 너의 친구야" 라고 말한 것이 생각 났다. 나는 배한 조각을 씹으면서 시원한 상쾌함을 즐기면서, 그 가족의 아이들이 설치된 운동 기구에서 노는 것을 지켜 보았다.

내 한 친구가 나중에 말했다, "누가 산의 정상에 운동기구를 설치해 놓았지? 산에 오른 것만으로도 충분한 운동이 되지 않았나?" 분명 한국 사람에게는 물은 것은 아니지만 말이다.

나는 '미국환상'에서 벗어날 기회가 있을 때마다 이런 종류의 한국 여행을 즐겨 찾아 했다. 송탄 시내에서 사용할 수 있는 서양식 변기가 몇개 없는 것이나, 특히 식당에서 젓가락으로 음식을 먹어야 할 때가 좀 당혹스러웠다. 나는 오히려 몸을 먼저 문화와 접해 보고, 그 후에 나 자신을 뒤돌아 보는 경향을 갖고 있다. 나는 최근에 내 아파트로 이사를 했는데, 집 주인이 한국 전통 오리식당으로 저녁을 초대했다. 한국에 오래 살지 않았지만, 이제 중국 젓가락보다 훨씬 얇은 한국 금속 젓가락 사용에 익숙해져 가고 있는 상황이었다. 우리 집 주인의 요청으로 종업원이 포크를 가져왔을 때 나는 약간 모욕감을 느꼈었다. 그렇지만 그것이 나를 위한 공손한 배려로 이해하여서, 나는 식탁 위에 포크를 놓았다.

나는 부산으로 여행 가던 중에 문화적 국경이 유사하게 혼합된 것을 발견했다. 기차 여 한국카페에 앉아 김치와 야채 죽을 먹고 있는데, 창문을 통해 보니 서양사람들이 주 고객인 던킨도넛츠 빵집을 본 것을 기억하고 있다. 부산에서 친구와 나는 거리 수산식당에서 멸치와 물탱크에서 바로 꺼내 잡은 생선을 먹었지만, 우리의 다른 일행들은 아웃백 스테이크 하우스와 스타벅스 커피점을 이용하였다. 이런 시설을 사용하는 한국 고객들이 많이 있다는 것을 인정한다 하더라도, 한국 문화 환경 특수성이 세계적 추세의 상업화에 많이 희석된 것에 실망된 느낌을 지울 수 없었다. 어쩌면 이것이 현대화에 필요한 부작용이라 할 수 있을 것이다. 전통 한국 음식이 매우 건강식이지만, 아이들이 서구화 된 포장 스낵과 패스트푸드를 선호하고 있다고 한국 어머니들이 나에게 말했다.

우리에 대한 이곳 사람들의 관점과 감정은 친절부터 무관심까지 넓게 다양하다. 나는 고국을 떠나온 교사부터 자동차 판매원, 외국인 투어 가이드에 이르기까지 다양한 구성원 중의 한 명으로, 외국 사람들의 수는 우리에 대한 호기심을 잠재울 정도로 충분히 있지만, 나의 고정관념을 배제할 정도로 충분히 많지는 않다. 나는 중국에 있을 때처럼 더 이상 신기한 존재가 아니고 여기서는 또 다른 미국 얼간이로서 문화에 적응하기 위해 내 길을 더듬어 나가고 있다. 때때로 나는 어린아이처럼 집 주인에게 가스레인지를 어떻게 켜는지, 화장실 문이 잠겼는데 어떻게 여는지를 질문하는 무력감으로 위축된 나 자신을 발견한다. 그들은 마치 분통이 터지지만 아직 가련하고 천진난만한 멍청이를 대하듯이 하나하나 잘 응대해 주었다. 대체적으로 대부분의 한국사람들은 정중하고 겸손하며, 일부는 감사하는 마음을 가지고 있다.

나의 대천 첫 여행시에, 내 일행 중 한 명이 한국전쟁을 잘 기억하는 노인을 만났었는데, 그 노인이 "미국인이 여기에 있는 것에 감사합니다." 라고 말했다고 한다. 회상해 보면 그건 대단히 의미가 있는 말이었다. 나는 단지 미국인으로 여기 있는 것이 아닌 "내 나라에 봉사하면서 자유를 위해 싸우기 위해 온 것에" 대한 감사를 받은 것으로 생각된다.

놀러 온 사람들을 뒤로 하고, 그레이스와 나는 햇빛으로 빛나는 돌출된 바위가 있는 전망대까지 달렸다. 밑에 보이는 저수지가 산과 산 사이에 뱀처럼 길게 뻗어 있었는데 예전에 보았던 중국 산수화가 생각났다. 곧 다른 일행들이 우리를 따라잡고서, 일부는 바위 위에 휴식을 취하기 위해 앉을 만한 장소를 물색하여 그 주위에 자리를 잡았고, 또 다른 일행은 전경을 촬영하고 있었다.

우리는 역시 각기 다른 국가로부터 다양한 연령대와 배경을 가진 사람들과 연합한 경계선을 형성하고 있다. 우리의 그럴 듯한 연합 구성체는 우리의 일상 활동이나 생업으로 돌아가면서 무수한 방향으로 나누어지겠지만, 우리는 오늘 산을 함께 등반했던 사람들로서 그날의 햇빛을 함께 했던 순간은 충분히 기억할 만한 가치가 있는 것이라 생각한다. 그 순수함은 우리 주변 사회의 요동치는 맥박 속에서 울려퍼지고 있다.

판문점에서의 장면은 시간이 얼어붙은 듯 보일 수도 있지만, 그 너머의 생활은 계속 뻗어나가고 있다: 즉 활기차고 현란한 색상, 질서 정연한 채소밭의 정렬, 교통체증, 지하철, 휴대전화, 연기가 자욱한 나이트 클럽과 성도들이 꽉 들어찬 교회, 산 꼭대기에서 배 조각을 나눠 먹는 편안한 순간까지.

이 나라가 너무 많이 변화하고 발전하였기에, 태평양의 가장자리에 국경이 만나는 이곳에서 대단한 에너지를 포용하는 현재와 그런 신뢰를 바탕으로 미래를 추구하는 모습을 본다는 것은 너무나도 가슴 뜨거워지는 고무적인 일이다.

"Welcome to Korea"

Sergeant Charles Jee Soo Kim

As my plane landed on Incheon International Airport, the captain made announcement through speakers in the plane. While the plane moved towards the gate, I tried to remember how I felt when I was leaving Korea long time ago. Thirteen years has passed, a twelve years old boy has come back as a twenty-five-old adult to serve his new and old home countries at the same time.

I was back in Korea, where I was born and spent my childhood. As I walked out the airport, I heard Korean language being spoken all around and Han-guel signs were everywhere. I tried again to remember how it felt to be in Korea thirteen years ago. The scene that was presented to me was friendly with my memory yet unfamiliar at the same time. As if it was welcoming me, it was pleasant to see familiar a Bongo Truck on the road.

After in-processing at Yongsan and Camp Stanley, I arrived at Camp Casey to report into my first duty assignment in my Army career. At first, I had wished to be stationed in Yongsan to be close to city, but staying in Camp Casey allowed me opportunities to see different parts of Korea that I have not seen when I grew up in Korea.

Being in U.S. Army post in Korea was very different feeling from Army posts that I have been in the United States. It was interesting to see many local Koreans working inside the Camp Casey and hearing Korean everywhere. It fascinated me that there were soldiers in ACUs with Korean Flag on their right shoulder and ROK Army rank. It was funny that everywhere I go, how people have mistaken me for a KATUSA even when I was in uniform. Some people weren't sure if they needed to speak to me in Korean or English. My first nick name from my company was 'Senior KATUSA', because I blended well with them and KATUSAs called me 'hyung', which means older brother in Korean.

I still remember clearly how dazzled I was on my first visit to Seoul. I lived in New York City for last ten years and am used to complex transportation system. However, my amazement started with transportation; high-tech subway trains that have Wi-Fi Internet, real time location of trains and buses on display screen of each stations, and so many different lines that intermingled like a maze. I could not help myself from being amazed at public transportation system that Korea developed. When I left Korea, there were only four lines of subways at the time. To see how many more were added, I started counting and was amazed at there are seventeen lines. It was as if a line was added for every year since I left. I still do not know exactly how long I need to wait for next train or bus in New York, but it was so easy to find out in Korea due to their real time system.

Next thing big difference that I amazed me was how much Korean culture has changed. For an example, it was rare to see any couples holding hands or show intimacy of their relationship in public a little more than a decade ago. So you could not really tell if some people were a couple or not. However, at present time, it has become very easy to tell couples apart, because they show their intimacies anytime anywhere.

There were many cultures that I was accustomed to in America that gave me good laughs in Korea. At restaurants, many times I asked for check or leave money in the bill book after finishing the meal that my friends or restaurant worker had to remind me to pay the bill at the cashier of the restaurant. When I had to throw away trashes in a café, I did not know I had to separate trashes into different categories and put them separately.

Also, there were many episodes that occurred because I was a foreigner although I looked local and spoke the language. Such as anytime when I needed to make reservation for a movie, a play or a concert, people had to ask my name at least three times because I was giving an English name while having conversation with them in Korean. Other times, I have seen many confused look on people when I tell them I do not have Korean citizen registration number while I was trying to open a bank, cellular phone line, or any membership in Korea. Some taxi drivers told me I can't ride in their car, because it is foreigners only taxi and I had to explain to them that I am a foreigner.

Along with memorable experiences that come with good laughs, I am glad to have spent time in Korea as a United States Army Soldier. Due to my awareness to both cultures and being able to speak the languages, I was able to help many people, both Americans and Koreans. I feel I was able play role as a bridge to connect two cultures to some people. My battle buddies asked me many questions about Korean culture that they saw and did not understood. Also, they called me frequently when taxi drivers did not understood them where they needed to go.

For being a medic, speaking Korean in Korea was very helpful understanding Korean patients to help with care. The most memorable experience that I have regards to work in Korea is from a patient who came to the After Hours Clinic close to mid-night. An elderly Korean lady has walked into the clinic complaining of her symptoms, but she spoke very little English. I was screening another patient at the time, so I did not know the lady walked into the clinic. While I was finishing screening the patient, one of other medic came into the screening room, asking me to see the lady because they couldn't understand each other. When I entered room where the lady was in and said hello in Korean, she showed big smile. She explained to me what her symptoms were and how glad she was able to describe them exactly to me. With the information from her, I was able to explain and assist the provider to give treatment the lady needed.

Most of all my time in Korea, I am glad to have seen and experienced the country I was born in as an adult and seeing my relatives that I have not seen for more than a decade. I have a ninety-years-old grandmother, who couldn't stop her tears when she saw me for first time after thirteen years. I am glad to that I had opportunities to take her out to eat, visit her during holidays with gifts, and see her smiling. My time to leave Korea is coming soon and I hoping to make more good memories with me for her.

Many things have changed in Korea since I left that I had to adapt to the changes. Even though Korea is where I grew up and was able to speak the language, there were many culture shocks and adjustments that I needed to make. My life in Korea has taught me so much even though I have experience of living in two foreign countries before. Each of these experiences gave me valuable lessons that I will always cherish and help me future. While going through these experiences, I thought about other soldiers that how difficult it can be for them to live in different environment. Even though I had experience of living in new places a few times, but yet I still had some difficulties.

Many soldiers come to Korea as their first duty station and first time away from home for long time. I hope they can take this time as opportunity to gain many great experiences. Also, I hope each one's life in Korea can be a positive impact on them as it has done to me.

"한국에 오신 것을 환영합니다"

찰스 지수 김 하사

    비행기가 인천 국제공항에 착륙할 때, 기내에서 기장이 안내방송을 하였다. 나는 비행기가 착륙 게이트로 이동할 때, 오래 전에 한국을 떠났을 때는 어떤 느낌이 있었던가를 기억하려고 시도해 보았다. 12살의 소년이 13년이 지나 25세 성인이 되어 과거 모국과 현재의 조국에 근무하게 위해 다시 왔다.

    나는 내가 태어나고 내 어린시절을 보낸 한국으로 다시 왔다. 공항 밖으로 걸어나가서 주위에 한글 표지판이 어디에나 있고 모든 사람들이 한국어로 이야기하는 것을 들었다. 13년 전에 한국에 있었을 때, 그때의 기분이 어땠는지 다시 기억해 보았다. 내 기억 속에 떠오르는 장면은 친절이었지만, 동시에 덜 익숙하다는 느낌도 들었다. 나를 환영하는 것처럼 도로에서 눈에 익숙한 봉고 트럭을 보는 것은 기분 좋은 일이었다.

    용산에 있는 캠프 스탠리에서 수속 절차를 마친 후에 나의 육군 경력 첫 번째 근무지인 캠프 케이시에 도착하여 전입신고를 하였다. 처음에 나는 도시와 가까운 용산에서 근무하기를 원했었지만, 캠프 케이시 근무는 내가 자랄 때 보지 못한 한국의 다른 곳을 볼 수 있는 기회를 제공해 줄 것이다.

한국에 있는 미 육군부대의 모습은 미국에서 내가 있던 육군부대들과 매우 다른 느낌이었다. 캠프 케이시 부대 안에서 근무하는 많은 현지 한국인을 볼 수 있었고 어디서나 한국어를 들을 수 있는 것이 흥미로웠다. 군 전투복 어깨에 태극기와 한국 육군계급장을 단 군인들이 있다는 사실이 나를 매료시켰다. 내가 어디를 가든 간에 사람들이 내가 군복을 입었는데도 나를 카투사 병사로 오해한다는 사실에 기분이 좀 묘했다. 어떤 사람들은 나에게 한국어로 이야기할 것인가 영어로 해야 할 것인가 헷갈리기도 했다. 중대에서 나는 카투사 병사들과 잘 지냈으며, 병사들이 나를 형이라고 불러서 나의 별명은 선임 카투사였다.

나는 아직도 서울 첫 방문이 나를 얼마나 압도하게 하였는지 잘 기억하고 있다. 나는 뉴욕에서 10년을 살았고 복잡한 교통 시스템에 잘 적응되어 있다고 생각했었다. 그러나 놀랍게도 나의 놀라움은 대중교통에서 시작되었다. 왜냐하면, 첨단 지하철, 열차 안에서의 Wi-Fi 인터넷 사용, 각 정류장에서 기차와 버스의 위치를 실시간으로 보여주는 전광판, 그리고 미로처럼 섞여있는 많은 다른 라인을 화면으로 표시하고 있었기 때문이었다. 나는 한국이 개발한 교통 시스템에 놀라움을 금치 못하고 있다. 내가 한국을 떠날 때, 그 당시는 지하철이 4개의 노선이 있었다. 얼마나 더 추가했는지 보기 위해서 계산을 해 보았더니 17개 노선이나 되는 것에 놀랐다. 내가 떠난 이후에, 매년 한 노선이 추가된 것처럼 보였다. 난 아직도 뉴욕에서 다음 기차 또는 버스를 타기 위해서 얼마나 더 기다려야 하는지 정확히 알 수가 없었는데, 하지만 한국에서는 실시간 통보 시스템으로 쉽게 알 수가 있었다.

다음으로 나를 더욱 놀라게 한 것 중 두드러진 차이점은 한국문화가 무척 많이 변화되었다는 사실이다. 예를 들면 10년 전에는 공공 장소에서 연인들이 손을 잡거나 친밀감을 표시하는 것을 보는 것은 정말 희귀한 일이었다. 그래서 당신은 그들이 연인인지 아닌지 알 수 없었다. 그러나 현 시점에서 그들은 언제 어디서나 자신들의 애정을 그대로 보여주기 때문에 연인인지 아닌지 구별은 아주 쉬운 일이 되었다.

미국에 익숙해 있던 나의 많은 습관이 한국에서는 좋은 웃음거리를 제공하였다. 식당에서 많은 경우에 내 친구들이나 종업원들이 나에게 식당 입구에서 점원에게 요금을 지불하라고 했음에도, 나는 식사 후에 계산서를 요청하거나 또는 계산서에 돈을 놓고 나가려 하였다. 카페에서 쓰레기를 버릴 때, 나는 쓰레기를 범주 별로 분리하여 버려야 한다는 사실을 몰랐었다.

또한, 비록 내가 현지 사람들과 생김새가 비슷하고 한국말을 하지만, 외국인이기에 여러가지 에피소드가 발생하였다. 내가 영화, 연극이나 콘서트에 대한 예약을 할 때는 언제나 사람들은 내가 그들과 한국말로 대화하면서 영어 이름을 대기에 내 이름을 최소한 세 번 이상 묻지 않으면 안 되었다. 다른 경우에도 내가 은행에 계좌를 개설할 때나, 휴대전화를 개통할 때나, 어떤 회원에 가입할 때 내가 한국 주민등록번호를 가지고 있지 않다고 직원에게 말하면 그들의 얼굴에 혼란스러운 모습이 나타나는 것을 종종 보았다. 어떤 택시운전사는 이 차는 외국인 전용이라 나를 태울 수 없다고 말했을 때, 나는 내가 외국인이라고 설명해야만 했다.

좋은 웃음을 제공한 기억에 남는 추억과 더불어, 나는 미 육군 군인으로서 한국에서 시간을 보내는 것을 기쁘게 생각하고 있다. 양쪽 문화를 이해하고 언어를 말할 수 있어 많은 미국인과 한국인을 도울 수 있었다. 나는 내가 어떤 사람에게 두 문화를 연결하는 교량 역할을 하고 있다고 느끼고 있다. 내 동료들은 그들이 본 한국문화와 이해하지 못하는 분야에 대해 나에게 많은 질문을 하였다. 그들은 택시 운전사가 그들이 가기 원하는 곳을 이해하지 못할 때 자주 나를 호출하였다.

병원에서 근무하고 한국에서 한국어로 말하기 때문에 한국 환자를 돌보는 데 아주 유용했다. 한국에서 처리한 일 중에서 가장 기억에 남는 것은 병원 근무시간 이후 자정이 다 된 밤에 온 어떤 여자 환자를 돌보아 준 경우였다. 그녀는 통증을 호소하면서 병원에 왔는데 영어를 거의 하지 못했다. 당시 나는 다른 환자를 검사 중이어서 그 여자가 병원에 들어온 것을 몰랐었다. 내가 환자 처치를 마무리하는 동안 다른 의료진 한 명이 들어왔는데, 그들은 서로를 이해하지 못했기에 나에게 여자를 검사해 달라고 요청했다. 내가 방에 들어가면서 한국말로 인사를 하자 먼저 방에 있던 여자 얼굴에 큰 미소가 나타났다. 그녀는 증상은 무엇이고 그녀가 나에게 정확하게 설명할 수 있어서 무척 기뻐했다. 그녀에게서 들은 설명을 가지고 그 여자에게 필요한 치료를 해 줄 수 있도록 의료진을 지원할 수 있었다.

　한국에 있는 나의 대부분의 시간 동안 내가 태어난 나라를 보고 경험하였으며, 10년간 뵙지 못한 친척들을 성인이 되어 찾아 볼 수 있어 기뻤다. 나의 할머니는 90세가 되셨는데 13년 만에 처음으로 나를 봤을 때, 할머니는 눈물을 멈출 수가 없었다. 할머니를 모시고 외식을 하고, 휴가기간 동안에 선물을 가지고 방문했을 때 할머니의 미소 짓는 모습을 보는 것은 너무나 큰 즐거움이었다. 이제 한국을 떠날 시간이 곧 다가오고 있다. 나는 할머니와 더 좋은 추억들을 쌓기를 희망하고 있다.

　내가 한국을 떠난 이후 너무 많은 것들이 변해서, 나는 이런 변화에 적응해야만 했다. 비록 내가 한국에서 자랐고 한국어를 말할 수 있지만, 많은 문화적 충격을 겪었고 이에 맞게끔 내가 조정할 필요가 있었다. 비록 전에 내가 두 나라에서 외국 생활한 경험을 가지고는 있지만, 한국에서의 내 생활은 너무 많은 것을 가르쳐 주었다. 이러한 경험들은 미래에 나의 귀중한 교훈이 될 것이며, 나는 이런 소중한 경험들을 잘 간직할 것이다. 이러한 경험을 통해서 나는 다른 환경에서 살아야만 하는 다른 군인들이 얼마나 어려운가를 생각하게 되었다. 비록 내가 새로운 장소에 사는 몇 번의 경험을 했다 하지만, 아직 나는 여전히 몇 가지 어려운 점들을 갖고 있다.

많은 군인들이 처음으로 오랜 시간 동안 집을 떠나 첫 번째 근무지로서 한국에 온다. 나는 그들이 좋은 경험을 얻기 위한 기회로 이런 시간들을 잘 활용하기를 희망한다. 또한 나는 한국에서 그들 각자의 삶이 나에게 긍정적 영향을 미쳤던 것처럼 그들에게도 그러한 영향이 미치기를 기원한다.

주한미군 한국생활 체험수기 공모
Prize-winning Essay by the United States Forces in Korea

- 역대 수상자 -
Past Winners

2010

Grand Prize | 대상
<The Korea in Me>·SGT Hyo Joon Howard Lee
<내가 보는 한국>·효준 하워드 리 하사

First Prize | 1등
<Memories for a Lifetime>·Denise Lima
<평생 남게 될 추억들> · 데니스 리마
<The Seoul In Me>·Lora Kluber
<내가 보는 서울>·로라 클루버

Second Prize | 2등
<A Teen's Perspective>·Jimmy Grandinette
<한 십대의 시각>·지미 그랜디네트
<In Asia Silly!>·Maddie Lowe
<아시아에 있지 바보야!>·매디 로우
<The Do's and Don'ts>·LTC Kyelee Fitts
<해야 할 것과 하지 말아야 할 것>·카이리 휏츠 중령

2009

Grand Prize | 대상
<Love live Korea, Love live life>·SSG Jamin Edward Bassette
<대한민국 만세, 인생 만세>·재민 에드워드 바셋티 하사

First Prize | 1등
<At the Border's South>·SGT Choe, Byung-woo
<국경의 남쪽> ·최병우 병장
<Very Warm and Friendly People>·SFC Sean Christopher Kerley
<따듯하고 친절한 사람들>·신 크리스토퍼 컬리 하사

Second Prize | 2등
<Is Anyone There?>·Jacqueline Kay Lee
<거기 누구 없어요?>·재클린 케이 리
<"You're Going to Yongsan!">·Major Ken Mercier
<"당신은 용산으로 갑니다!">·켄 머시어 소령
<My Korea>·PFC Hyo Joon Howard Lee
<나의 한국>·효준 하워드 리 일병

2008

Grand Prize | 대상
<Korean Relationships Changed My Life>·-Champlain(Major) Nancy Elizabeth Lund
<나의 삶을 바꾼 한국인과의 관계>·낸시 엘리자베스 런드 목사(소령)

First Prize | 1등
<A Heart for Korea>·Elinor Kim
<한국에 대한 마음>·엘리너 김
<The Ultimate Korean Experience>·SGT La Chanda Dangerfield
<인상 깊은 한국 경험>·라 찬다 데인저필드 병장

Second Prize | 2등
<Korea is Fun>·Amy Burger
<한국은 재미있는 나라>·에이미 버거
<Nostalgic Paradox>·PFC Sang Yoon Oh
<향수의 역설>·오상윤 일병
<Korea: My Second Home>·Ch. (Maj) Stan Whitten
<대한민국, 나의 두 번째 고향>·탠 휘튼 소령(군목)

2007

Grand Prize | 대상
<What to Expect When You're Expecting in Korea>·Jeehon Malloy
<한국에 올 때 기대해야 되는 것들>·지혼 말로이

First Prize | 1등
<Kindness Without Words>·Betty Warren
<말 없는 친절함>·베티 워렌
<There are Good Times and Bad Times>·-Alex Gransback
<한국생활의 좋았을 때와 나빴을 때>·알렉스 그랜스백

Second Prize | 2등
<Receptive to New Cultures and Experiences>·Patricia Beckwith
<새로운 문화와 경험의 수용>·패트리샤 벡위드

<On the Other Side of the World>·PFC Matthew Voyce
<지구 반대편에서>·매튜 보이시 일병
<Dynamic Korea>·PFC Aaron Schwitters
<역동적인 한국>·아론 슈위터스 일병

2006

Grand Prize | 대상
<Reaching Out and Making a Difference>·CW4(P) Teddy C. Datuin
<마음을 열면 다른 세상이>·테디 C. 다투인 일등준위

First Prize | 1등
<A Home Away from Home>·Kathleen Ruth Gines Walsh
<가족을 떠난 새로운 터전>·카트린 루드 진 월쉬 여사
<Watercolor Korea>·Michelle Valcourt
<수채화 같은 한국>·마셸 발코우트

Second Prize | 2등
<The Three Heroes in My Travel>·PV2 Lee, Ki Yung
<고마운 세 사람>·이기영 이병
<A Story to Tell5>·Susan Davis
<들려주고 싶은 이야기>·수잔 데이비스 여사
<Limitless Identity>·Jane Burch
<구속 없는 자아의식>·제인 버취

2005

Grand Prize | 대상
<Married to the Clan>·MSgt Christopher J. Wachter
<전통 대가족 집안과의 결혼>·크리스토퍼 J. 워처 상사

First Prize | 1등
<Korean Service: The Ties that Bind>·MAJ Laura B. Bozeman
<한국 근무로 맺은 인연>·로리 B. 보우즈만 소령
<The Subway>·Bobbi Kubish
<지하철>·보비 쿠비쉬

Second Prize | 2등

<Korea: A 21st Century Dynamism>·CSM Yolanda Lomax
<21세기 한국의 역동성>·욜랜다 로맥스 원사
<My Job as An Interpreter is to Communicate>·CPL You, Yeong Min
<통역병의 임무는 의사소통>·유영민 상병
<Full Circle>·SGT David McKee
<긴 여정의 완결>·데이비드 맥키 병장

2004

Grand Prize | 대상
<An Eternal Experience>·CPT Joseph S. Raterrmann
<영원한 추억>·조셉 S. 래터맨 대위

First Prize | 1등
<A Day in Korea>·CW3(P) Rusel E. Hays
<한국에서의 하루>·러셀 E. 헤이스 준위
<Third Time is a Charm>·CW4 Teddy C. Datuin
<매력적인 세 번째 근무>·테디 C. 다투인 준위

Second Prize | 2등
<The Rooster>·SPC Bryce H. Guillot
<수탉>·브라이스 H. 길로 특기병
<A Spoonful of Korea Leads to More>·Patricia G. Warden
<한국에서의 교훈>·패트리샤 G. 워든 여사
<Wonderful Experiences>·CW5 Geraldine Bowers
<훌륭한 경험>·제랄딘 보워스 일등준위

2003

Grand Prize | 대상
<Namsan Tower>·CW4 John J. Corkhill
<남산타워>·존 J. 코크힐 준위

First Prize | 1등
<If You Really Want to Understand a Man>·CPT Marilyn V. Keene
<당신이 진실로 어느 한 사람을 이해하고 자 한다면>·마릴린 V. 킨 대위
<Reunion>·SFC Scott A. Heise
<재회>·스코트 A. 헤이스 일등중사

Second Prize | 2등
<Our Friends In War and Peace>·PV2 Ms-
riaester Basulto
<전시나 평시나 우리는 친구>·마리아에스
터 바술토 일등병
<My Life as a Korean American Soldier in
a Foreign Country>·SSG Robert Kim Purvis
<한국계 미군이 겪은 한국생활체험>·로버
트 김 퍼비스 상사
<Manjokhamnida>(Contentment·Satisfac-
tion)·MAJ Charles N. Fluekiger
<만족합니다>·찰스 N. 플루키거 소령

2002

Grand Prize | 대상
<Wasu-ri >·PFC William L. McLaurin
<와수리>·윌리엄 L. 맥클러린 일병

First Prize | 1등
<I am Korean in Sprit >·MSG Robert E.
Lucero
<나의 마음은 한국인>·로버트 E. 루쎄로 상
사
<Life in Korea, A Wonderful Experi-
ence!>·SFC Catherine V. Otts
<멋진 체험, 한국생활>·캐서린 V. 오츠 일등
중사

Second Prize | 2등
<My Korean English Class of 2002>·MAJ
Richard Lei
<2002년 나의 한국 영어교실>·리차드 레이
소령
<Growing with Korea A Country and A
Man>·CW3 David A. Boshans
<한국과 더불어 성장하다>·데이비드 A. 보
산스 준위
<Water Then Worship>·SGT Richard Gra-
ham
<억수 같은 물벼락과 예불>·리차드 그레이
험 병장

2001

Grand Prize | 대상
<Interesting and Educational Life in Korea>·P-
FC Joshua Curtis Ray

<신기한 한국 생활>·죠슈아 커티스 레리
일병

First Prize | 1등
<Where were You?>·1st MSG Gregory K.
Hamill
<당신은 어디에 있었는가?>·그레고리 하밀
일등상사
<Korea is What You Make of It>·PFC Jen-
nifer A. Piva
<한국, 바로 내가 만들기 나름>·제니퍼 A.
피바 일병

Second Prize | 2등
<Interesting Experience in Korea>·NCO
Christine B. Henry
<신나는 한국 체험>·크리스틴 B. 헨리 하사
<Life in A Strange City>·CH(CPT) Stephen
W. Austin
<낯선 도시에서의 생활>·스테펜 W. 오스틴
대위(군목)
<The Typical Courtesy of Koreans>·CPT
Melissa Leccese
<한국인의 친절>·멜리사 러세스 대위

2000

Grand Prize | 대상
<A Piece of Chocolate Half a Century
Ago>·CPT Michael B. Siegl
<50년 전의 초컬릿 한 조각>·마이클 B. 시
글 대위

First Prize | 1등
<A Close Encounter With Respect and
Trust>·SGM Kevin B. Stuart
<가까워지면서 쌓인 존경과 신뢰>·케빈 B.
스튜어트 상사
<Power of U.S. Army>·PFC Edgar R.
Gonzalez
<미 육군의 힘>·에드가 R. 곤잘레스 일병

Second Prize | 2등
<'Trees of Freedom'in Sea of Blood>·MAJ
Karl D. Porter
<피로 일궈낸'자유의 숲'>·칼 D. 포터 중령
<No Longer A Stranger>·SFC Randall S.
Pryor

<이제 이방인이 아니다>·랜달 S. 프리어 중사
<A Shield for Stability and Freedom>·CPT Kwang Uk Chung
<자유와 안정을 지키는 방파제>·정광욱 대위

1999

Grand Prize | 대상
<Cultural Tradition>·SFC Thomas' David'Clanton
<문화적 전통>·토머스 클랜턴 중사

First Prize | 1등
<Teaching is a Two - Way Street>·CPT Anthony J. Alfidi
<가르치는 것은 쌍방 통행>·앤터니 J. 알피디 대위
<My Hometown>·CPT Lance Oskey
<나의 고향>·랜스 오스키 대위

Second Prize | 2등
<Twelve Years of Blessing>·SFC Atanacio DelVelleReyes
<축복 받은 12년>·아타나시오 델바이예레스 중사
<Peaceful Friendship>·Specialist Christopher C. Butler
<평화스러운 우정>·크리스토퍼 C. 버틀러 하사
<A Memories of Marriage>·CPT Gary J. Cregan
<결혼식 날의 추억>·게리 J. 크레간 대위

1998

Grand Prize | 대상
<Caterpillar Lost, Butterfly Found>·SGT Willam C. Woodward
<허물을 벗고>·윌리엄 C. 우드워드 하사

First Prize | 1등
<Batter up>·SFC Charles H. Meirer
<타자는 타석으로>·찰스 H. 마이어 중사

Second Prize | 2등
<My Wife's Tear>·SFC Roger D. Janes
<아내의 눈물>·로저 D. 제인스 중사

1997

Grand Prize | 대상
<Holding Hands and Sticking Together>·CPT Mary E. Card
<손을 맞잡고 붙들어 주는 것>·메리 E. 카드 대위

First Prize | 1등
<A year in the Land of Morning Calm>·SSG Timothy A. Snyder
<조용한 아침의 나라에서의 1년>·티모시 A. 스나이더 하사

Second Prize | 2등
<What Are We Doing Here?>·2LT Clete D. Johnson
<우리는 이곳에서 무엇을 하고 있는가?>·클리트 D. 존슨 소위

1996

Grand Prize | 대상
<Wall Around' Little America'>·CTP Ralph R. Judkins Ⅲ
<'작은 미국'을 둘러싼 벽들>·랄프 R. 저드킨스 Ⅲ세 대위

First Prize | 1등
<To Fill in the Gap of Unfamiliarity>·SSG Melvin D. David
<낯선 틈새를 이어주는 가교가 되어>·멜빈 D. 데이비드 하사

Second Prize | 2등
<A Country Full of Hopes and Dreams>·PFC Stacey C. Mitchell
<꿈과 희망으로 가득찬 나라>·스테이시 C. 미첼 일병
<My Korean Exploration>·PFC Diana C. Lamb
<나의 한국 탐사>·다이애나 C. 램 일병

1995

Grand Prize | 대상
<"Life is what you make it">·SGT Raymond K. Brown
<"인생은 스스로 창조해 나가는 것">·레이

몬드 K. 브라운 하사

First Prize | 1등
<Concrete Markers Forever> · LTC(R) Robert
P. Schofman
<잊을 수 없는 사람들> · 로버트 P. 스코프만
중령

1994

Grand Prize | 대상
<A Vision of Korea> · CPT Karl L. Allen
<한국의 영상> · 칼 L. 알렌 대위

First Prize | 1등
<Small Potatoes> · MAJ David A. Camichael
<작은 감자들> · 데이비드 A. 카마이클 소령

Second Prize | 2등
<Culture Diversified> · Ms. Kimberly
Dickman
<문화의 다양성> · 킴벌리 디크맨 교사

Third Prize | 3등
<My Personal Experiences in Korea> · CPT
Thomas R. Lovas
<나의 개인적인 한국 체험> · 토머스 R. 로바
스 대위